페
스
트

일러두기

• 이 책은 Albert Camus, 『*La Peste*』(E-books libres et gratuits, 2011)를 참고했습니다.

페 스 트

알베르 카뮈 지음

1958년도의 알베르 카뮈

알베르 카뮈는 1913년 11월 7일, 프랑스의 식민지였던 알제리 몬도비에서 태어났다. 그의 아버지는 1차 세계 대전에 징집되어 전쟁 중 사망했고, 그는 어려운 유년기를 보낸다. 1930년 알제 대학에 입학한 그는 평생 정신적 지주이자 스승이 된 장 그르니에를 만난다.

1937년 첫 소설 『안과 겉』을, 1938년 수필집 『결혼』을 발표하여 이름을 알린 그는 1942년 『이방인』을 발표하여 작가로서의 명성을 얻는다. 1947년, 알베르 카뮈는 6년간 공을 들인 역작 『페스트』를 발표해서 문단은 물론 일반인들에게도 큰 호응을 얻는다. 젊은 시절부터 앓고 있던 폐결핵에 시달리면서도 카뮈는 희곡 『정의의 사람들』(1949), 수필집 『반항적 인간』(1951), 『여름』(1954), 소설 『전락』(1955)과 『유배와 왕국』(1957)을 잇따라 발표했다. 1957년 노벨상 수상 소식을 전해들은 그가 얼굴이 하얗게 질린 채 '앙드레 말로가 탔어야 하는데'라고 말했다는 사실은 유명하다. 그는 1960년 1월 4일 갈리마르 출판사 대표인 가스통 갈리마르의 조카, 미셸 갈리마르가 운전하는 자동차를 타고 자신이 살고 있던 남프랑스 루르마랭 마을의 집에서 파리로 올라오다가 교통사고로 사망했다. 그의 유해는 그가 마지막에 가족과 함께 살던 루르마랭 마을에 묻혔다.

Alber Camus

알베르 카뮈의 서명

『이방인』을 발표한 후 카뮈에게는 '부조리의 작가'라는 칭호가 늘 따라 다녔다. 하지만 그는 부조리를 수락한 작가가 아니다. 그는 이중적으로 '반항적 인간'이었다. 우선 그는 인간의 삶이 그 자체 의미 있으며 조리 있다는 생각에 반항했다. 그에게 세상은 기본적으로 부조리하다. 우리는 이중삼중의 부조리가 얽혀 있는 세상을 살고 있다. 우연으로 얽혀 있는 삶, 뚜렷한 동기나 목적이 없는 무의미한 삶을 살고 있다는 의미에서 부조리하고 그 부조리를 외면하고 환상적인 논리를 만드는 삶을 살고 있다는 의미에서 부조리하며, 더 나가 인간존재 자체가 부조리하다는 의미에서 부조리하다. 그러나 그는 그 부조리를 수락하지 않고, 무엇보다 그 부조리 자체에 반항했다. 그리고 그 반항과 분노 덕분에 그는 카뮈 특유의 '긍정'과 '행복'을 발견한다. 『페스트』는 부조리한 세상을 살면서 그 세상을 긍정할 수밖에 없는 인간의 삶을 그리고 있다. 페스트는 해외에서 가장 많이 읽힌 프랑스 소설 중 당당히 3위 자리를 차지하고 있다. 1위는 생텍쥐페리의 『어린 왕자』이고 2위는 카뮈의 『이방인』이다.

17세기의 역병 의사를 묘사한 그림

페스트는 여러 번에 걸쳐 지구촌을 휩쓴 인류 전체의 재앙이다. 그런데 그 재앙과 마주한 『페스트』의 등장인물들은, 『이방인』의 주인공 뫼르소와는 달리 지극히 상식적이고 도덕적이며 선량하다. 『이방인』의 뫼르소가 철저히 개인 속에 고립되어 있다면 『페스트』의 인물들은 타인을 향해 열려 있고 연대(連帶)적이다. 하지만 『페스트』의 등장인물들은 뫼르소의 연장선상에 존재하는 인물들이다. 그들은 뫼르소가 태양을 온전히 자신의 현실로 받아들이듯이 '페스트'를 온전히 자신의 현실로 받아들이고, 그 페스트라는 엄청난 부조리에 반항한 인물들이다. 『페스트』는 부조리의 작가 카뮈가 부조리를 수락한 작가가 아니라, 부조리에 대한 반항을 통해 '긍정'과 '행복'을 추구하는 작가임을 증명해주는 작품이다.

페스트 차례

일종의 감금 상태를 다른 식으로 표현한다는 것은 그것
이 무엇이든 실제로 존재하는 것을 존재하지 않는 것으
로 표현하는 것만큼 합리적이다.

대니얼 디포

제1부

***

이 연대기의 중심을 이루고 있는 이상한 사건들은 194*년 오랑 시에서 일어났다. 일반적인 견해로 보자면 그 사건은 다소 이례적이어서 그 도시에 어울릴만한 사건이 아니었다. 실제로 오랑은 척 보기에도 평범한 도시로서 알제리 해안에 있는 프랑스의 한 도청 소재지에 불과할 뿐이다.

솔직히 말하자면 도시 자체는 보기 흉하다. 겉보기에는 평온한 모습이어서 세계 각지의 상업 도시들과 다른 점이 무엇인지 알아차리려면 시간이 좀 걸린다. 예컨대 비둘기도, 나무도, 공원도 없는 도시, 따라서 날갯짓 소리나 나뭇잎 바스락거리는 소리를 들을 수 없는 도시, 한 마디로 중성적이라고 할 수밖에 없는 곳을 어떻게 그리게 할 수 있겠는가? 그곳에서는 계절의 변화도 하늘을 보고서야 겨우 알아차릴 수 있다. 봄이 왔음도 달라진 공기의 감촉을 통해, 혹은 꽃 파는 소년들이 교외에서 가져온 꽃바구니를 통해 겨우 알아차릴 수 있을 뿐이다. 말하자면 봄이 시장에서 매매되는 셈이다. 여름이면 너무 바싹 마른 집들에 불을 붙이듯 태양이 이글거리고 벽들은 뿌연 재로 뒤덮인다. 사람들은 덧창을 닫고 그늘 속에서 지낼 수밖에 없다. 반대로 가을에는 진흙이 홍수를 이룬다. 겨울이 되어야 겨우 좋은 날씨가 찾아온다.

한 도시를 이해하기 위해서는 그곳 사람들이 어떻게 일하고 어떻게 사랑하며 어떻게 죽는지를 살펴보는 것이 편리한 방법이다. 우리의 작은 도시에서는 기후 탓인지 그 모든 일이 한꺼번에 격렬하면서도 무심하게 이루어진다. 말하자면 사람들은 권태로워하면서 습관이라도 가져 보려고 애를 쓴다. 우리의 시민들은 일을 열심히 한다. 하지만 언제나 부유해지기 위해서일 뿐이다. 그들은 특히 상업에 관심이 많고 그들의 표현을 따르자면 사업에 몰두한다. 물론 그들은 소박한 기쁨에 대한 취향도 지니고 있어서 여자와 영화와 해수욕을 좋아한다. 하지만 매우 분별력이 있어서 그런 즐거움들은 토요일 오후나 일요일로 미뤄두고 주중의 다른 날들은 돈을 더 많이 벌기 위해 애쓴다. 저녁 퇴근 후면 그들은 정해진 시간에 카페에 모이거나 같은 거리를 산책하거나 자기 집 발코니에 자리를 잡고 앉는다. 젊은이들의 욕망은 격렬하고 간결한 데 비해 나이 든 사람들의 악습이라야 공굴리기 놀이 모임, 친목회 회식, 제법 큰돈을 걸고 카드놀이를 하는 동호회 모임 정도의 선을 넘지 않는다.

그런 것들이 우리 도시만의 특성이 아니라 현대의 도시들은 대개 다 그렇지 않느냐고 반문할지도 모른다. 분명히 오늘날에는 아침부터 저녁까지 일한 다음 나머지 시간을 카드놀이로 소일하거나 카페에 앉아서, 혹은 잡담을 하면서 보내버리는 모습처럼 자연스러운 것도 없다. 그러나 사람들이 간혹 그런 일상적인 것 외에 다른 일에 대해 일말의 호기심이나 의혹을 품기도 하는 도시나 나라들이 있다. 대개의 경우 그런 호기심이나 의혹이 그들의 삶을 변화시키지는 않는다. 다만 그런 호기심이나 의혹이 있다는 것, 그것이 소득이다. 반대로 오랑은 분명히 그런 의혹이 절대로 존재하지 않는 도시, 말하자면 완전히 현대적인 도시이다. 그러니 이 도시에서 사람이 사랑하는 방식을 굳이 정확하게 설명할 필요도 없다. 남자와 여자들은 이른바 성행위를 통해 급속히 서로를 잡아먹거나 아니면 두 사람 간의 기나긴 습관 속에 빠져든다. 이 두 극단 사이에 중간지대란 없다. 물론 그것도 더 이상 이곳만의 특성은 아니다. 다른 곳들과 마찬가지로 오랑에서는 시간도 없고 생각할 여유도 없어서 자신들이 사랑하는지도 모른 채 사랑할 수밖에 없다.

우리 도시만이 지닌 가장 큰 특징이라면 죽을 때 겪게 되는 어려움이다. 어찌 보면 어려움이라는 단어는 적절하지 않다. 불편함이라고 표현하는 것이 더 정확할 것이다. 병에 걸린다는 것은 결코 기분 좋은 일이 아니다. 하지만 병들었을 때 지원을 해주어 어떤 식으로건 그럭저럭 견딜 수 있게 해주는 도시들과 국가들이 있다. 환자는 상냥함을 필요로 하고 그 무언가에 의지하고 싶어 하는 것이 당연하다. 그런데 오랑에서는 혹독한 기후, 이곳에서 이루어지는 사업의 중요성, 보잘것없는 환경, 순식간에 저버리는 태양, 이곳 쾌락의 특성 등 모든 것이 좋은 건강 상태를 요구하고 있다. 이곳에서 환자는 아주 고독하다. 열기에 말라 터져가는 벽들 뒤에서 덫에 걸린 듯 죽어가는 사람의 모습에, 바로 그 순간 나머지 모든 사람이 전화로, 혹은 카페에서 어음에 대해, 선하증권과 어음할인에 대해 이야기하고 있는 모습을 겹쳐서 생각해 보라. 그러면 이렇게 메마른 장소에서 죽음을 맞이할 때 그 죽음이 제아무리 현대적이라도 거기에 뭔가 불편한 것이 있음을 이해할 수 있을 것이다.

　이런 몇 가지 지적을 통해 우리 도시가 어떤 곳인지 충분히 파악할 수 있을 것이다. 그렇지만 그 어느 것도 과장해서는 안 된다. 강조해야 할 것은 이 도시와 이 도시의 삶이 그저 평범하다는 사실이다. 하지만 일단 습관이 들면 별 어려움 없이 하루하루를 보낼 수 있다. 게다가 이곳의 삶이 그다지 흥미롭지는 않지만 이곳은 적어도 무질서하지는 않다. 솔직하며 다정하고 활동적인 이곳 주민들은 여행객들에게 늘 분별력이 있다는 평을 받아왔다. 경치도 보잘것없고 식물도 없으며 영혼도 없는 이 도시에서 사람들은 편안함을 느끼고 이윽고 그곳에서 잠이 든다. 그런데 헐벗은 고원 한가운데 위치한 이 도시가 빛나는 언덕에 둘러싸여 있고 그 앞에는 완벽하게 아름다운 만(灣)이 있어, 더할 나위 없이 아름다운 풍경과 접하고 있다는 사실을 덧붙이는 것이 공평할 것이다. 다만 이 도시가 만을 등지고 있어 바다가 보이지 않는다는 사실, 바다를 보려면 일부러 찾아가야 한다는 사실이 유감일 뿐이다.

　이쯤 했으면 그해 봄에 일어났던 사건들이 이어질 일련의 중대한 사건들—이글은 그 사건의 연대기이다—의 전조라는 사실을 우리의 시민들이 전혀 눈치 채지 못했으리라는 것을—물론 우리도 나중에 가서야 알게 되었지만—쉽게 인정할 수 있을 것이다. 때가 되면 알게 되겠지만 이 글의 화자는 우연히 얼만큼의 증거를 수집할 수 있었고 그가 이곳에서 서술하고자 하는 일들에 개입할 수밖에 없었다. 만일 그렇지 않았다면 그에게는 이런 일을 시도할 자격조차 없었을 것이다. 바로 그 때문에 그에게는 역사가로서의 작업이 허용되었다. 그에게는 이 일을 해가는 동안에 수집한 많은 사람의 증언이 있고 기록도 소유하고 있다. 필요한 경우에는 그 기록들을 마음껏 활용할 생각이다. 그리고 또…… 하지만 이제 이런저런 설명이나 사전주의사항일랑 그만두고 본론으로 들어갈 때가 된 것 같다. 처음 며칠간 벌어졌던 일들의 연관 관계를 밝히려면 조금 상세하게 살펴볼 필요가 있다.

***

4월 16일 아침, 의사 베르나르 리외가 진찰실을 나서다가 층계참 한복판에서 죽은 쥐 한 마리가 발치에 걸렸다. 그는 별다른 생각 없이 당장 쥐를 밀어내고 계단을 내려왔다. 그런데 거

제1부

15

리로 내려와 생각하니 그곳은 쥐가 나올 데가 아니라는 생각에 발걸음을 돌려 수위에게 알려주러 갔다. 수위인 미셸 영감의 반응을 보고 그는 자신의 발견이 예삿일이 아니라는 것을 실감할 수 있었다. 죽은 쥐가 발견되었다는 사실이 그에게는 단지 이상한 일에 불과했지만 수위에게는 스캔들이 될 만한 일이었다. 게다가 수위의 입장은 확고했다. 이 집에는 쥐가 있을 리 없다는 것이었다. 리외가 분명히 죽은 쥐를 보았다고 말하자 수위는 누군가 외부에서 장난으로 갖다 놓은 것이 틀림없다고 단호하게 말했다.

그날 저녁 베르나르 리외는 건물 복도에 서서 집으로 올라가기 전에 열쇠를 찾고 있었다. 그때 복도 어두컴컴한 구석에서 커다란 쥐 한 마리가 불쑥 나타나 비틀거리는 모습이 눈에 띄었다. 쥐의 털은 젖어 있었다. 쥐는 멈춰 서서 몸의 균형을 잡는 듯하더니 의사 쪽으로 달려오다가 다시 멈춰 섰다. 쥐는 작은 소리를 내며 제자리를 맴돌더니 반쯤 열린 입으로 피를 토하며 쓰러졌다. 의사는 쥐를 얼마 동안 바라보다가 집으로 올라갔다.

그는 죽은 쥐 생각을 하고 있는 것이 아니었다. 쥐가 토해낸 피가 지금 그의 걱정거리를 상기시킨 것이다. 1년 전부터 병을 앓고 있는 그의 아내가 이튿날 산에 있는 요양원으로 떠날 예정이었다. 아내는 그가 시킨 대로 침실에 누워 있었다. 여행으로 인한 피로에 대비한 것이다. 그녀는 미소 짓고 있었다.

"기분이 아주 좋아요." 그녀가 말했다.

의사는 자신을 향해 고개를 돌리고 있는 아내의 얼굴을 바라보았다. 머리맡의 등불이 아내의 얼굴을 비추고 있었다. 서른 살의 나이에 병색이 완연했지만 리외는 그 얼굴이 여전히 젊은 시절의 얼굴 같았다. 미소가 얼굴을 말끔히 씻어준 덕분이리라.

"잘 수 있으면 좀 자 둬요." 그가 말했다. "간병인이 열한 시에 오면 내가 정오 기차에 맞춰 데려다주겠소."

그는 약간 땀이 밴 그녀의 이마에 입을 맞추었다. 그가 방문을 나설 때까지 그녀는 미소를 짓고 있었다.

이튿날인 4월 17일 여덟 시에 수위가 지나가는 의사를 붙잡고 어떤 못된 놈들이 복도 한복판에 죽은 쥐 세 마리를 갖다 놓았다고 투덜거렸다. 쥐가 피투성이인 것으로 보아 큰 덫으로 잡은 게 틀림없다는 것이었다. 미셸 영감은 놈들을 기필코 붙잡고 말겠다고 씩씩거렸다.

뭔가 미심쩍은 생각이 든 리외는 자신의 환자들 중 가장 가난한 사람들이 살고 있는 변두리 지역부터 왕진하기로 마음먹었다. 이 지역은 쓰레기 수거가 가장 늦게 이루어지기 때문에 자동차를 타고 먼지투성이의 곧은 길을 가다 보면 길가에 놓인 쓰레기통들을 스쳐 지나가게 되어 있다. 그런 식으로 길을 따라가다가 의사는 푸성귀와 더러운 걸레 조각들 위에 팽개쳐져 있는 쥐들을 십여 마리 이상 헤아릴 수 있었다.

그가 제일 먼저 찾아간 환자는 거리에 면하고 있는, 침실 겸 식당으로 쓰는 방 침대에 누워 있었다. 얼굴에 주름살이 잔뜩 낀 굳은 표정의 늙은 스페인 사람이었다. 그는 해수병을 앓고 있었다. 의사가 들어갔을 때 노인은 침대에서 반쯤 일어나 앉았다가 몸을 뒤로 눕힌 채 호흡을 진정시키려 애쓰고 있었다. 그가 방으로 들어가자 그의 부인이 대야를 가져왔다.

"그런데 선생," 주사를 맞으며 환자가 말했다. "그놈들이 나오는데, 보셨소?"

"그래요." 그의 부인이 말했다. "이웃집에서는 세 마리나 치웠대요."

노인이 손을 비비며 말했다.

"쓰레기통마다 보이지 않는 데가 없다더군. 배가 고파서 그럴 거요!"

리외는 거리마다 온통 쥐 이야기뿐이라는 것을 어렵지 않게 확인할 수 있었다. 왕진을 마치고 그는 집으로 돌아왔다.

"저기, 선생님께 전보가 와 있습니다." 미셸 씨가 말했다.

의사는 그에게 쥐를 또 보지 않았느냐고 물었다.

"아뇨." 수위가 대답했다. "내가 지키고 있잖습니까. 놈들이 감히 그 짓을 하지 못하는 겁니다."

전보는 그의 어머니가 내일 도착한다는 것을 알리는 내용이었다. 환자인 며느리가 집을 비우는 동안 아들의 집안일을 돌보기 위해 오는 것이었다. 의사가 집 안으로 들어가니 간병인이 벌써 와 있었다. 아내는 정장 차림에 화장을 한 모습으로 서 있었다. 그가 그녀에게 미소를 지으며 말했다.

"보기 좋은데. 아주 좋아요."

잠시 후 그는 역에서 아내에게 침대차에 자리를 잡아 주었다. 그녀가 침대칸을 바라보며 말했다.

"우리 형편에 너무 비싸지 않아요?"

"쓸 때는 써야지." 리외가 말했다.

"그 쥐 이야기는 뭐예요?"

"모르겠소. 심상치 않긴 해. 하지만 그냥 지나가겠지."

그런 후 그는 그녀에게 좀 더 잘 돌봐주었어야 했는데 미안하다고, 그동안 너무 소홀했다고 빠르게 말했다. 그녀가 그런 말 하지 말라는 듯 고개를 젓자 그가 덧붙였다.

제1부

19

"당신이 돌아올 때쯤이면 모든 게 괜찮아질 거요. 다시 시작할 수 있을 거야."

"그래요." 그녀가 눈을 빛내며 말했다. "다시 시작할 수 있을 거예요."

얼마 후 그녀가 고개를 돌리고 창밖을 내다보았다. 사람들이 서두르느라 서로 부딪치며 야단법석이었다. 기관차가 증기를 내뿜는 소리가 그들에게까지 들려왔다. 그가 아내의 이름을 불렀다. 그녀가 고개를 돌려 그를 바라보자 그녀의 얼굴이 눈물에 젖은 것이 보였다.

"그러면 못써요." 그가 부드럽게 말했다.

눈물 젖은 얼굴에 약간 어색한 미소가 떠올랐다. 그녀가 깊이 숨을 몰아쉬었다.

"이제 가 보세요. 다 잘될 거예요."

그는 그녀를 안아준 후 플랫폼으로 내려섰다. 이제 그녀의 미소 외에는 보이지 않았다.

"제발 몸조심해요." 그가 말했다. 하지만 아내에게는 들리지 않았다.

리외는 출구 근처의 플랫폼에서 예심판사 오통 씨를 만났다. 그는 아들의 손을 잡고 있었다. 의사는 그에게 여행을 가느냐

고 물었다. 큰 키에 머리칼이 검은 오통 씨는 반쯤은 옛날 사교
계 인물 같았고 반쯤은 장의사 일꾼 같았다. 그는 상냥한 목소
리로 짧게 대답했다.

"시댁에 인사차 다녀오는 아내를 기다리고 있습니다."

기관차가 기적을 울렸다. "그런데 쥐들이……" 예심판사가
말했다.

리외는 기차 쪽으로 움직이다가 다시 출구를 향해 몸을 돌리
며 말했다.

"아, 예. 별거 아닐 겁니다."

그 순간 그에게 남은 기억이라고는 죽은 쥐들이 가득 든 상
자를 팔에 끼고 역무원 한 명이 지나갔다는 사실 뿐이었다.

같은 날 오후 진찰을 시작할 무렵 리외는 젊은 사람 한 명의
방문을 받았다. 그는 자신이 신문기자라며 오전에 이미 다녀갔
다고 말했다. 그의 이름은 레몽 랑베르였다. 작달막한 키에 어
깨가 벌어진 과단성 있는 얼굴의 사내로서 눈이 맑고 총명해
보였다. 간편한 복장이었고 생활도 여유가 있어 보였다. 그는
단도직입적으로 용건부터 밝혔다. 그는 자신이 파리의 어느 큰
신문사 기자로 일하고 있으며, 아랍인들의 생활조건을 취재하
고 있는 중이며, 그들의 보건 상태에 대한 정보를 알고 싶다고

말했다. 리외는 별로 좋지 않다고 대답했다. 그러나 리외는 더 자세히 말해 주기 전에 신문 기자에게 진실을 말할 수 있느냐고 먼저 물었다.

"물론입니다." 랑베르가 대답했다.

"제 말은 온전히 고발할 수 있느냐 이겁니다."

"온전히요? 그럴 수는 없다고 말씀드려야겠군요. 그런 식의 고발은 근거가 없기 마련인 것 같군요."

리외는 부드러운 말투로 그런 식의 고발이란 근거가 없을 수도 있지만 자신이 그런 질문을 한 것은 랑베르가 취재하는 증언에 유보가 있는지 없는지 알고 싶어서였을 뿐이라고 말하면서 덧붙였다.

"저는 아무 유보도 없는 증언만 인정하거든요. 따라서 제가 알고 있는 것들을 당신에게 정보로 제공할 수는 없을 것 같습니다."

"그야말로 생쥐스트(프랑스 혁명 당시 정치가. 정의와 평등에 대한 비타협적인 연설로 유명함-옮긴이 주)식의 말투로군요." 신문기자가 웃으며 말했다.

리외는 언성을 높이지 않은 채 그런 것에 대해서는 아무것도 아는 게 없다고, 자신의 말을 자신이 살고 있는 세상에 대해 지처 있으면서도 동포에 대해서는 애정을 지니고 있는 사람, 불의와 타협을 거부하는, 거부하기로 결심한 한 남자의 발언으로 알아달라고 말했다. 랑베르는 목을 움츠리고 의사를 바라보았다.

"이해할 수 있을 것 같습니다." 이윽고 그가 몸을 일으키며 말했다.

의사가 그를 문까지 배웅했다.

"그렇게 생각해주시니 고맙습니다." 리외가 말했다.

랑베르는 짜증이 난 것 같았다. 그가 말했다.

"네, 알겠습니다. 폐를 끼쳐서 죄송합니다."

악수를 한 뒤에 의사는 그에게 지금 이 도시에서 죽은 쥐들이 많이 발견되고 있다며, 그에 대해 흥미로운 기사를 쓸 수도 있을지 모르겠다고 말했다.

"아, 그래요? 흥미로운데요." 랑베르가 외쳤다.

오후 다섯 시, 리외는 다시 왕진을 나가다가 계단에서 한 사람과 마주쳤다. 듬직한 얼굴에 짙은 속눈썹이 달렸으며 대체로 둔중한 느낌을 주는 젊은이였다. 이 건물 꼭대기 층에 살고 있는 스페인 무용수 집에서 가끔 마주친 적이 있었다. 장 타루는 담배를 뻑뻑 빨아대며 자기 발치에서 쥐 한 마리가 죽어가면서 마지막 경련을 일으키는 모습을 곰곰이 바라보고 있었다. 그는 회색 눈을 들어 평온한 눈길로 리외를 약간 빤히 쳐다보며 인사를 건넨 후 이렇게 쥐들이 나타나는 게 이상한 일이라고 덧붙였다.

"그렇습니다." 리외가 말했다. "하지만 결국 성가신 일 정도가 되겠지요."

"어떤 의미에서는요, 선생님. 이런 걸 한 번도 본 적이 없으니까요. 하지만 내게는 아주 흥미롭습니다. 그래요, 정말 흥미로워요."

타루는 손을 들어 머리카락을 뒤로 쓸어 넘기면서 다시 쥐를 바라보았다. 쥐는 꼼짝 않고 있었다. 타루가 리외를 향해 미소를 지으며 말했다.

"하지만 선생님, 어쨌든 이런 건 수위가 알아서 할 일이지요."

마침 그때 수위가 입구 근처 벽에 등을 기댄 채 건물 앞에 서 있는 것이 눈에 띄었다. 평상시 벌겋게 상기되어 있던 얼굴에 피곤한 기색이 역력했다.

리외가 미셸 영감에게 쥐가 새로 나타났다고 알려주자 그가 말했다.

"알고 있습니다. 이제 한꺼번에 두세 놈씩 나타납니다. 그런데 다른 건물도 마찬가지입니다."

그는 풀이 죽어 있었고 근심스러운 눈치였다. 그는 기계적인 몸짓으로 목을 문질렀다. 리외는 몸이 괜찮냐고 물었다. 수위는 물론 좋지 않다고 대답할 수는 없었다. 다만 좀 마음이 편치 않다고 그는 느꼈다. 그의 생각에는 기분 탓이었다. 쥐 때문에 충격을 받았을 뿐이고 놈들이 사라지면 모든 것이 괜찮아질 것 같았다.

그런데 다음 날인 4월 18일 아침, 역에서 어머니를 모시고 와보니 미셸 씨의 얼굴이 더 초췌해 있었다. 지하실로부터 다락방에 이르기까지 십여 마리의 쥐가 계단에 흩어져 있었던 것이다. 이웃 건물들 쓰레기통에도 쥐들이 그득했다. 의사의 어머니는 그 소식에도 별로 놀라지 않았다.

"그럴 수도 있는 일이지."

그녀는 은발의 자그마한 여자로서 검고 온화한 눈을 갖고 있었다. 그녀가 이어서 말했다.

"베르나르, 너를 다시 만나서 기쁘단다. 그런 마당에 쥐 따위가 대수겠니?"

그가 동의했다. 아닌 게 아니라 어머니와 함께 있으니 모든 게 쉬워 보였다.

그래도 리외는 시청의 쥐 박멸 담당 부서에 전화를 걸었다.

그는 담당 부서의 과장과 잘 알고 지내는 사이였다. 수많은 쥐들이 바깥으로 나와서 죽는다는 사실을 그도 들어서 알고 있을까? 과장인 메르시에 씨는 그 이야기를 들은 것은 물론이고 부둣가에서 멀지 않은 자기 청사에서만도 50여 마리나 발견됐다고 말했다. 그러면서도 그는 그게 뭐 그리 심각한 일인지 의문을 표시했다. 리외도 심각한 일이라고 확신할 수는 없었지만 어쨌든 쥐 박멸 담당 부서에서 나설 일이라고는 생각하고 있었다.

"그래, 지시만 있다면 말일세." 메르시에가 말했다. "자네 생각에 정말 그럴 필요가 있다고 생각한다면 지시를 받도록 애써 보겠네."

"물론 그럴 필요가 있고말고." 리외가 말했다.

리외의 집 가정부가 자기 남편이 일하는 큰 공장에서 수백 마리의 죽은 쥐를 쓸어냈다고 조금 전에 리외에게 말해주었던 것이다.

어쨌든 대충 이 무렵부터 우리의 시민들이 불안해하기 시작했다. 18일부터 실제로 공장과 창고들에서 수백 마리의 죽은 쥐들이 쏟아져 나온 것이다. 변두리에서 시내 중심가에 이르기까지 리외가 지나는 곳, 혹은 시민들이 모여 있는 곳 어디에서나 죽은 쥐들이 쓰레기통에 무더기로 쌓인 채, 혹은 도랑에 길게 줄을 지은 채 기다리고 있었다. 바로 그날부터 석간신문들이 이 문제를 집중적으로 다루기 시작했다. 신문에서는 과연 시 당국이 행동할 용의가 있는지 없는지, 이 혐오스러운 사태로부터 시민들을 보호하기 위해 어떤 긴급 대책을 마련하고 있는지 물었다. 당국은 아무런 계획도, 대책도 없었지만 어쨌든 대책을 논의하기 위해 회의를 개최했다. 회의 결과 새벽마다 죽은 쥐들을 수거하라는 지시가 담당 부서에 하달되었고 수거한 쥐들은 쓰레기 소각장으로 가져가서 태우기로 했다.

하지만 며칠이 지나자 사태는 더 악화되었다. 쥐들은 점점 더 많이 죽어갔고 매일 아침 수거되는 양도 점점 더 늘어났다. 나흘째 되는 날부터 쥐들은 떼를 지어 밖으로 나와 죽기 시작했다. 밤낮으로 도처에서 죽어가는 쥐들의 작은 비명이 들렸으며 사람들의 왕래가 가장 빈번한 곳에서도 죽은 쥐들이 보여 시민들이 질겁을 하곤 했다. 낮에 시내에서 발견되는 죽은 쥐의 사체가 급속히 늘어갔으며 밤에 보도를 산책하던 사람이 죽은 지 얼마 되지 않은 물컹한 쥐의 사체를 밟는 일도 자주 일어났다. 마치 우리의 집들이 세워져 있는 바로 그 땅이 자신의 체액을 쥐어짜서 지금까지 안에서 곪고 있던 종기와 피고름을 표면으로 분출하는 것 같았다. 이제껏 조용하기만 했던 우리의 작은 도시가, 마치 건강했던 사람의 짙은 피가 갑자기 혁명이라도 일으킨 것처럼, 며칠 사이에 발칵 뒤집혀 버렸으니 사람들이 그 얼마나 아연실색했겠는가!

4월 28일, 랑스도크 통신사가 하루에 쥐를 약 8천 마리가량 수거했다고 보도하자 시민들의 불안은 극에 달했다. 시민들은 근본 대책을 요구했고 당국을 비난했으며 바닷가에 집이 있는 사람들은 그리로 피신할 것이라고 말하기 시작했다. 이제까지 좀 불평하는 정도에서 그쳤던 사람들이 규모도 정확히 알 수 없고 원인도 알 수 없는 이 사건에 대해 위협을 느끼기 시작한 것이다. 그런데 그다음 날 통신사는 그 현상이 갑자기 그쳤으며 당국에서 수거한 쥐의 숫자는 무시해도 좋을 정도라고 보도했다. 시민들은 안도의 한숨을 내쉬었다.

그런데 바로 그날 정오에, 의사 리외는 아파트 앞에 차를 세우다가 길 끝에서 수위가 고개를 숙이고 팔과 다리를 벌린 채 힘겹게 걸어오고 있는 모습을 목격했다. 마치 허수아비가 걸어오는 것 같았다. 노인은 신부의 팔에 의지하고 있었다. 의사도 알고 있는 파늘루 신부였다. 그는 박식하고 활동적인 예수회 신부로서 리외가 몇 번 만난 적이 있었다. 그는 이 도시에서 평판이 높은 인물이었으며 심지어 종교에 관심이 없는 사람들 사이에서도 마찬가지였다. 그는 그들을 기다렸다. 미셸 영감은 번들거리는 눈에 숨을 가쁘게 몰아쉬고 있었다. 몸이 시원치 않은 것 같아서 바람을 쐬러 나왔다가 목, 겨드랑이, 사타구니에 통증이 심해서 돌아오는 길에 파늘루 신부의 도움을 청하게 되었다는 것이었다.

"종기가 생겼습니다." 그가 말했다. "과로한 것 같아요."

리외는 자동차 창문 밖으로 손을 내밀어 노인이 내민 목덜미 아래쪽을 손가락으로 만져 보았다. 나무의 마디 같은 것이 느껴졌다.

"가서 누워 계세요. 체온을 재보시고요. 오늘 오후에 가보겠습니다."

수위가 떠나자 리외는 파늘루 신부에게 쥐 사건에 대해 어떻게 생각하느냐고 물었다.

"아, 전염병이겠지요." 신부가 말했다. 동그란 안경 너머 눈에 미소가 떠올라 있었다.

점심 식사 후 아내가 요양원에 잘 도착했다는 편지를 읽고 있는데 전화벨이 울렸다. 옛 환자였던 시청직원에게서 걸려온 전화였다. 오랫동안 대동맥 협착증으로 고생했던 사람인데, 가난했기에 리외는 무료로 치료를 해주었다. 전화로 그가 말했다.

"아, 저를 기억해 주시는군요. 하지만 다른 사람 문제로 전화를 드렸습니다. 빨리 좀 와 주세요. 제 이웃에게 뭔가 일이 생겼습니다."

숨 가쁜 목소리였다. 수위 생각이 났지만 뒤로 미루기로 했다. 몇 분 후 그는 시 외곽 페데르브 가(街)의 어느 나지막한 집으로 들어섰다. 서늘하면서도 악취가 풍기는 계단 한가운데서 그는 그를 마중 나온 시청직원 조제프 그랑을 만났다. 노란 콧수염을 기르고 있는 큰 키에 등이 굽고 좁은 어깨에 사지가 야윈 50대 남자였다. 그가 리외에게 다가오며 말했다.

"좀 나아졌습니다. 아까는 꼭 죽는 줄 알았습니다."

그가 코를 풀었다. 맨 위층인 3층의 왼쪽 문에 빨간색 분필로 '들어오시오, 나는 목을 매달았소'라는 글이 적혀 있었다.

두 사람은 안으로 들어갔다. 뒤집힌 의자 위에 밧줄이 매달려 있었고 탁자는 한구석으로 치워져 있었다. 하지만 밧줄에는 아무것도 매달려 있지 않았다.

"제가 때맞춰 풀어줄 수 있었습니다." 그랑이 말했다. 그는 가장 단순한 말을 할 때도 적절한 말을 찾으려 애쓰는 것 같았다. "막 외출하려던 참이었는데 무슨 소리가 들렸습니다. 제가 여기 적힌 글을 봤을 때, 뭐라고 할까, 무슨 장난인 줄 알았습니다. 그런데, 저 사람이 신음 소리 같은 걸 내는 게 아니겠어요. 이상하다 못해 불길하다고까지 말할 수 있는 소리였습니다."

그들은 방문을 열고 문턱에 섰다. 방안은 밝았지만 가구는 형편없었다. 둥근 얼굴의 키 작은 남자가 구리 침대에 누워 있었다. 그는 거칠게 숨을 몰아쉬며 충혈된 눈으로 그들을 바라보았다. 리외는 침대 쪽으로 다가갔다. 질식 증상은 약간 있었지만 척추는 괜찮은 것 같았다. 엑스레이를 찍어볼 필요는 있는 것 같았다. 의사는 강심제 주사를 한 대 놓아준 후 며칠 후면 괜찮아질 것이라고 말했다.

"감사합니다, 의사 선생님." 사내가 숨가쁜 목소리로 말했다.

리외는 그랑에게 경찰에 신고했느냐고 물었다. 그러자 그랑이 당황한 표정으로 말했다.

"아뇨, 안 했습니다. 제 생각에 무엇보다 급한 건……"

"물론이지요." 리외가 그의 말을 자르며 말했다. "제가 신고하겠습니다."

순간 환자가 동요한 모습으로 몸을 일으키더니 자기는 괜찮으니 그럴 필요 없다고 항의했다.

"진정하세요." 리외가 말했다. "별일 아닐 테니 안심해요. 어쨌든 나는 의무적으로 신고를 해야 해요."

곁에서 그랑이 거들었다.

"이봐요, 코타르 씨, 당신이 이해해야 해요. 의사에게는 책임이 있는 겁니다. 예컨대 당신이 다시 그런 짓을 하게 된다면⋯⋯"

환자는 몸을 뒤로 풀쩍 눕히더니 작게 흐느꼈다. 리외는 처방전을 썼다. 그는 2, 3일 후에 다시 오겠다며 다시 이런 어리석은 생각일랑 하지 말라고 환자에게 말했다.

층계참에서 리외는 그랑에게 자신은 신고할 수밖에 없다고, 하지만 경찰에게는 이틀 후에 조사하도록 부탁해 보겠다고 말했다.

"오늘 밤 저 사람을 지켜봐야 합니다. 가족이 있나요?" 리외가 물었다.

"잘 모르겠습니다. 하지만 제가 직접 곁에서 밤샐 수 있습니다."

그랑은 고개를 끄덕이며 덧붙였다.

"제가 저 사람을 잘 안다고 할 수는 없는 게 사실입니다. 하지만 서로 도와야지요."

리외는 서둘러 그랑과 악수를 했다. 빨리 수위를 살펴본 후 아내에게 편지를 써야겠다는 생각에 마음이 바빴다.

석간신문 판매원들이 쥐들의 습격이 중단되었다고 외치고 있었다. 그런데 리외가 수위에게 와서 보니 환자는 상반신을 침대 밖으로 내밀고, 한 손은 배에, 다른 손은 목덜미에 댄 채 불그스레한 담즙을 마치 속에서 뽑아내듯 오물통에 토하고 있었다. 수위는 오랫동안 고생한 끝에 숨을 헐떡이며 다시 몸을 눕혔다. 체온이 39.5도였다. 목의 림프절과 사지가 부풀어 올랐고 옆구리에는 거무스름한 반점 두 개가 번지고 있었다. 그는 이제 배가 아프다고 호소했다.

환자는 너무 아프다며 알아듣지 못할 말을 검게 타버린 입으로 중얼거리면서 튀어나온 두 눈을 의사에게로 돌렸다. 두통 때문인지 두 눈에 눈물이 맺혀 있었다. 그의 아내가 불안한 눈길로 아무 말 없이 서 있는 리외를 바라보며 말했다.

"선생님, 대체 뭐지요?"

"글쎄요, 여러 가지 가능성이 있습니다. 하지만 지금으로서는 확실한 게 아무것도 없습니다. 저녁까지 금식을 하고 정혈제를 써야겠습니다. 물을 많이 먹이세요."

마침 수위가 목이 말라 죽겠다고 했다.

집으로 돌아온 리외는 동료이자 이 도시에서 가장 권위 있는 의사 중 한 명인 리샤르에게 전화를 걸었다. 리샤르가 말했다.

"아뇨, 특별한 환자는 전혀 없었는데요."

"국부 염증을 동반한 발열이 없었나요?"

"아, 그러고 보니 있었네요. 림프절에 발열이 심한 환자가 두 명 있었습니다."

"비정상적일 정도였습니까?"

"글쎄, 정상이란 게, 당신도 알다시피……"

그날 저녁 수위 노인은 줄곧 헛소리를 했고 열이 40도까지 올랐다. 그는 쥐에 대해 불평했다. 리외는 종기고착 요법을 시도했다. 테레빈 주사액의 통증 때문에 수위는 "그 망할 놈들!"이라며 고함을 질렀다.

림프절은 전보다 더 크게 부어올라 있었고 손으로 만져 보니 딱딱한 심 같은 것이 잡혔다. 수위의 부인은 제정신이 아니었다.

"밤새 잘 지켜보세요." 의사가 그녀에게 말했다. "무슨 일이 있으면 전화하세요."

다음 날인 4월 30일, 푸르고 축축한 하늘에 벌써 훈훈한 바람이 불고 있었다. 아침에 들려오는 거리의 소음이 평소보다 더 활기차고 유쾌하게 느껴졌다. 아내로부터 편지를 받고 안심이 된 리외는 가벼운 마음으로 수위의 집으로 내려갔다. 실제로 열이 38도로 내려가 있었다. 쇠약해진 환자가 침대에 누운 채 미소 짓고 있었다.

"좋아지겠지요? 그렇지요, 선생님?" 그의 아내가 말했다.

"좀 더 두고 봐야겠습니다."

그런데 정오가 되자 열이 단번에 40도까지 올라갔다. 환자는 끊임없이 헛소리를 했고 다시 토하기 시작했다. 목의 림프절은 손을 대기만 해도 너무 아파서 수위는 마치 머리를 몸에서 떼어내고 싶어 하는 것 같았다. 수위의 아내는 침대 발치에 앉아 이불 위에서 환자의 두 발을 살짝 잡고 있었다. 그녀가 리외를 바라보았다. 리외가 그녀에게 말했다.

"잘 들으세요. 환자를 격리해서 특수 치료를 받게 해야겠습니다. 병원에 전화해서 앰뷸런스로 옮겨야겠습니다."

두 시간 뒤 앰뷸런스 안에서 의사와 수위의 부인은 환자를 향해 허리를 굽히고 내려다보고 있었다. 종양으로 뒤덮인 환자의 입에서 단속적인 말들이 튀어나왔다.

"그놈의 쥐들!" 그가 말했다. 얼굴이 푸르스름했고 입술에는 핏기가 없었으며 눈꺼풀은 납빛이었고 호흡도 불규칙하고 짧았으며 림프절 때문에 몸을 이러지도 저러지도 못했다. 마치 침대를 몸에 뒤집어쓰기라도 하려는 듯, 혹은 저 땅 깊은 곳에서 나온 그 무엇이 그를 계속해서 부르기라도 하는 듯 수위는 침대 안에서 몸을 잔뜩 웅크린 채 보이지 않는 무게에 짓눌려 숨을 헐떡이고 있었다. 그의 아내가 울면서 말했다.

"이제 가망이 없는 거지요, 선생님?"

"사망하셨습니다." 리외가 말했다.

***

수위의 죽음과 더불어, 어리둥절한 징조만이 넘쳐나던 시기가 끝나고 상대적으로 더 어려운 다른 시기가 시작되었다고 말할 수 있을 것이다. 초기의 놀라움이 차츰차츰 공포로 변해갔다. 우리 시민들은 우리의 작은 도시가 쥐들이 밖으로 나와서 죽고 수위가 이상한 병으로 목숨을 잃는 특별한 공간이 되리라고는 꿈에도 생각해 본 적이 없었다. 그런 점으로 보면 시민들은 대체로 잘못 생각하고 있었던 셈이고 그 생각은 바뀌어야 했다. 만일 사태가 그 정도에서 그쳤다면 모든 것은 습관 속에 묻혀버렸을 것이다. 그런데 다른 시민들, 수위도 가난뱅이도 아닌 다른 사람들이 미셸 씨가 가장 먼저 들어선 그 길을 따라가야만 했다. 바로 그 순간부터 두려움이, 그리고 두려움과 함께 성찰이 시작되었다.

하지만 이 새로운 사건에 대한 상술에 들어가기 전에 우리가 지금까지 묘사한 시기에 대한 다른 증인의 의견을 소개하는 것이 유익할 수도 있으리라고 생각한다. 이 이야기 초반부에 우리가 만난 적이 있던 장 타루라는 인물은 몇 주 전에 이곳 오랑에 터전을 잡고 시내 중심가의 큰 호텔에서 지내고 있었다. 분명히 넉넉한 수입으로 여유 있게 사는 것 같았다. 사람들은 조금씩 그에게 익숙해졌지만 그가 어디 출신이며 왜 이곳에서 지내고 있는지 아는 사람은 아무도 없었다. 사람들은 공공장소에서 그를 자주 마주칠 수 있었으며 봄이 되면 바닷가에서 해수욕을 즐기고 있는 그의 모습을 자주 볼 수 있었다. 그는 항상 미소를 잃지 않는 호인이었으며 통상적인 오락을 즐기면서도 거기 사로잡히지는 않는 것 같았다. 사실 사람들이 알고 있는 그의 습관이라야 우리 도시에 살고 있는 많은 스페인 무용수와 음악가들 집에 자주 드나든다는 것 정도였다.

어쨌든 그의 수첩들 역시 이 어려운 시기에 대한 일종의 연대기라고 할 만했다. 그런데 그 연대기는 아주 특이했다. 마치 보잘것없는 일들만 기록하기로 마음먹은 것 같았다. 얼핏 보기에 타루는 마치 망원경을 거꾸로 들고 사물이나 사람들을 보려고 애쓰는 것 같았다. 요컨대 전반적인 혼란의 와중에서 그는 이야깃거리가 되지 않을 만한 것에 대한 이야기꾼이 되려 했다고 볼 수 있다. 무슨 쓸데없는 짓을 하느냐며 혹시 그의 마음이 메말라서 그러는 것 아니냐고 그를 의심할 수도 있다. 하지만 그의 수첩이 이 시기에 대한 연대기로서, 부수적이기는 하지만 나름대로 중요한 의미가 있는 수많은 세부 사항들을 제공하고 있는 것은 사실이다. 그리고 그 별난 행동 자체가 이 흥미 있는 인물에 대한 성급한 판단을 유보하게 만든다.

장 타루의 첫 번째 메모는 그가 오랑에 도착하던 첫날로 거슬러 올라간다. 그 기록들 처음 부분부터 그가 이 추한 도시에 살게 된 것에 대해 이상하게 만족하고 있었음을 보여준다. 그는 시청을 장식하고 있는 두 마리의 청동 사자상에 대해 자세히 묘사한 후 나무가 없다는 점, 볼품없는 집들, 무계획적인 도시 구조에 대해 호의적인 평가를 내렸다. 게다가 그는 전차나 거리에서 들은 별 의미 없는 대화들을 아무런 논평 없이 옮겨 놓았다. 다만 캉이라는 사람에 대한 두 명의 전차 차장들의 대화에는 예외적으로 논평을 달아 놓았다.

"자네 캉을 잘 알지?" 한 명이 말했다.
"캉? 검은 콧수염의 키 큰 사람?"

"맞아. 선로변경원 말이야."

"물론 잘 알지."

"그런데, 그 사람이 죽었대."

"그래? 언제?"

"쥐 소동이 난 다음에."

"거참! 그런데 왜 죽었대?"

"잘 몰라. 열병이라나 봐. 게다가 몸도 약했잖아. 겨드랑이에 종기가 난 모양인데, 그걸 견뎌내지 못한 거야."

"하지만 겉보기에는 여느 사람과 다를 게 없었는데."

"아니야. 폐가 약했어. 그런데도 브라스밴드에서 나팔을 불었잖아. 계속 나팔을 불었으니 망가진 거지."

"거 참!" 후자가 대화를 맺었다. "아플 때 나팔을 불면 안 되는데."

이어서 타루는 캉이 분명히 건강이 좋지 않은데도 브라스밴드에 들어간 이유가 무엇인지, 생명까지 무릅쓰면서 일요일 시가행진을 했던 숨은 이유가 무엇인지 궁금해했다.

그다음으로 타루는 자기 방 창문의 맞은편 집 발코니에서 종종 벌어지고 있는 광경에 대해 호감을 느낀 것 같았다. 그의 창문은 좁은 뒷골목을 향해 나 있었는데, 고양이들이 그곳 담벼락 그늘에서 잠을 자곤 했다. 그런데 점심시간 후 도시 전체가 열기에 졸고 있을 때면 길 건너편 발코니에 작은 노인 한 명이 모습을 드러냈다. 백발을 단정하게 빗고 군복처럼 줄이 선 옷을 입은 꼿꼿하고 근엄한 모습의 노인이었다. 노인은 쌀쌀하면서도 부드러운 목소리로 "야옹아, 야옹아"하고 고양이들을 불렀다. 고양이들은 졸음에 겨운 흐릿한 눈을 들어 올릴 뿐 꼼짝도 하지 않았다. 그러면 노인은 종이를 잘게 찢어 골목에 뿌렸다. 고양이들은 하얀 나비처럼 펄럭이며 떨어지는 종잇조각들에 이끌려 길 한가운데로 나서서는 마지막으로 떨어지는 종잇조각을 향해 망설이는 듯 한쪽 발을 내밀었다. 그러면 키 작은 노인은 고양이들을 향해 힘껏 정확하게 가래침을 내뱉었다. 그리고 가래침 한 방이라도 표적에 명중하면 웃어댔다.

그런 타루가 도시를 떠들썩하게 만들어놓은 쥐 사태에 대해서는 다음과 같이 기록했다.

오늘 맞은편에 사는 노인이 당황스러워 했다. 고양이가 한 마리도 보이지 않았던 것이다. 길거리에서 무더기로 발견되는 죽은 쥐들에 자극을 받았는지 실제로 고양이들이 사라졌다. 내 생각에 고양이들이 죽은 쥐를 먹는다는 건 말도 안 된다. 내가 기르던 고양이들이 죽은 쥐를 끔찍하게 싫어했던 기억이 난다. 노인은 머리 빗질도 제대로 하지 않았고 기운도 전만 못해 보인다. 불안해 보이기도 한다. 잠시 후 노인이 집 안으로 들어가면서 가래침을 허공에 내뱉었다.

오늘 시내에서 전차가 갑자기 멈추었다. 차내에서 죽은 쥐가 발견된 것이다. 그 쥐가 어떻게 차 안에 오게 되었는지는 알 수 없다. 여자 두세 명이 전차에서 내렸다. 사람들이 쥐를 밖으로 던졌다. 전차가 다시 출발했다.

호텔 야간 경비원은 믿을 만한 사람이다. 그가 이놈의 쥐들 때문에 무슨 불행한 일이 닥칠 것 같다고 말했다. "쥐들이 배를 떠나면요……" 나는 배의 경우에는 사실일지 몰라도 도시에서는 그런 일이 확인된 바 없다고 그에게 말했다. 하지만 그는 확신하고 있었다. 내가 어떤 식의 불행이 닥칠 것 같냐고 그에게 물었다. 그는 불행은 예견할 수 없기에 알 수 없다고 말했다. 하지만 그는 만일 지진

이 일어나더라도 놀라지 않을 것이라고 말했다. 내가 그럴 수도 있겠다고 인정했더니 그는 내게 불안하지 않냐고 물었다. 내가 그에게 대답했다.

"내가 관심을 갖는 건 마음의 평화를 얻는 일이오."

그는 내 말이 무슨 뜻인지 잘 안다고 말했다.

시내에서는 쥐 이야기가 많이 오간다. 신문도 끼어들었다. 평소에는 다양하던 지역 소식란이 온통 행정당국을 비난하는 캠페인으로 채워져 있었다. '우리 시 당국자들은 쥐들의 사체가 썩으면서 초래될 위험에 대해 생각해본 일이 있는가?' 호텔 지배인은 쥐 이야기 외에 다른 이야기는 꺼내지도 않았다. 하지만 화가 나서이기도 했다. 명망 있는 호텔 엘리베이터에서 쥐가 발견된다는 것은 그로서는 생각조차 할 수 없는 일이었다. 나는 그를 위로하기 위해 "다른 사람들도 다 그 지경인 걸요"라고 말해주었다.

그러자 그가 대답했다.

"바로 그겁니다. 우리가 이제 다른 사람들과 같아져 버렸습니다."

사람들을 불안하게 만든 그 열병의 첫 케이스를 내게 말
해 준 사람도 바로 그 지배인이다. 자기 호텔의 객실 청
소부 중 한 명이 열병에 걸렸다는 것이다.

"물론 전염병은 아닙니다." 그가 서둘러 지적했다. 나는
그에게 그런 건 아무런 상관없다고 말했다.

"아, 선생님도 저와 같으시군요. 선생님도 운명론자이시
군요."

나는 그에게 그 비슷한 말을 한 적도 없으려니와 나는 운
명론자가 아니다. 나는 그에게 그 말을 해주었고……

바로 이때부터 타루의 수첩에는 이미 사람들을 불안하게 만
들고 있는 이 미지의 열병에 대한 상세한 기록이 나타나기 시
작한다. 쥐들이 자취를 감추자 노인이 다시 고양이들을 발견했
다고, 그가 다시 침을 힘차게 뱉기 시작했다고 쓰면서 타루는
열병에 걸린 환자의 수가 이미 십여 명에 달하고 대부분이 치
명적이라고 덧붙였다.

끝으로 참고삼아 타루가 묘사하고 있는 의사 리외의 모습을
여기 옮겨 보겠다. 화자의 판단으로는 상당히 충실한 묘사로
보인다.

서른다섯 살 정도로 보임. 중키. 떡 벌어진 어깨. 거의 직사각형에 가까운 얼굴. 짙고 곧은 눈. 하지만 턱이 튀어나왔음. 크고 반듯한 코. 짧게 깎은 검은 머리. 두툼한 입술은 거의 언제나 굳게 닫혀 있음. 그을린 피부와 검은 털이 마치 시칠리아의 농부 같은 인상을 풍김. 언제나 짙은 색의 양복을 입고 있는데, 그와는 잘 어울림.

걸음걸이가 빠름. 보조를 바꾸지 않고 보도를 내려가지만 세 번 중 두 번은 반대편 보도로 가볍게 뛰어오름. 운전 중 방심을 해서 회전 후에도 방향 지시등을 끄지 않음. 모자는 늘 쓰지 않음. 사정에 밝은 듯한 표정.

타루의 숫자는 정확했다. 의사 리외도 그 숫자에 대해서는 어느 정도 알고 있었다. 수위의 시신을 격리한 다음 그는 사타구니 열병에 대해 물어보기 위해 리샤르에게 전화를 걸었던 것이다.

"전혀 모르겠소." 리샤르가 말했다. "사망자가 둘인데, 한 명은 48시간 만에 다른 한 명은 사흘 만에 죽었어요. 나중 사람은 아침만 해도 회복 중인 것 같아서 그냥 내버려 두었었소."

"다른 사례가 생기면 알려주십시오." 리외가 말했다.

이어서 그는 다른 의사들에게도 전화를 했다. 그런 식으로 조사를 해보니 며칠 동안 비슷한 사례가 스무 건 정도에 이르렀다는 사실을 알게 되었다. 거의 모두가 치명적이었다. 그러자 그는 오랑 시 의사회 회장인 리샤르에게 새로운 환자들을 격리해달라고 요청했다.

"하지만 나로서는 할 수 있는 게 아무것도 없습니다." 리샤르가 말했다. "도청 차원에서 조치를 취해 줘야 합니다. 그런데, 전염의 위험이 있다고 어디서 들었습니까?"

"어디서 들은 건 아닙니다만 증세가 심상치 않습니다."

하지만 리샤르는 자기에게는 아무런 자격이 없다고 말했다. 고작해야 도지사에게 말해보는 정도라는 것이었다.

그렇게 설왕설래가 오가는 사이 날씨가 나빠졌다. 수위가 죽은 다음 날 짙은 안개가 하늘을 뒤덮었다. 도시 위로 비가 억수같이 쏟아졌다. 갑자기 소나기가 퍼붓더니 푹푹 찌는 더위가 이어졌다. 바다 역시 짙은 푸른빛을 잃은 채 안개 낀 듯 뿌연 하늘 아래에서 눈이 아플 정도로 은빛, 혹은 무쇠 빛으로 번쩍였다. 봄철 더위에 습도까지 더해지니 차라리 여름 더위가 나을 정도였다. 도시 전체를 우울한 무력감이 짓누르고 있었고 사람들은 조금씩 저 무거운 하늘 아래 갇힌 죄수 같다는 기분을 느끼고 있었다. 오직 리외가 돌보는 늙은 환자만이 해수병을 이겨내고 이런 날씨를 즐기고 있었다.

"푹푹 찌는군. 기관지에는 좋은 날씨야"라고 그는 말하곤 했다.

실제로 푹푹 찌고 있었다. 열병보다 더하지도 덜하지도 않은 무더위였다. 도시 전체가 열병을 앓고 있었다. 코타르 자살 시도사건 조사에 입회하기 위해 페데르브 가를 향하던 날 아침에 의사 리외를 사로잡은 느낌이 그러했다. 하지만 터무니없는 느낌처럼 여겨지기도 했다. 그는 신경이 곤두서 있는 데다 걱정거리가 많아서 그런 것이리라 판단하고, 우선 머릿속부터 정리하는 게 급선무라고 생각했다.

그가 도착해보니 경찰은 아직 오지 않았다. 그랑이 층계참에서 기다리고 있었고 그들은 문을 열어놓은 채 먼저 들어가기로 했다. 시청직원은 두 칸짜리 집에서 살고 있었는데 가구가 무척 단출했다. 눈에 띄는 것이라고는 두어 권의 사전이 꽂혀 있는 흰색 목제 선반과 칠판뿐이었으며 칠판 위에는 반쯤 지워진 채 '꽃이 만발한 오솔길들'이라는 글씨가 적혀 있는 것이 보였다. 그랑은 코타르가 어젯밤에는 잘 잤다고 했다. 하지만 아침에는 머리가 아프다며 반응도 보이지 않는다는 것이었다. 그랑은 피곤한 데다 신경이 예민해진 듯 방안을 서성이면서 탁자 위에 놓인 서류철을 열었다 닫았다 했다. 서류철 안에는 육필 원고 뭉치가 가득 들어 있었다.

그랑은 코타르를 잘 알지 못하며, 오다가다 복도와 계단에서 마주쳤을 뿐 딱 두 번 그와 이야기를 나누었을 뿐이라고 말했다. 그중 한 번은 바로 며칠 전 일이었다. 그랑은 빨간색과 파란색 분필이 든 상자 한 통을 들고 계단을 올라오다가 층계참에서 실수로 분필통을 엎었다. 그러자 마침 코타르가 나와서 분필 줍는 것을 도와주었다는 것이다.

"그런데 그가 웬일인지 빨간색 분필을 하나만 줄 수 없겠느냐고 하더군요. 아무 생각 없이 주었는데 그 분필이 이런 계획에 사용될 줄이야……"

리외는 두 번째 만났을 때는 무슨 이야기를 나누었냐고 물었다. 그런데 그 순간 경찰이 서기를 대동하고 들어섰다. 그는 코타르를 만나기 전에 그랑의 진술을 듣고 싶어 했다. 의사는 그랑이 코타르에 대해 이야기하면서 그를 항상 '절망한 사람'이라고 부른다는 것을 알게 되었다. 심지어 어느 순간에는 '숙명적 결단'이라는 표현까지 사용했다. 그들은 자살 시도 동기에 대해 이런저런 이야기를 주고받았는데 그랑은 어휘 선택에 극히 신경을 썼다. 결국 '내면적 슬픔'이라는 단어로 낙착되었다.

경찰은 혹시 코타르에게 이상해 보이는 점은 없었냐고 시청 직원에게 물었다.

"좀 이상해 보인 건 대화를 하고 싶어 하는 눈치였다는 거예요."

경찰은 곧바로 환자를 만나보겠다고 했다. 하지만 리외는 우선 코타르에게 마음의 준비를 시킬 필요가 있다고 생각했다. 리외가 코타르의 방으로 들어가니 그는 연회색 잠옷 바람으로 침대에 앉아 있다가 불안한 표정으로 문 쪽을 바라보았다.

"경찰이지요, 그렇죠?"

"맞아요." 리외가 말했다. "하지만 걱정할 필요 없어요. 형식적인 조사 두세 가지만 하면 될 겁니다."

그러자 코타르가 다 쓸데없는 짓이라며 자기는 경찰이 싫다고 말했다. 리외가 언짢은 기색을 드러내며 말했다.

"나도 경찰을 좋아하지 않아요. 한 번으로 끝내려면 빠르고 정확하게 대답해야 해요."

리외가 문 쪽을 향하자 입을 다물고 있던 코타르가 황급히 리외를 불렀다. 리외가 그에게 다가오자 코타르가 리외의 손을 잡으며 말했다.

"아픈 사람을, 목매달았던 사람을 건드리지는 않겠지요? 그렇지요, 의사 선생님?"

리외는 잠시 그를 바라보다가 그런 생각은 할 필요도 없다고, 또 자기는 환자를 보호하기 위해 이곳에 있는 것이니 안심하라고 말했다. 코타르의 긴장이 어느 정도 풀린 것을 보고 리외는 경찰을 들어오게 했다.

심문 아닌 심문은 간단하게 끝났다. 경찰이 그랑의 진술 내용을 읽어주며 자살 시도 동기를 정확히 밝히라고 코타르에게 말하자 그는 "그래요, 내면적 슬픔, 바로 그겁니다"라고 말했다. 형사가 또 그런 짓을 할 거냐고 채근하자 코타르는 그럴 생각 전혀 없으니 그저 자기를 가만히 내버려 두라고 흥분해서 외쳤다. 그러자 형사가 화난 어조로 말했다.

"분명히 말해두지만, 지금 다른 사람들을 귀찮게 하는 건 바로 당신이야."

하지만 리외의 만류로 사태는 그 정도로 수습되었다.

밖으로 나오면서 경찰이 한숨을 내쉬며 말했다.

"생각해 보세요. 그놈의 열병 이야기가 나돈 이래 신경 써야 할 게 한두 개가 아닌 판에."

경찰은 의사에게 사태가 심각하냐고 물었고 리외는 잘 모르겠다고 말했다.

"순전히 날씨 탓입니다." 경찰이 결론짓듯 말했다.

날씨 탓인지도 몰랐다. 시간이 갈수록 손에 닿는 것들은 온통 끈적거렸고 왕진을 다닐수록 리외는 더욱 불안해졌다.

그날 저녁 교외의 늙은 해수 환자의 이웃이 사타구니를 누르고 헛소리를 하며 구토를 했다. 림프절 멍울 크기가 죽은 쥐의 수위보다 컸다. 비슷한 증세를 보이는 사람들이 연달아 그에게 왕진을 청했다. 대개의 경우 환자들은 끔찍한 악취를 풍기며 죽어갔다.

쥐 사건에 대해 그토록 시끌벅적하던 신문이 이제는 아무 소리도 없었다. 쥐들은 거리에 나와 죽었지만 사람들은 방안에서 죽었기 때문이었다. 신문이란 거리에서 일어나는 일에만 관심을 기울이는 법이다. 하지만 도청과 시청에서 의문을 품기 시작했다. 의사들은 각자 두세 건의 사례만 알고 있을 때만 해도 움직일 생각을 하지 않았다. 하지만 결국 누군가 합산을 해보겠다는 생각을 해보는 것만으로도 충분했다. 합계를 해보니 놀랄 만한 숫자였다. 불과 며칠 사이에 사망자가 두 배가 되었다. 이 이상한 질병을 다루고 있는 사람들에게는 이 병이 진짜 전염병이라는 사실이 분명해졌다. 바로 그럴 즈음 리외보다 나이가 훨씬 많은 동료 의사 카스텔이 리외를 찾아왔다.

그가 리외에게 말했다.

"이게 뭔지 분명히 알고 있겠죠, 리외?"

"분석 결과를 기다리고 있습니다."

"나는 알고 있소. 분석을 기다릴 필요도 없어. 중국에서 의사 노릇한 경험도 있고 20여 년 전에 파리에서도 몇 가지 사례를 보았소. 다만 당시 감히 그 사례에 병명을 붙일 수 없었을 뿐이오. 여론은 신성한 거요. 불안을 조성해서는 안 되거든. 정말로 금물이지. 게다가 어느 동료 의사 말마따나 '그럴 리가 있나요. 서양에서 그것이 없어졌다는 건 누구나 알고 있잖아요'라고 하는 판이니. 맞아, 누구나 다 알고 있지. 다만 죽은 사람만 빼놓고. 자, 리외, 당신도 이게 무슨 병인지 나만큼 잘 알고 있잖소."

리외는 생각에 잠겼다. 그는 진료실 창문 너머로 멀리 만(灣)에 면해 있는 절벽의 바위 등성이를 바라보았다. 하늘은 푸른 색이긴 하되 해가 기울면서 점점 더 흐려지고 부드러워졌다.

"그래요, 카스텔," 마침내 리외가 말했다. "믿을 수 없지만 페스트가 분명한 것 같습니다."

카스텔이 몸을 일으키더니 문 쪽으로 향했다.

"사람들이 우리에게 뭐라고 할지 알고 있겠지요? '그 병은 몇 년 전부터 온대 지방에서는 사라졌어요'라고 말할 거요."

"사라지다니 도대체 그게 무슨 뜻이지요?" 리외가 어깨를 으쓱하며 대답했다.

"그래요. 잊지 말아요. 파리에서도 약 20년 밖에 안 된 일이라는 것을."

"알겠습니다. 그때보다 더 심하지 않기만을 바라야겠군요. 하지만 정말 믿을 수 없는 일입니다."

***

마침내 '페스트'라는 말이 처음으로 언급되었다. 베르나르리외는 미심쩍어하는 한편 놀란 표정으로 창가에 앉아 있었다. 이쯤 해서 이야기를 잠시 멈추고 그가 보인 그런 태도에 대해 화자가 변명을 늘어놓더라도 용서해주기 바란다. 그가 보인 그 반응은 미묘한 차이는 있겠지만 대부분 시민이 보일 수 있는 반응이기도 하기 때문이다.

재앙이란 사실상 누구나 겪는 것이다. 하지만 그것이 당장 우리의 머리 위에 떨어지면 믿기 어려운 법이다. 이 세상에는 전쟁만큼 페스트가 많이 발생했다. 하지만 페스트나 전쟁이 발생했을 때 사람들은 언제나 속수무책이었다. 의사 리외도 우리의 시민들과 마찬가지로 속수무책이었다. 그의 망설임은 그렇게 이해해야 한다. 그리고 그가 불안과 믿음 사이에서 엉거주춤하고 있었던 것 역시 그렇게 이해해야 한다. 전쟁이 터지면 사람들은 말한다.

 "오래 안 갈 거야. 너무 어리석은 짓이거든"

 전쟁이 어리석은 짓인 건 분명하다. 하지만 그 사실이 전쟁이 오래가지 못하게 만드는 요인은 될 수 없다. 어리석음은 언제고 계속된다. 사람이 늘 자기 생각만 하지 않는다면 그걸 깨달을 수도 있을 것이다. 그런 점에서 우리의 시민들은 다른 사람들과 똑같았다. 그들은 자신들만 생각했다. 달리 말해 그들은 인본주의자였다. 그들은 재앙을 믿지 않았다. 재앙은 인간의 척도를 넘어선다. 따라서 그들은 재앙이란 비현실적이며 금세 지나갈 악몽 정도로 생각한다. 하지만 재앙이 항상 지나가 버리는 것은 아니다. 악몽에서 악몽으로 이어지는 가운데 사라지는 것은 사람들, 특히 인본주의자들이다. 왜냐하면 아무 대비를 하지 않았기 때문이다. 우리 시민들이 다른 사람들보다 더 죄를 지은 것도 아니었다. 그들은 겸손해야 할 것을 잊고 있었을 뿐이고 그것이 전부였다. 그들은 그들에게 아직 모든 것이 가능하다고 믿고 있었고 그 믿음은 재앙은 불가능하다는 것을 전제로 하고 있었다. 그들은 끊임없이 사업을 했고 여행을 준비했으며 각기 자신의 견해를 갖고 있었다. 그러니 페스트가 나타나 미래와 여행과 토론을 없애버린다는 생각을 어떻게 할 수 있었겠는가? 그들은 자신이 자유롭다고 생각하고 있었다. 하지만 재앙이 존재하는 한 그 누구도 자유로울 수 없다.

의사 리외가 동료 앞에서 여기저기서 한두 명의 환자들이 아무 예고도 없이 페스트로 죽었다는 사실을 인정했을 때조차도 그 위험은 여전히 그에게 비현실적인 것으로 남아 있었다. 다만 의사이다 보니 고통에 대해 나름대로 생각이 있었고 그에 대한 상상력이 약간 더 풍부했을 뿐이다. 의사는 창문을 통해 결코 변한 적이 없었던 창밖의 도시를 바라보며 불안이라는 이름의 미래 앞에서 가벼운 구토증이 이는 것을 어렴풋이 느꼈다. 그는 이 병에 대해 자신이 알고 있는 것들을 머릿속에서 애써 끌어모았다. 숫자들이 그의 머릿속을 맴돌았다. 역사에 기록된 30여 차례의 대규모 페스트 창궐을 통해 약 1억 명가량이 목숨을 잃었다. 그런데 1억 명의 사망자가 대체 무슨 의미란 말인가? 죽음이란 누군가 죽은 모습을 직접 목격했을 때만 실감이 나는 법이어서 역사 속에 산재해 있는 1억 명의 주검이란 상상 속의 연기에 불과할 뿐이다. 의사는 콘스탄티노플에서의 페스트를 머리에 떠올렸다. 프로코피우스(비잔틴 제국의 역사가-옮긴이 주)가 전하는 바에 따르면 하루에 1만 명의 희생자가 발생했다. 1만 명이란 커다란 극장에 모인 관객의 다섯 배에 달한다. 칠십 년 전 중국 광동에서는 재앙이 주민에게 퍼지기 전에 4만 마리의 쥐가 죽었다. 현실 속에서는 어마어마한 숫자이다. 하지만 그것들은 조금도 실감이 나지 않는 추상적인 숫자에 불과하다. 게다가 프로코피우스가 숫자를 헤아릴 줄 모르는 사람이었다는 것은 널리 알려진 사실이며 1871년 중국 광동에서는 쥐의 숫자를 헤아릴 방법이 없었다. 쥐 한 마리의 몸길이가 30센티미터라고 치고 4만 마리를 이어놓으면……

이런저런 생각에 잠긴 채 의사는 여전히 창밖을 내다보고 있었다. 유리창 저편에는 신선한 봄 하늘이 있었지만 이쪽 방 안에는 '페스트'라는 단어가 여전히 울리고 있었다. 그 단어에는 과학적인 의미만 들어 있는 것이 아니었다. 그 단어에는 누렇고 뿌연 이 도시, 이 시간이면 적당히 활기를 띠면서 소란스럽다기보다는 차라리 웅성거린다고 할 수 있는 이 도시, 인간이 행복하면서 동시에 침울할 수도 있다면 어쨌든 행복하다고 할 수도 있는 이 도시와는 어울리지 않는 일련의 수많은 기괴한 이미지들도 포함되어 있었다. 그리고 이토록 평화롭고 무심하고 조용한 모습은 옛 재앙의 이미지들을 손쉽게 지워버렸다.

페스트로 인해 새들이 모두 떠나버린 아테네, 말없이 죽어가는 사람들로 들끓던 중국의 도시들, 물이 뚝뚝 떨어지는 시체들로 구덩이를 메우던 마르세유의 죄수들, 페스트의 광풍을 막기 위해 프로방스에 건설한 거대한 성벽, 야파(이스라엘 텔아비브 지역의 중심도시-옮긴이 주)와 그곳의 끔찍한 거지들, 콘스탄티노플 병원 맨땅에 놓인 채 축축하게 젖어 썩어가던 침대들, 갈고리로 찍어내는 환자들, 페스트 절정기에 기묘한 마스크를 쓴 의사들의 우스꽝스러운 모습, 밀라노 묘지에서 산 자들이 벌이던 성교, 공포에 질려있는 런던의 시체 운반 수레들, 도처에서 끊임없이 들려오는 비명들로 가득했던 낮과 밤. 그렇다! 이 모든 이미지들이 이 한나절의 평화로움을 일소해버릴 만큼 강력하지는 않았다. 유리창 저편 보이지 않는 곳에서 전차의 경적이 갑자기 울렸다. 단번에 그 모든 잔혹함과 고통을 부정해 버리는 소리였다. 바둑판 모양을 이루고 있는 음울한 집들 너머의 바다만이 이 세상에 뭔가 불안한 것이 자리 잡고 있음을 보여주고 있었다. 의사 리외는 만(灣)을 바라보며 루크레티우스(고대 로마의 시인, 철학자-옮긴이 주)가 묘사한 바 있는 장작더미에 대해 생각했다. 페스트가 창궐하자 아테네 사람들은 바다 앞에 장작더미를 쌓아놓고 밤에 시체를 그곳에 갖다 놓았다. 하지만 자리가 모자라자 사람들이 횃불을 들고 서로 싸웠다. 소중했던 사람들을 그곳에 갖다 놓기 위해서였다. 사람들은 시체를 되는대로 아무 데나 놓기보다는 차라리 싸움을 선택한 것이다. 어두운 밤에 고요한 바다 앞에서 벌겋게 타오르는 장작불, 어둠 속에서 탁탁 소리를 내며 튀어 오르는 불꽃들, 말없이 지켜보는 하늘을 향해 자욱이 솟아오르는 오염된 연기, 그 가운데 벌어지는 한밤중의 횃불 싸움, 이 모든 것은 상상할 수 있었다. 두려운 것은……

하지만 이런 아찔한 상상도 이성 앞에서는 버틸 수 없었다. '페스트'라는 단어가 언급된 것도 사실이고 바로 이 순간에도 재앙이 한두 명의 희생자를 뒤흔들며 쓰러뜨리고 있는 것도 사실이었다. 하지만 그 재앙이 그냥 멈출 수도 있었다. 지금 해야할 일은 인정해야 할 것은 분명히 인정하되 쓸데없는 어두운 환영을 몰아내는 일, 그리고 적절한 조치를 취하는 일이었다. 그렇게 되면 페스트는 멈출 것이다. 그것은 상상 속의 페스트도 아니고 잘못 상상한 페스트도 아니기 때문이다. 만일 페스트가 멈춘다면—그럴 가능성이 가장 크다—모든 것이 잘될 것이다. 그 반대의 경우라면 우리는 이 페스트의 정체를 알게 될 것이고 우선 그것을 해결할 방법을 찾을 것이며 이어서 그것을 물리칠 수 있을 것이다.

의사는 창문을 열었다. 도시의 소음이 대뜸 밀려왔다. 이웃 공장에서 기계톱 소리가 짧게 반복적으로 들려왔다. 리외는 머리를 흔들었다. 그래, 저기, 저 매일매일의 노동 속에 확실한 것이 있었다. 다른 것들은 무의미한 끈이나 몸짓들과 연결되어 있을 뿐이다. 그 무의미한 것들에서 멈출 수는 없다. 중요한 것은 자신이 해야 할 일을 충실히 수행하는 것이다.

***

의사 리외가 그런 생각에 잠겨 있을 때 조제프 그랑이 그의 집을 방문했다. 시청직원인 그는 매우 다양한 일을 하고 있었지만 통계국의 호적과 일도 정기적으로 하고 있었다. 따라서 그는 사망자를 집계하는 일을 하고 있었으며 천성적으로 친절한 사람이어서 리외에게 사망자 합산 결과를 직접 갖다 주기로 약속한 터였다.

의사가 보니 그랑은 그의 이웃인 코타르와 함께 들어서고 있었다. 그랑이 종이 한 장을 흔들어 보이며 말했다.

"숫자가 늘어나고 있습니다, 선생님. 지난 48시간 동안 열한 명이 죽었습니다."

리외는 코타르에게 인사를 한 후 좀 어떠냐고 물어보았다. 그랑은 코타르가 의사 선생님께 감사하고 있으며 폐를 끼친 데 대해 사과하고 싶어한다고 말했다. 하지만 리외는 이미 통계를 들여다보고 있었다.

"그래, 이제 이 질병의 이름을 제대로 불러야 할지 결정할 때가 된 것 같군요. 이제까지 제자리걸음만 하고 있었어요. 자, 함께 나갑시다. 연구소로 가봐야겠어요." 리외가 말했다.

"그럼요, 맞습니다." 그랑이 의사의 뒤를 따라 계단을 내려오면서 말했다. "뭐든 제 이름으로 불러야지요. 그런데, 병명이 뭔가요?"

"아직 말씀드릴 수 없습니다. 게다가 별 도움도 되지 않을 겁니다."

그러자 시청직원이 미소를 지으며 말했다.

"그래요, 쉽지 않은 일이지요."

그들은 아름 광장 쪽으로 향했다. 코타르는 여전히 말이 없었다. 거리는 사람들로 붐비기 시작했다. 우리 고장 특유의 마치 도망치는 것 같은 황혼이 밤에 밀려나고 아직 또렷이 보이는 지평선 위로 첫 별들이 나타나기 시작했다. 잠시 후 가로등

이 켜지면서 하늘이 어두워졌고 사람들 대화 소리의 톤이 한층 높아진 것 같았다.

그들이 아름 광장에 이르자 그랑이 말했다.

"실례하겠습니다. 전차를 타야겠습니다. 제 저녁은 신성불가침이라서…… 우리 고향에서는 '오늘 일을 내일로 미루자 말라'고 하지요."

리외는 그랑의 그런 말버릇을 이미 주목한 바 있었다. 몽텔리마르 출신인 그는 자기 고향의 경구들을 인용하는 버릇이 있었고 그런 후 '꿈같은 시절'이라든가 '꿈처럼 아름다운 불빛' 같은 출처 불명의 진부한 표현들을 덧붙이곤 했다.

"아, 맞아요!" 코타르가 말했다. "저녁 식사 후에는 저 양반을 집에서 불러낼 수가 없어요." 리외는 시청 일을 하느라 그러느냐고 그랑에게 물었다. 그랑은 아니라고, 자기 일을 한다고 대답했다.

"아, 그래요? 진전이 있나요?" 리외는 무슨 말이건 해야 했기에 물었다.

"벌써 여러 해 된 일이니까, 아무래도 그렇긴 하지요. 하지만 어떤 의미에서는 별로 진척이 없는 셈입니다."

"그런데, 대체 무슨 일이지요?" 의사가 걸음을 멈추며 물었다.

그랑은 커다란 귀 위로 둥근 모자를 새삼 눌러 쓰면서 뭐라고 중얼거렸다. 리외는 막연하나마 개성을 발휘하는 일이리라고 짐작했다. 하지만 시청직원은 이미 그들 곁을 떠나 무화과나무가 늘어서 있는 마른 대로를 빠른 걸음으로 올라가고 있었다. 연구소 문 앞에서 코타르는 리외를 한번 만나서 조언을 듣고 싶다고 말했다. 리외는 호주머니에 들어 있는 통계표를 만지작거리며 진찰 시간에 찾아오라고 말했다가 곧바로 생각을 바꾸어 내일 그쪽 거리로 갈 일이 있으니 오후 늦게 들르겠다고 말했다.

코타르와 헤어진 후 의사는 자신이 그랑 생각을 하고 있음을 알아차렸다. 그는 페스트 한가운데 놓인 그의 모습을 상상해 보았다. 십중팔구 별로 심각할 리 없는 지금의 상황이 아니라 역사에 남을 만한 대단한 페스트 한복판에 놓인 모습을 말이다. '그는 그런 경우에도 살아남을 사람이야'라고 그는 생각했다. 페스트는 허약한 사람은 살려주고 특히 건강한 사람들을 죽인다는 글을 읽은 적이 있음이 생각났다. 계속 생각하다 보니 그랑에게서 뭔가 신비스러운 면모가 느껴졌다.

얼핏 보기에 조제프 그랑은 사실상 시청 하급관리에 불과해 보였고 행동거지도 그러했다. 큰 키에 야윈 그는 너무 큰 옷을 입고 있어서 마치 그 옷 속에서 떠다니는 것 같았다. 옷이 커야 더 오래 입을 수 있다는 생각에 그는 언제나 큰 옷을 골랐다. 아래쪽 잇몸의 이들은 멀쩡했지만 위쪽에는 이가 하나도 없었다. 그가 웃을 때는 윗입술이 유난히 말려 올라가 마치 유령의 입 같았다. 그의 몸가짐, 걸음걸이, 표정 등을 보면, 제아무리 선입견 없이 보더라도 일당 62프랑 30상팀을 받는 시청의 비정규직 직원 일, 화려하지는 않지만 없어서는 안 될 그 직책을 수행하기 위해 이 세상에 태어난 사람 같았다.

그의 말에 따르면 비정규직 직책은 그의 고용서류에 기재되어 있는 내용이었다. 22년 전 돈이 없어 대학을 중퇴하고 그 직책을 맡으면서 그는 빠른 시일 안에 정규직 발령이 나기를 기대했고 당시 그를 채용한 책임자도 그런 약속을 했었다. 그는 임시직을 그야말로 잠정적인 상태로 생각했다. 그가 정규직이 되기를 바란 것은 야심 때문이 아니라고 그는 우울한 미소를 지으며 말했다. 정직하게 돈을 벌어 안락한 생활을 누릴 수 있으리라는 전망, 그렇게 되면 하고 싶은 일을 마음껏 해볼 수 있으리라는 기대에 마음이 끌렸던 것이다.

그런데 그런 잠정적인 상태가 오래 지속되었다. 물가는 엄청나게 오른 반면에 그의 봉급은 전반적인 인상 때 조금씩 오르긴 했지만 여전히 쥐꼬리만한 수준이었다. 그는 그 점에 대해 리외에게 하소연했지만 다른 사람은 아무도 그 문제에 대해 눈치를 채고 있는 것 같지 않았다. 바로 그것이 그랑만의 독특한 점, 혹은 최소한 그의 특징을 보여주는 모습 중 하나였다. 실제로 그는 자신의 권리를 내세우기까지는 못하더라도—자신도 확신하지 못하고 있었으니까—최소한 약속받은 부분에 대해서는 자기주장을 내세울 수 있었을 것이다. 하지만 우선 그를 채용했던 국장이 오래전에 사망한 데다 그 자신이 약속받은 말을 정확히 기억하지 못했다. 그리고 무엇보다도 조제프 그랑은 적당한 말을 생각해낼 수가 없었다.

적절한 말을 찾을 수 없다는 것, 바로 이것이 리외가 주목할 수 있었듯이, 우리의 시민 그랑의 면모를 가장 잘 보여주는 특징이었다. 그가 청원서를 쓰거나 상황에 따라 필요한 절차를 밟는 데 걸림돌이 된 것이 바로 그 특징이었다. 그의 말에 따르면 그는 '권리'라는 단어를 사용할 수 없었다. 그에 대한 확신이 없었기 때문이었다. 그는 '약속'이라는 단어도 사용할 수 없었다. 마치 빚을 요구하는 것 같았고 결과적으로 자신의 보잘것없는 직책과는 어울리지 않게 무례한 면이 있는 것 같아서였다. 또한 그는 '호의', '청원', '감사'와 같은 단어들은 개인적인 자존심 때문에 사용할 수 없었다. 이렇듯 적절한 단어를 찾을 수 없었기에 우리의 시민은 나이가 지긋해질 때까지 그 보잘것없는 직책을 계속 수행했다. 게다가 이것도 그가 리외에게 한 말이지만 수입에 맞춰서 생활비를 조정하면 어쨌든 생계비는 충분히 보장된다는 것을 그는 깨달았다. 마침내 그는 우리시의 대사업가인 시장(市長)이 즐겨 쓰는 말을 인정하기에 이르렀다. 시장은 '결국'—장은 그의 논리의 무게가 온통 이 표현에 실려 있는 듯 힘주어 강조했다—굶어 죽은 사람은 한 명도 없지 않냐고 자주 말하곤 했다. 어쨌든 조제프 그랑은 거의 고행에 가까운 삶을 영위함으로써 물질적인 근심에서 벗어날 수 있었다. 그는 여전히 적절한 말을 찾고 있었다.

어떤 의미에서 보자면 그의 삶은 모범적이라고 할 만했다. 그는 우리 도시뿐 아니라 다른 곳에서도 보기 드문 인물, 즉 선의에 대한 용기를 지니고 있는 인물이었다. 그는 자신의 선의를 부끄러워하지 않고 드러냈다. 그는 자신에게 남아 있는 유일한 혈육이며 그가 이 년에 한 번씩 프랑스에 가서 만나는 누이와 조카를 사랑한다는 사실을 얼굴을 붉히지 않고 시인했다. 그는 자신이 아직 젊었을 때 돌아가신 부모님을 생각하면 슬퍼진다는 것도 인정했다. 또 그는 오후 다섯 시가 되어 마을에 부드럽게 울려 퍼지는 종소리를 듣는 걸 그 무엇보다 좋아한다는 사실을 부정하지 않았다. 하지만 그런 단순한 감정을 제대로 표현해줄 작은 단어 하나를 찾아내는 일은 그에게는 무척 힘든 일이었다. 이 어려움이 결국 그의 가장 큰 근심거리였다. 그는 리외를 만날 때마다 이렇게 말하곤 했다.

"아, 선생님, 자신을 잘 표현할 수 있는 법을 배우고 싶어요."

그날 저녁 시청직원이 멀어지는 모습을 바라보면서 의사는 그가 하고 싶던 말이 무엇인지 홀연 깨달았다. 그는 분명히 책, 혹은 그 비슷한 것을 쓰고 있는 것이리라. 연구소에 다다를 때까지 그는 그러리라고 재차 확신했다. 그는 그 느낌이 어리석다는 것을 알고 있었다. 하지만 어쨌든 저렇게 존경할 만한 자기만의 기벽(奇癖)에 몰입해 있는 겸손한 관리들이 있는 이 도시에 정말로 페스트가 퍼질 수 있으리라고는 믿을 수 없었다. 더 정확히 말한다면 페스트 한가운데 그런 기벽이 존재할 수 있는 자리를 상상할 수 없었기에 그는 페스트가 우리 시민들 사이에서는 오래 지속될 수 없을 것이라고 단정하고 있었다.

***

다음날 리외는 지나치다는 소리까지 들어가면서 주장한 끝에 도청에서 보건 위원회 회의를 소집할 수 있었다. 리외는 도청으로 가는 길에 카스텔을 자기 차에 태웠다.

"도내에 혈청이 없다는 건 알고 있소?" 가는 길에 카스텔이 리외에게 말했다.

"알고 있습니다. 의약품 보관소에 전화해 보았습니다. 파리에서 공수하도록 해야 합니다."

"너무 늦지 않았으면 좋겠군."

"이미 전보를 쳐 놓았습니다." 리외가 대답했다.

도지사는 친절하긴 했지만 신경이 날카로워져 있었다. 그가 말했다.

"여러분, 제가 상황을 요약해 말씀드릴까요?"

리샤르는 의사들이 모두 상황을 알고 있으니 그럴 필요 없다고 말했다. 문제는 어떤 조치를 취하는 것이 좋을지 알아내는 데 있었다.

"문제는 이 병이 페스트냐 아니냐를 알아내는 데 있습니다." 노의사 카스텔이 단도직입적으로 말했다.

두세 명의 의사가 탄성을 내뱉었다. 다른 의사들은 망설이는 것 같았다. 깜짝 놀란 도지사는 혹시 그 엄청난 말이 복도로 새 나가지나 않았는지 확인하려는 듯 반사적으로 문을 향해 몸을 돌렸다. 리샤르는 자기 생각에 공황 상태에 휩싸이지 않는 것이 무엇보다 중요하다고 잘라 말했다. 그는 지금으로서 분명한 것은 사타구니의 합병증을 동반한 열병밖에 없으며 일상적 삶에서와 마찬가지로 과학에서는 추측이 그 무엇보다 위험하다고 덧붙였다. 카스텔이 누런 콧수염을 말없이 씹고 있다가 맑은 눈을 들어 리외를 바라보았다. 이어서 그는 선량한 눈길로 참석자들을 바라보더니 자신은 그것이 페스트라는 것을 잘 알고 있다, 하지만 그 사실이 공식적으로 인정되면 가혹한 조치들이 뒤따라야만 한다고 말했다. 그는 동료 의사들이 주춤하고 있는 것은 사실 그 때문이라는 것도 알고 있다고, 따라서 동료들이 안심할 수 있도록 페스트가 아니라고 인정하고 싶다고 말했다. 도지사는 안절부절못하면서 어쨌든 그것은 좋은 추론 방식은 아니라고 말했다. 그러자 카스텔이 말했다.

"중요한 건 추론이 좋냐 나쁘냐가 아닙니다. 우리가 깊이 생각해야만 하는 문제라는 점입니다."

리외가 아무 말도 않고 가만히 있자 사람들이 그의 의견을 물었다.

"이 병은 장티푸스와 같은 성격의 열병입니다. 하지만 림프절 멍울과 구토를 동반하고 있습니다. 멍울을 절개하여 연구소에 보낸 결과 페스트균 덩어리 같은 것을 발견했다고 알려왔습니다. 하지만 균의 독특한 변모 양상이 전형적인 페스트의 양상과는 일치하지 않는다는 점도 덧붙여야겠습니다."

리샤르는 바로 그 점 때문에 망설이고 있는 것이라며 며칠 전부터 시작된 일련의 분석들의 통계가 나올 때까지 기다려야 한다고 힘주어 말했다.

짧은 순간 침묵한 끝에 리외가 다시 입을 열었다. 그는 자신이 목격한 증상들을 열거한 후에 덧붙였다.

"어쨌든 한시도 망설여서는 안 됩니다. 감염되는 집이 점차 늘고 있습니다. 이 병의 확산 속도로 볼 때 이 질병을 저지하지 않으면 두 달 내에 시민 절반 정도가 사망할 수도 있습니다. 그러니 이 질병을 페스트라고 부르던 열병이라고 부르던 그건 별로 중요하지 않습니다. 중요한 건 시민의 절반이 사망하는 일을 막아내는 것, 오직 그것뿐입니다."

그러자 리샤르가 법률적인 문제를 들고 나왔다. 병이 저절로 멈추지 않을 경우 이 병을 멈추게 하려면 법률에 규정된 엄격한 예방조치를 취해야 한다, 그리고 그런 조치를 취하려면 이 병이 페스트라는 것을 공식적으로 인정해야 한다, 그런데 절대적인 확신이 없는 현재 상황에서는 더 두고 볼 수밖에 없다, 라고 상황을 요약 정리했다.

그러자 리외가 강하게 반박했다.

"법률에 규정된 조치 자체가 중요하냐 아니냐를 두고 왈가왈부할 때가 아닙니다. 그 조치가 시민 절반이 사망하는 일을 막는 데 필요한 조치냐 아니냐를 판단하는 게 중요합니다. 그 밖의 것은 행정적으로 해결될 일들입니다. 바로 그런 문제를 해결하기 위해 우리에게는 도지사라는 제도가 있는 것입니다."

그러자 도지사가 말했다.

"물론입니다. 하지만 여러분이 이 병이 페스트라는 전염병이라고 공식적으로 인정해주시는 게 필요합니다."

리외가 말했다.

"우리가 페스트라고 인정하지 않더라도 시민의 절반을 죽일 위험은 그대로 남아 있습니다."

그러자 리샤르가 약간 신경질적인 태도로 끼어들었다.

"우리의 동료께서는 그 병이 페스트라고 믿고 있군요. 증상 묘사를 봐도 알 수 있습니다."

리외는 증상을 묘사한 것이 아니라 자신이 본 것을 묘사한 것이라고 대답했다. 자신이 본 것은 림프절 멍울과 반점, 헛소리를 하다가 48시간 내에 사망할 정도로 치명적인 열병이라고 말했다. 엄격한 예방조치 없이 이 병이 종식될 수 있다고 단언한 리샤르 씨는 과연 책임을 질 수 있는가?

리샤르는 망설이다가 리외를 바라보며 말했다.

"솔직히 말씀해 주시지요. 당신은 이 병이 페스트라고 확신합니까?"

"질문이 잘못되었습니다. 용어의 문제가 아닙니다. 이건 시간의 문제입니다."

이번에는 도지사가 말했다.

"그러니까 선생 생각은 이 병이 페스트가 아니라 할지라도 페스트 발생 시와 동일한 예방조치가 필요하다는 것이로군요."

"제 생각을 꼭 집어 말하라면 그렇다고 할 수 있습니다."

의사들이 논의를 계속했고 마침내 리샤르가 말했다.

"그렇다면 우리는 이 병이 페스트인 것처럼 행동한 것이고 그에 대해서는 책임을 져야겠군요."

모두 그의 표현에 열렬히 동의했다.

리샤르가 리외에게 말했다.

"당신도 우리 의견에 동의하시나요, 동업자 양반?"

"표현은 아무래도 좋습니다." 리외가 말했다. "다만 우리 시민의 절반이 사망할 위험에 놓여 있지 않은 것처럼 행동하지는 말자는 겁니다. 멀지 않아 그렇게 될 테니까요."

리외의 그 말에 모두 인상을 찌푸렸고 리외는 그곳을 떠났다. 얼마 뒤 튀김 냄새와 지린내가 풍기는 변두리 동네에서 어떤 여자가 사타구니가 피투성이가 된 채 단말마의 비명을 지르며 그를 바라보고 있었다.

***

회의 다음 날 열병은 더 확산되었고 신문에서도 그에 대해 보도했다. 하지만 몇 가지 암시에 그칠 정도로 가볍게 다루었을 뿐이었다. 어쨌든 이틀 뒤에 리외는 하얀색의 작은 벽보들을 거리에서 볼 수 있었다. 도청에서 재빨리 도시의 가장 으슥한 구석 여기저기 붙여놓은 것이었다. 엄격한 조치가 취해지지 않은 것으로 보아 여론을 자극하지 않으려는 의도가 역력했다. 벽보는, 오랑 시에 악성 열병이 몇 건 발생했지만 우려할 만한 특징적 증상을 보여주지는 않는다, 당국은 시민들이 냉정하게 대처해주리라 믿는다, 당국에서 몇 가지 예방조치를 준비하고 있으니 그 조치를 통해 이 전염병의 위협으로부터 벗어날 수 있을 것이다, 라는 내용으로 되어 있었다.

이어서 구체적인 대책들이 적혀 있었고 시민들의 청결을 당부하는 내용, 몸에 벼룩이 있는 사람은 보건소에 출두하라는 내용, 의사의 진단이 내려진 경우 가족들은 의무적으로 신고해야 하고 환자는 격리될 것이라는 내용이 적혀 있었다.

리외는 화가 났는지 벽보로부터 홱 몸을 돌려 자신의 진료실을 향해 걸음을 옮겼다. 진료실에 가보니 조제프 그랑이 기다리고 있다가 그를 보자 두 팔을 들어 올렸다. 그 모습을 보고 리외가 말했다.

"그렇군요. 알겠습니다. 사망자 수가 늘었군요."

지난밤에 이 도시에서 십여 명이 사망한 것이다. 의사는 그랑에게 저녁에 코타르를 방문할 예정이라고 지나는 길에 말했다.

"잘 하셨어요." 그랑이 말했다. "그 사람에게 도움이 될 거예요. 벌써 좀 변한 것 같아요."

리외가 어디가 어떻게 변했냐고 묻자 그랑이 약간 망설이며 대답했다.

"어떻게 말씀드려야 할지 모르겠어요. 그저 방에만 처박혀 지내던 사람이었는데…… 가끔 혼자 집 맞은편의 극장에 가는 게 고작이었거든요. 그런데 뭐랄까, 사람들과 친해져서 모든 사람을 자기편으로 만들고 싶어 하는 것처럼 느껴졌습니다. 제게도 말을 자주 걸고 외출하자고 청하곤 하는데, 번번이 거절할 수가 없었어요."

결국 코타르는 두세 번에 걸쳐 그랑을 도시의 최고급 식당과 카페에 데리고 갔다. 종업원들은 그에게 유난히 친절했다. 그랑은 그가 팁을 듬뿍 줘서 그렇다는 것을 알 수 있었다. 그런데 한 번인가는 담뱃가게에 앞에서 이상한 장면을 목격했다. 그랑은 담뱃가게 여주인이 어딘가 여우 같은 면이 있어서 별로 좋아하지 않았다. 그랑이 그 이야기를 코타르에게 하자 코타르는 그랑이 잘못 알고 있다며 그 여자에게는 좋은 점도 있다고 두둔했다.

그 담뱃가게에서 여주인과 코타르가 활발하게 이야기를 나누던 중 여주인이 당시 한창 떠들썩하던 알제에서 일어난 어느 사건을 화제로 삼았다. 어느 상사(商社)의 젊은 직원이 해변에서 아랍인을 살해하고 체포된 사건이었다. 여주인이 말했다.

"그런 못된 놈들은 모두 감옥에 처넣어야 정직한 사람들이 숨을 쉬고 살 수 있을 거예요."

그런데 그 말을 들은 코타르가 갑자기 흥분하면서 가게 밖으로 뛰쳐나가는 바람에 여자는 말을 멈출 수밖에 없었다. 그랑과 여주인은 그가 멀어지는 모습을 멍하니 바라볼 수밖에 없었다.

이어서 그랑은 그 전에는 미처 코타르에게서 발견하지 못했던 모습을 발견했다고 말했다. 그가 회복된 지 며칠 안 되었을 때의 일이었다. 그랑이 우체국에 볼일이 있어 집을 나서는데 코타르가 자신이 먼 곳에 사는 누이동생에게 매달 백 프랑씩 우편환을 부쳐 주고 있으니 대신 부쳐달라고 부탁했다. 그런데 그랑이 떠나려 하자 코타르가 다시 말했다.

"이백 프랑을 보내주세요. 그러면 깜짝 놀랄 거예요. 그 애는 내가 자기 생각을 전혀 하지 않는 줄 알아요. 하지만 사실은 그 애를 무척 사랑해요."

그랑은 자신이 그와 나누었던 또 다른 흥미로운 대화에 대해서도 리외에게 말해주었다. 그랑이 저녁마다 무슨 일을 그렇게 열심히 하는지 코타르가 묻기에 그는 대답해줄 수밖에 없었다. 그러자 코타르가 말했다.

"아, 그렇다면 책을 쓰고 계시는 거로군요."

"뭐, 그렇다고 볼 수도 있지만 그보다는 훨씬 복잡한 거라오."

그러자 코타르가 외쳤다.

"아! 나도 당신처럼 그런 일을 할 수 있다면!"

그랑이 놀란 표정을 짓자 코타르는 자신이 예술가라면 여러 가지 문제가 해결될 수 있을 것이라고 더듬거리며 말했다.

"어째서요?" 그랑이 물었다.

"그거야, 다 알고 있는 일이지만, 예술가는 보통 사람보다 권리가 많잖아요. 많은 게 허용되잖아요."

그랑의 이야기를 들으며 리외가 그랑에게 말했다.

"저런, 그 사람도 쥐 사건 때문에 머리가 이상해진 모양이로 군요."

그러자 그랑이 말했다. 심각한 표정이었다.

"그런 것 같지는 않아요. 제가 보기에는…… 뭔가 자책하고 있는 것 같아요."

의사는 어깨를 으쓱했을 뿐이었다. 경찰 말마따나 신경 써야 할 일이 한두 개가 아니었다.

그날 오후 리외는 카스텔과 아직 도착하지 않은 혈청에 대해서 과연 그 혈청이 효과가 있을지 이야기를 나누었다.

저녁 무렵 리외는 해수병을 앓고 있는 노인을 만나기 전에 먼저 코타르를 만났다. 코타르는 리외에게 제발 사람들이 자신에게 관심을 갖지 말아줬으면 좋겠다는 둥, 이런저런 이야기를 늘어놓더니 느닷없이 리외에게 물었다.

"선생님, 만일 제가 병에 걸리면 선생님 병원에서 치료해주실 수 있나요?"

"물론이죠."

그러자 코타르는 병원에 입원한 사람을 체포하는 경우도 있느냐고 물었다. 리외는 그런 일이 있긴 하지만 환자의 상태에 따라 다르다고 대답했다. 그러자 코타르가 말했다.

"저는 선생님을 믿습니다."

리외는 이상한 소리를 한다며 그와 헤어졌다. 그는 여러 환자들을 바삐 돌아본 후 해수병 환자에게로 갔다. 이미 열 시가 넘은 시각이었다.

늙은 해수병 환자는 침대에 앉아 있었다. 한결 호흡이 나아진 것 같았다. 그는 환한 얼굴로 의사를 맞았다.

"선생님, 콜레라인가요?"

"어디서 그런 소리를 들었습니까?"

"신문에서요. 라디오에서도 그러던데요."

"콜레라가 아닙니다."

그러자 노인이 몹시 흥분해서 말했다.

"하여튼 너무 한다니까! 그놈의 대갈통만 큰 놈들은!"

"아무것도 믿지 마세요." 의사가 말했다.

노인의 진찰을 마친 후 리외는 이제 그 집 초라한 부엌 한가운데 앉아 있었다. 그렇다, 그는 두려웠다. 그는 내일 아침이면 바로 이곳 거리에서 십여 명의 환자들이 멍울 때문에 허리를 펴지도 못한 채 자신을 기다리고 있으리라는 것을 알고 있었다. 지금까지 겨우 두서너 건만 멍울 절개를 통해 효과를 보았을 뿐이었다. 대부분 입원을 하게 될 것이고, 가난한 사람들에게 입원이 무엇을 의미하는지 그는 잘 알고 있었다. "선생님, 이 사람이 실험 대상이 되는 건 싫어요"라고 어느 환자의 아내가 말했었다. 하지만 환자는 실험 대상이 되는 게 아니라 죽게 될 것이며 그것으로 그만이었다. 결정된 조치들이 미흡하다는 데는 의심의 여지가 없었다. 이른바 '특수 시설' 병실이라는 것도 단지 입원 환자들을 서둘러 다른 곳으로 옮긴 다음 창문을 밀폐하고 차단선을 쳐 놓은 두 개의 병동에 불과하다는 것을 그는 알고 있었다. 전염병이 저절로 그치지 않는 한 행정당국에서 생각하고 있는 조치로는 이겨낼 수 없다는 것이 자명했다.

하지만 그날 발표된 공식적인 입장은 여전히 낙관적이었다. 다음 날 랑스도크 통신은 당국의 조치를 시민들이 동요 없이 받아들였으며 30명의 환자가 신고를 했다고 보도했다.

카스텔이 리외에게 전화를 걸어왔다.

"병동에 병상이 몇 개나 됩니까?"

"80개입니다."

"이 도시에 환자가 30명 이상은 되겠지요?"

"겁이 나서 신고하지 않은 사람도 있을 거고, 더 많은 사람들이 시간이 없어서 신고하지 못했을 겁니다."

실제로 두 개의 병동은 사흘 만에 차버렸다. 리샤르는 학교를 보조 병동으로 사용할 생각을 하고 있었다. 리외는 백신을 기다리며 림프절 절개 수술을 했다. 카스텔은 옛날에 보던 책들을 꺼내 들고 도서관에서 많은 시간을 보냈다.

"쥐들은 페스트나 그 유사한 병으로 죽었소." 카스텔이 리외에게 결론처럼 말했다. "쥐들이 벼룩을 수만 마리나 퍼뜨려 놓았으니 병은 기하급수적으로 퍼져 나갈 거요."

리외는 아무 말도 하지 않았다.

이 시기에 시간은 멈춰 선 것 같았다. 태양은 지난번 소나기 때문에 생긴 웅덩이의 물을 빨아들이고 있었고 아름다운 파란 하늘에는 황금빛 햇빛이 가득했으며 막 시작되는 더위를 뚫고 비행기가 날아갔다. 계절에 어울리는 그 모든 것이 평온한 분위기를 자아냈다. 하지만 열병은 나흘 만에 네 단계나 도약하며 놀라울 정도로 급속하게 퍼져나갔다. 사망자가 열여섯 명에서 스물네 명으로, 스물네 명에서 스물여덟 명으로, 이어서 서른두 명으로 늘어났다. 나흘째 되는 날 유아원에 보조 병원이 개설되었다는 보도가 있었다. 그때까지 농담을 하면서 불안감을 감춰오던 시민들이 한층 더 낙담한 표정으로 말없이 거리를 오갔다.

리외는 결심하고 도지사에게 전화를 걸었다.

"조치가 불충분합니다."

"통계수치를 보고 받았습니다." 도지사가 말했다. "실제로 우려할 만한 상황이로군요."

"우려할 정도가 아닙니다. 불을 보듯 뻔합니다."

"중앙 정부에 지시를 요청하겠습니다."

리외는 카스텔이 지켜보는 가운데 수화기를 내려놓았다.

"지시라니! 어떻게든 해볼 생각을 해야지!"

"혈청은 어떻게 되었소?"

"주중에 도착할 겁니다."

당국은 식민지 수도에 제출할, 지시 촉구를 위한 보고서를 리외에게 작성해 달라고 리샤르를 통해 요구했다. 리외는 그 보고서에 임상적 상황을 설명하고 숫자를 적었다. 같은 날 사망자가 약 40명에 달했다. 도지사는 자신이 말한 대로 다음 날부터 자신의 책임하에 이미 공표한 조치들을 강화하기로 결정했다. 신고 의무와 격리 조치는 여전히 유지했다. 환자가 발생한 집은 폐쇄하고 소독했으며 가족들은 안전 격리 조치에 따라야 했다. 매장은 향후 추세를 봐서 당국이 결정하기로 했다. 하루 뒤에 혈청이 비행기 편으로 도착했다. 현재 치료 중인 환자들에게는 충분한 양이었지만 병이 더 확산되면 부족한 양이었다. 리외가 보낸 전보에 대해 응급용 저장 물량이 바닥났기에 새로 제조를 시작했다는 답변이 왔다.

그사이에도 봄은 인근 교외 지역들로부터 시장(市場)으로 도착했다. 수천 송이의 장미들이 인도를 따라 늘어서 꽃장수들의 바구니에서 시들어가면서 그 달콤한 향기를 온 시내에 퍼뜨렸다. 겉보기에는 변한 것이 아무것도 없었다. 출퇴근 시간이면 전차는 여전히 만원이었고 낮 동안에는 텅 빈 채 더러웠다. 타루는 그 키 작은 노인을 여전히 관찰했고 노인은 고양이들에게 가래침을 뱉었다. 그랑은 저녁마다 집으로 돌아가 그 수수께끼 같은 작업을 계속했다. 코타르는 맴도는 듯한 행동을 계속했고 예심판사 오통은 여전히 그의 애완동물과 같은 아이들을 끌고 다녔다. 늙은 해수병 환자는 콩을 이 통에서 저 통으로 계속 옮겨 담았고(그에 대한 자세한 이야기는 나중에 하겠다.) 침착한 표정에 호기심을 담고 있는 신문기자 랑베르도 가끔 눈에 띄었다. 저녁마다 거리는 사람들로 북적거렸고 극장 앞에는 사람들이 길게 줄을 섰다. 게다가 전염병이 누그러지는 듯했다. 며칠 동안 사망자가 십여 명에 불과했다. 그러더니 갑자기 그 숫자가 급증했다. 사망자 수가 다시 30명 선으로 늘어난 날 베르나르 리외는 도지사가 건네준 전보 공문을 읽고 있었다. 그 공문을 보면서 리외가 말했다.

"그 사람들이 겁을 먹었군."

전보에는 다음과 같이 적혀 있었다.

페스트 사태를 선포할 것. 도시를 폐쇄할 것.

제2부

***

    그 순간부터 페스트는 우리 모두의 문제가 되었다고 말할 수 있다. 그때까지는 시민들이 이 야릇한 사건 때문에 놀라고 불안해하기는 했지만 평소 하던 대로 자신의 자리를 지키며 자신이 맡은 일을 그대로 해냈다. 하지만 일단 도시가 폐쇄되자 화자를 비롯해 모든 사람이 똑같이 독 안에 든 쥐 신세가 되었다는 것, 그 상황에 적응해야 한다는 것을 깨달았다. 그 결과 예컨대 사랑하는 사람과의 이별 같은 극히 개인적인 감정이 초반 몇 주부터 갑자기 사람들 모두의 공통감정이 되었고 이 오랜 유배기간 동안 공포와 더불어 사람들의 주된 고통이 되었다.

출입문이 폐쇄됨에 따라 초래된 눈에 띌만한 결과 중의 하나는 사람들이 전혀 예기치 않은 상태에서 갑자기 이별해야 하는 상황에 놓이게 되었다는 사실이다. 부모 자식, 부부, 연인들은 며칠 전 역 플랫폼에서 잠시 헤어져 있으리라 생각하고 몇 가지 당부의 말을 나눈 채 헤어졌다. 그런데 졸지에 다시 만나지도 못하고 소식조차 전할 수 없는 생이별을 하게 된 것이다. 도시가 폐쇄되면서 우리 시민들은 마치 개인적인 감정이라곤 느낄 줄 모르는 사람처럼 행동하도록 강요받은 것이다. 개인적으로는 아무리 절실한 사정이 있더라도 타협이라고는 없었으며 '타협', '특전', '예외' 같은 단어들이 아무 의미가 없다는 것을 시민들이 깨닫기까지는 여러 날이 걸렸다.

우리는 편지를 쓴다는 사소한 기쁨마저 거부당했다. 서신을 통해 병이 전염되는 것을 방지하기 위해 서신 교환을 전면 금지하는 포고령이 내려진 것이다. 초기에는 시외 전화가 허용되었지만 공중전화 부스로 사람들이 급격히 몰리는 일이 벌어지자 그 또한 금지되었고 사망이나 출산, 결혼 같은 급한 용건이 있는 경우에만 엄격히 제한적으로 허용되었다. 이제 전보만이 우리의 유일한 통신 수단이 되었다. 정신과 마음과 육체로 맺어졌던 사람들이 이전에 나누었던 교감을 대문자로 된 열 마디 전보 속에서 찾을 수밖에 없게 된 것이다. 오랫동안 함께 해온 생활, 고통스러우면서도 열렬했던 정열이 '잘 지내고 있음. 당신 생각해. 사랑해'처럼 상투적인 말투를 주기적으로 교환하는 것으로 급속히 축소되고 말았다.

며칠이 지나고 아무도 이 도시에서 빠져나가는 것이 불가능하다는 것이 분명해지자 사람들은 전염병이 발생하기 전에 이 도시를 떠났던 사람들이 돌아올 수 있는지 도청에 문의했다. 당국에서는 며칠 심사숙고 끝에 가능하다는 답변을 내놓았다. 다만 들어오는 것은 자유지만 나갈 수는 없다는 것을 분명히 밝혔다. 드물게나마 사태를 가볍게 보고 이 기회를 이용해 돌아오라고 가족에게 권한 사람도 있었지만 대부분의 사람들은 자칫하면 가족을 위험에 빠뜨릴 수도 있다는 사실을 깨닫고 이별을 감수하기로 마음먹었다.

병이 한창 기승을 부리던 무렵, 인간적인 감정이 죽음에 대한 공포보다 더 강했음을 보여준 예가 딱 한 번 있었다. 흔히 고통 따위는 초월한 채 오로지 사랑만으로 굳게 맺어진 연인들의 모습을 곧바로 머리에 떠올렸을지도 모르지만 실은 그런 게 아니었다. 그것은 결혼한 지 아주 오래된 노 의사 카스텔과 그의 아내 사이에 벌어진 일이었다. 카스텔 부인은 전염병 발발 며칠 전에 이웃 도시로 갔었다. 그 가정은 남들에게 본보기가 될 만한 행복한 가정이라고 할 수도 없었다. 그리고 화자는 이 부부가 지금까지 자신들의 결혼에 대해 지극히 만족하고 있는 것도 아니었다고 분명히 말할 수 있다. 그런데 이렇게 갑자기 별거하게 되고 그 상태가 길어지면서 그들은 자신들이 서로 헤어져서는 살 수 없다는 것을 깨달은 것이고 갑자기 드러난 이 진실 앞에서 페스트 따위는 하찮은 것에 불과하다는 것을 확신하게 된 것이다.

그러나 그것은 예외적인 경우였다. 대부분의 경우 전염병이 종식되어야만 이별도 끝날 수 있음이 분명했다. 하지만 이별 자체만이 문제가 아니었다. 이별을 강요한 것이 바로 페스트라는 전염병이다 보니 시민들이 할 수 있는 것이 아무것도 없었다. 그 폐쇄상태를 견딜만한 그 어떤 능동적인 활동을 할 수 없었다. 아무것도 할 것이 없어진 시민들은 그 침울한 도시를 맴돌면서 추억이라는 그 부질없는 유희에 빠질 수밖에 없었다. 그저 정처 없이 거닐다 보면 매일 같은 길을 걷게 되었고, 이 좁은 도시에서 매일 걷는 그 길은 십중팔구 지금 곁에 없는 사람과 함께 전에 걷곤 하던 길이었던 것이다.

이렇게, 페스트가 우리 시민들에게 제일 먼저 가져다준 것

은 바로 유배 생활이었다. 그리고 화자는 당시 화자 개인이 맛
보았던 느낌을 모든 사람의 이름으로 이곳에 묘사해도 무방하
리라고 확신한다. 화자 자신도 대다수 우리 시민들이 느낀 감
정을 그대로 느꼈기 때문이다. 그렇다, 우리가 우리 마음속에
늘 지니고 있던 그 공동(空洞), 그것은 바로 유배의 감정이었다.
과거로 돌아가려는, 혹은 반대로 시간의 흐름을 재촉하고 싶어
하던 저 터무니없는 욕망, 불타오르는 화살처럼 날아와 꽂히는
기억들, 그런 것들이 바로 그 감정의 내용이었다. 이따금 누군
가 돌아와 초인종을 누르는 소리, 계단을 올라오는 친근한 발
소리를 상상하며 스스로를 위로하기도 했고 이제 기차가 운행
되지 않는다는 사실을 잊고 여느 때라면 저녁 급행열차를 타고
왔을 여행객을 기다리려고 집에 머물기도 했지만 당연한 일이
지만 그런 유희는 지속될 수 없었다. 기차는 절대로 도착하지
않는다는 것을 분명히 깨닫는 순간은 오기 마련이었다. 그러면
우리는 우리의 이별이 앞으로도 계속될 수밖에 없다는 것, 시
간과 타협할 수 있도록 애를 써야 한다는 것을 깨달았다. 그때
부터 우리는 결국 수인(囚人)이라는 것을 자인하고 우리의 과거
에만 머물러 지낼 수밖에 없었다. 그리고 만일 우리 중 누군가
가 미래의 삶을 상상하는 유혹에 빠지는 일이 있었다 할지라도

그런 상상을 신뢰했다가 입게 될 상처가 얼마나 클 것인지 느끼고는 가능한 한 빨리 그런 상상에서 벗어나야 했다.

당시 우리의 용기와 의지와 인내심이 어찌나 급격히 허물어져 버렸던지 우리는 모두 이 수렁에서 결코 빠져나올 수 없을 것만 같았다. 우리들은 우리가 해방될 날은 더 이상 생각하지 않고 더 이상 미래도 바라보지 않은 채, 말하자면 눈을 내리깔고 지내야만 했다. 우리는 심연과 정상 중간에 좌초된 채, 살아간다기보다는 차라리 떠다녔다. 우리는 아무런 기약 없는 하루하루 속에, 메마른 추억 속에 던져진 존재였고 고통의 대지 위에 뿌리박고 있음을 받아들임으로써만 힘을 얻을 수 있는 방황하는 유령 같은 존재였다.

이렇게 우리는 모두 유배 생활을 했지만 그래도 대부분은 자기 집에서 겪는 유배였다. 그리고 화자가 겪은 것도 그렇게 모든 사람이 겪은 유배일 뿐이었다. 그러나 신문기자 랑베르나 그와 비슷한 처지의 사람이 겪은 유배를 잊어서는 안 된다. 그들은 여행차 이곳에 왔다가 페스트 때문에 예기치 않게 억류되어 사랑하는 사람과 이별하고 고향으로부터 멀리 떨어져 지내게 된 사람들이었다. 그들에게는 이별의 고통이 우리보다 클 수밖에 없다. 모두 유배에 처해 있는 상황에서도 그들은 가장 심하게 유배당한 사람들이었다. 그들도 모든 사람과 마찬가지로 시간에 대한 고통을 겪고 있었다. 그러나 그들은 공간에도 얽매여 있었다. 그들은 페스트에 감염된 이곳 벽지(僻地)와 그들의 잃어버린 고향을 가르고 있는 벽에 끊임없이 부딪히고 있었기 때문이다. 그들은 절망 속에서 그 무엇으로도 대체할 수 없는 고향 땅의 이미지들을 끊임없이 그리고 있었다.

끝으로 졸지에 헤어진 처지에 놓이게 된 연인들 이야기를 덧붙이기로 하자. 아주 흥미롭기도 하거니와 어찌 보면 화자가 이야기하기에 적합한 처지에 있었다고 말할 수도 있다. 연인들은 여러 가지 고통에 시달렸지만 그중 가장 주목할 만한 것이 바로 후회의 감정이다. 실제로 이런 상황은 그들의 감정을 일종의 열에 들뜬 객관성을 지닌 눈으로 관찰할 수 있게 해주었다. 이런 상황에 놓이게 되면 대개 자신들의 약점이 아주 명확하게 드러나는 법이다. 지금 곁에 없는 사람이 무엇을 하고 있고 무슨 동작을 하고 있는지 정확하게 그려보기 어렵게 됨으로써 약점을 살펴볼 수 있는 호기를 처음으로 맞게 된 것이다. 우선 그들은 상대방이 시간을 어떻게 보내고 있는지 모른다는 사실을 한탄한다. 그들은 평소에 상대방이 시간을 어떻게 보내는지 알려고 하지 않았던 경박함에 대해, 사랑하는 사람이 시간을 어떻게 보내는가 하는 것이 모든 기쁨의 원천이 아니라고 생각하는 척했던 경박함에 대해 스스로 책망한다. 일단 그 순간부터는 그들의 사랑을 돌이켜보며 그 속에서 불완전했던 점들을 찾아내는 건 아주 쉬운 일이 된다. 평상시라면 우리는 의식적이건 아니건 보다 숭고한 사랑이 있을 수 있다는 것을 알면서도 우리의 보잘것없는 사랑도 다소간 차분하게 받아들인다. 하지만 추억이란 놈은 한결 까다로운 법이다. 외부로부터 와서 우리 마을 전체를 강타한 이 불행은 우리가 그에 대해 분노할 수밖에 없는 부당한 외적 고통만을 가져온 것이 아니었다. 이 불행은 우리로 하여금 스스로 괴로워하게 만들었고 우리 스스로 그 고통에 동의하게 만들었다. 그것이 바로 이 질병이 우리에게 질병 자체로부터 다른 곳으로 눈을 돌리게 만들고 사태를 어지럽게 만드는 하나의 수법이라고 할 만한 것이었다.

이렇게 우리는 오로지 하늘만을 마주한 채 하루하루의 삶을 받아들여야만 했다. 이렇게 모든 것을 포기해야만 하는 상황에서 종국에는 사람들의 성격이 강인하게 단련될 수도 있었을 것이다. 하지만 이 상황은 처음에는 무엇보다 사람들을 나약하게 만들었다. 예를 들어 우리 시민 중의 몇몇 사람은 해가 뜨거나 비가 오느냐에 따라 마음이 바뀌는 노예 상태에 빠졌다. 그들을 보면 그들은 생전 처음으로 날씨의 영향을 직접적으로 받는 것 같았다. 황금빛 햇살이 비치기만 해도 그들의 얼굴이 밝아졌으며 반면에 비가 오기라도 하면 그들의 표정과 생각에 두꺼운 베일이 씌워진 것 같았다. 몇 주 전만 하더라도 그들은 이토록 나약하지 않았고 이토록 무분별하지 않았다. 그들만 이 세상과 마주하고 있는 것이 아니었고 그들과 함께 사는 존재들이 어느 정도는 우주 앞에 자리 잡고 있었기 때문이었다. 그런데 바로 이 순간부터 그와는 정반대로 그들은 하늘의 변덕에 내맡겨졌다. 말하자면 그들은 아무 까닭 없이 괴로워했고 아무 까닭 없이 희망을 품었다.

마침내 이러한 극도의 고독 속에서 그 누구도 이웃의 도움을 기대할 수 없었으며 모두 자신만의 걱정에 혼자 휩싸이게 되었다. 어쩌다 누군가 자신의 속내를 털어놓거나 자신의 감정에 대해 무언가 말을 하게 되는 경우 그에 대한 대답은 그 어떤 대답이건 대부분의 경우 그에게 상처를 입혔다. 그리고 그는 그와 대화를 나눈 사람과 자신이 서로 다른 이야기를 하고 있음을 알아차렸다. 실제로 그는 오랜 시간 동안 마음속으로 곱씹어 오던 것을 표현한 것이며 그가 전하고자 했던 고통이나 이미지는 오랫동안의 기다림과 열정의 불길 속에서 익어온 것이다. 그런데 정작 상대방은 그것을 상투적인 감정으로, 시장에서 살 수 있는 고통 정도로, 연속극에서 볼 수 있는 감상 정도로 여겨버렸다. 호의적이건 적대적이건 그 답변은 언제나 빗나갈 수밖에 없었기에 결국 이야기 건네는 것을 단념할 수밖에 없었다. 혹은 침묵을 도저히 견딜 수 없는 사람들은 다른 사람들이 진정한 마음의 언어를 사용할 수 없게 된 이상 자신도 시장에서 쓰는 상투적인 말투를 체념하며 받아들였다. 결국 그들은 단순한 보고나 일상적인 일화, 어떤 의미로는 신문 사회면 같은 이야기만 하게 되었다. 그리고 가장 절절한 고통이 일상 대화에서 사용되는 진부한 방식으로 표현되는 것이 일반적인 현상이 되었다. 페스트의 포로가 된 사람들은 그런 값을 치르고서야 비로소 수위의 동정을 얻거나 대화 상대방의 관심을 끌 수 있었다.

하지만, 이것이 가장 중요한 점인데, 이 고뇌가 아무리 고통스러웠다 할지라도, 이 텅 비어 있는 마음이 제아무리 무겁게 우리를 짓누르고 있었다 할지라도 이렇게 유배당한 사람들은 페스트 발병 초기에는 일종의 특권을 누리게 된 셈이기도 했다. 실제로 시민들이 공포에 사로잡히기 시작하던 바로 그 순간에 그들의 생각은 온통 그들이 기다리고 있는 존재로 향해 있었다. 전반적인 비탄이 지배하고 있는 가운데 사랑의 에고이즘이 그들을 감싸주고 있었고, 그들이 페스트에 대해 생각할 때도 오로지 이 병 때문에 이별이 영원히 계속되면 어쩌나 하는 걱정뿐이었다. 따라서 그들은 전염병 한복판에서도 일종의 건전한 오락을 즐기고 있는 셈이었으며 그것을 냉정함으로 착각하고 싶어 했다. 그들의 절망감이 그들을 공포에서 구해준 셈이었으니 불행에도 좋은 점이 있었던 셈이다. 예를 들어 그들 중 누군가가 병으로 사망하더라도 거기에 주목할 여유조차 거의 없었다. 마치 유령을 상대로 하는 듯한 기나긴 마음의 대화로부터 빠져나오자 망자는 지체 없이 그토록 무거운 대지의 침묵에 내던져졌던 것이다. 그 어떤 것도 할 시간이 전혀 없었다.

***

갑작스럽게 닥쳐 온 이 유배생활에 우리의 시민들이 적응하려 애쓰는 동안에 시 출입구마다 보초가 섰고 오랑을 향하던 배들은 뱃머리를 돌렸다. 시가 폐쇄된 이래 단 한 대의 차량도 시 안으로 들어오지 않았다. 평소 활기가 넘치고 연안에서 가장 번화한 항구 중 하나로 통하던 오랑 항구에서 갑자기 활기가 사라지고 말았다. 부두에 멈춰 서 있는 커다란 기중기들, 옆으로 누워버린 화물 운반차들, 여기저기 흩어져 쌓여 있는 술통이나 부대 자루들을 높은 곳에서 내려다보면 페스트 때문에 무역 역시 죽어버렸다는 사실이 여실히 드러나 있었다.

이런 익숙지 않은 광경에도 불구하고 우리의 시민들은 여전히 자신들에게 무슨 일이 일어났는지 제대로 이해하지 못하고 있는 것이 분명했다. 그들은 이별이나 두려움 같은 공통감정을 느끼고 있으면서도 계속 개인적인 관심사를 그 무엇보다 중시하고 있었다. 그 질병을 현실적으로 받아들인 사람은 아직 아무도 없었다. 페스트 발생 3주 차에 사망자가 302명 발생했다는 보도가 신문에 나왔지만 그 보도를 보고도 사람들은 아무것도 상상할 수 없었다. 20만 명 인구의 이 도시 사람들은 그 사망률이 어느 정도인지 짐작할 수 없었다. 그들에게는 비교항이 없었다. 사망자 수가 계속 증가하고 있음을 확인하고 나서야 비로소 여론이 진실을 의식하기 시작했다. 5주차에는 321명, 6주차에는 345명이 사망했다. 최소한 그 증가율이 사태를 웅변적으로 보여주고 있었다. 하지만 그런 증가율만으로는 충분하지 않았다. 시민들은 불안한 가운데도 유감스러운 사태를 맞이한 건 분명하지만 그래도 일시적일 것이리라고 생각했다.

그들은 여전히 거리를 돌아다니고 카페 테라스에 앉아 있었다. 전체적으로 보자면 그들은 겁쟁이는 아니었다. 그들은 한탄보다는 농담을 더 많이 주고받았으며 분명히 금세 지나가 버릴 불편함을 기분 좋게 받아들이는 척했다. 하지만 월말이 가까워지고, 좀 더 나중에 이야기하겠지만 기도주간이 되었을 무렵 심각한 변화가 몇 가지 생겨 우리 시의 모습이 바뀌었다. 먼저 식량 보급이 제한되었고 휘발유는 배급제가 되었다. 게다가 절전까지 시행되었다. 생활필수품만 육로와 항공편으로 오랑에 반입되었다. 시간이 지나자 차량 운행이 완전히 중지되었고 사치품 가게는 나날이 문을 닫았으며 물품이 매진된 가게 앞에도 사람들이 줄지어 서 있었다.

이렇게 오랑 시의 모습은 날로 독특해졌다. 보행자 수가 현저히 늘었고 가게나 사무실이 문을 닫는 바람에 평소 같으면 한산해야 할 시간에도 사람들이 거리와 카페를 가득 메웠다. 그들은 아직까지는 실업자라기보다는 휴가 기분을 내고 있었다. 오후 세 시에 사람들이 거리로 쏟아져 나온 모습을 보면 마치 도시 전체가 교통을 차단한 채 축제를 벌이고 있는 것 같았다.

당연한 일이지만 이 도시 전체의 휴가 상태를 틈타 영화관이 큰돈을 벌었다. 그러나 도내로 들어오던 필름배급이 중단되자 영화관들끼리 필름을 교환할 수밖에 없었고 얼마 후에는 영화관마다 늘 같은 영화만 상영하는 사태를 맞이했다. 그래도 영화관 수입은 줄어들지 않았다. 그 밖에 카페가 큰돈을 벌었고 술 소비량이 늘어난 것도 지적해야겠다.

하지만 어떤 의미로는 이 모든 변화가 너무 특이하고 너무 빨리 이루어졌기 때문에 그것이 정상적인 상태이며 오래 지속되리라고는 생각하기 어려웠다. 그 결과 우리들은 계속해서 우리들의 개인적인 감정에 더 무게를 두고 있었다.

시의 출입구가 폐쇄된 지 이틀이 지났을 때 리외 의사는 병원에서 나오다가 코타르를 만났다. 그의 얼굴에는 흡족해하는 티가 역력했다. 리외는 혈색이 좋아 보인다고 덕담을 건넸다.

"네, 아주 잘 지내고 있습니다." 키 작은 사내가 말했다. "의사 선생님, 정말 빌어먹을 페스트지요! 이놈이 점점 심각해지네요."

의사가 그렇다고 인정하자 코타르는 밝은 어조로 확인하듯 말했다.

"이제 와서 멈출 이유는 없겠지요. 모든 게 뒤죽박죽이 되겠지요."

둘은 잠시 함께 걸었다. 코타르는 페스트에 대해 사실인지 아닌지도 모를 이야기들을 늘어놓았다. 그리고는 자못 상냥한 어조로 "그래요, 우리 모두 미쳐버릴 게 분명해요"라고 말했다.

조제프 그랑이 마침내 개인적인 이야기를 리외에게 털어놓은 것도 바로 그날 오후였다. 그랑은 리외의 진료실에서 리외 부인의 사진을 발견하고 그의 얼굴을 바라보았다. 리외는 아내가 도시 밖에서 요양 중이라고 대답했다.

"어떤 의미로는 다행이네요"라고 그랑이 말했다. 의사도 그의 말에 동의하면서 단지 아내의 병이 낫기만 바란다고 말했다.

"아, 이해할 수 있어요." 그랑이 말했다.

이어서 그는 리외가 그를 알게 된 이래 가장 말을 많이 했다. 여전히 할 말을 조심스럽게 고르기는 했지만 자기가 하고 있는 이야기를 오래전부터 생각해 온 듯 적절한 표현을 찾아내어 말했다.

그는 이웃에 사는 어느 가난한 처녀와 아주 젊었을 때 결혼했다. 공부를 그만두고 취직한 것도 결혼하기 위해서였다. 아내 잔이나 그 자신이나 그들이 살던 동네 밖으로 나가본 적이 없었다. 그는 그녀의 집으로 그녀를 찾아가곤 했지만 그녀의 부모는 말도 없고 어설프기만 한 그를 약간 비웃었다. 그녀의 아버지는 철도 노동자였고 잔은 집안 살림에 바쁜 어머니를 열심히 도왔다. 어느 날 잔이 크리스마스 선물 가게 진열창을 감탄의 눈으로 바라보다가 "정말 아름다워요!"라고 말했다. 그는 그녀의 손목을 꼭 쥐었다. 그렇게 그들의 결혼은 결정되었다.

그랑의 말에 의하면 나머지 이야기는 아주 간단했다. 모든 사람들이 다 그렇다. 결혼하고, 아직 어느 정도 사랑하고, 일을 한다. 열심히 일하다 보면 사랑하는 법을 잊게 된다. 국장이 그랑에게 한 약속을 지키지 않아서 잔도 일을 해야 했다. 여기서 그랑이 하고자 하는 말을 이해하려면 약간의 상상력이 필요하다. 피로까지 겹치자 그는 돼가는 대로 내버려 두었고 점점 입을 다물게 되었으며 젊은 부인이 사랑받고 있다는 생각을 계속해서 할 수 있게 해주지 못했다. 일하는 남자, 가난, 서서히 닫혀 가는 미래, 저녁 식탁 주변의 침묵, 그런 세계 속에는 열정을 위한 자리는 없게 마련이다. 잔은 고통스러웠던 것이 분명했다. 그래도 그녀는 머물렀다. 자신이 고통 받고 있는 줄도 모른 채 오랫동안 고통을 겪는 일도 있는 법이다. 세월이 흘렀다. 나중에 그녀는 떠났다. 물론 그냥 떠난 것은 아니었다. '당신을 무척 사랑했어요. 하지만 이제 지쳤어요…… 떠나는 게 기쁘지 않아요. 하지만 꼭 기쁘게 새 출발을 하라는 법은 없잖아요.' 그녀가 그에게 남긴 글은 대충 그런 내용이었다.

이번에는 조제프 그랑이 고통을 겪을 차례였다. 리외가 그에게 지적했듯이 그도 새 출발을 할 수 있었을 것이다. 하지만 자신이 없다는 게 문제였다.

그는 단순히 그녀 생각만 했다. 그는 그녀에게 편지를 써서 자신을 변명하고 싶었다.

"하지만 그건 어려워요." 그가 말했다. "그 생각을 한 지는 오래되었어요. 우리가 서로 사랑하는 한 우리는 말 없이도 서로를 이해할 수 있었어요. 하지만 언제고 사랑할 수는 없는 법이잖아요. 적당한 때에 아내를 붙잡아 둘 수 있는 말을 했어야만 했어요. 하지만 그럴 수 없었어요."

그랑이 손수건 비슷한 것에 코를 풀며 말했다.

"죄송합니다, 선생님. 하지만 뭐랄까…… 저는 선생님을 믿거든요. 선생님과는 이야기를 할 수 있어요. 가슴이 떨리긴 하지만요."

분명히 그랑은 페스트로부터 천 리나 멀리 떨어져 있었다.

그날 저녁 리외는 부인에게 도시가 폐쇄되었다, 자기는 잘 지내고 있다, 계속 건강을 잘 돌보기 바란다, 그녀 생각을 하고 있다, 라는 전보를 보냈다.

도시가 폐쇄된 지 3주가 지났을 때 리외는 병원을 나서다가 기자인 레몽 랑베르를 만났다. 그는 신경이 날카로워져 있었다. 그는 리외에게 부탁할 일이 좀 있어서 찾아왔다고 말했다.

　"죄송합니다." 그가 말을 이었다. "이 도시에는 아는 사람이 아무도 없어서요. 신문사 주재원은 안 됐지만 멍청이라서요."

　리외는 시내 몇 군데 진료소에 지시할 사항이 있었다. 그는 랑베르에게 그곳까지 함께 걸어가자고 했다. 저녁이 다가오고 있었다. 예전에는 그토록 떠들썩할 시간이었지만 도시는 이상할 정도로 적막해 보였다. 무어 양식의 집들이 이어지고 있는 가파른 길을 걸어가면서 랑베르가 몹시 흥분해서 말했다. 그는 파리에 아내를 두고 왔다. 사실 정식 결혼한 사이는 아니었지만 아내와 다름없었다. 시가 폐쇄되자마자 그는 아내에게 전보를 쳤다. 그는 이 사태가 일시적이리라 생각하고 편지를 보낼 방법을 다방면으로 모색해 보았지만 헛수고였다. 그는 겨우 '잘 지내고 있음. 곧 보기 바람'이라는 내용의 전보를 접수시킬 수 있었을 뿐이었다.

　그런데 아침에 일어나자 이 사태가 언제까지 지속될지 알 수 없다는 데 생각이 미쳤다. 기자인 덕분에 그는 도청의 담당국장과 접촉할 수 있었다. 그는 자신은 오랑과 아무 관계가 없는 사람이다, 자기는 여기 머물 이유가 없다, 우연히 이곳에 있게 되었을 뿐이니 비록 밖에 나가서 격리되는 일이 있더라도 밖으로 나가도록 허용해 주는 것이 마땅하다고 국장에게 말했다. 그러자 국장은 잘 알아듣겠지만 예외를 만들 수는 없으며, 검토는 해보겠지만 사태가 심각해서 아무것도 확답할 수 없다고 말했다.

"어쨌든 나는 이 도시와 아무 상관이 없잖습니까?" 랑베르가 국장에게 말했다.

"그렇겠죠. 하지만 어쨌든 전염병이 오래 계속되지나 않기를 기대해 봅시다."

마지막으로 국장은 랑베르를 달랠 요량으로 오랑에서 흥미 있는 기삿거리를 찾을 수도 있으며 어떤 일이건 좋은 측면은 있는 법이라고 말했다. 국장의 말을 리외에게 전하면서 랑베르는 어깨를 으쓱했다. 그러는 사이 리외와 랑베르는 시내 중심가에 도착했다.

"잘 아시겠지만, 선생님, 그건 터무니없는 일입니다. 나는 기사를 쓰기 위해 태어난 게 아닙니다. 그보다는 여자와 살기 위해 세상에 태어난 것 같습니다. 그게 당연한 것 아닌가요?"

리외는 어쨌든 일리가 있는 것 같다고 대답했다.

중심가 대로에는 평소보다 군중이 적었다. 몇 안 되는 행인들은 멀리 있는 집을 향해 발걸음을 재촉하고 있었다. 아무도 웃는 사람이 없었다. 리외는 그날 나온 랑스도크 통신사 보도 때문이라고 생각했다. 24시간이 지나고 나면 사람들은 희망을 갖기 시작한다. 하지만 당일만큼은 보도된 숫자가 뇌리에 너무나 선명하게 남아 있기 마련이었다.

"나랑 그 여자는," 랑베르가 느닷없이 말했다. "만난 지 얼마 안 됐지만 마음이 잘 맞습니다."

리외는 아무 말도 하지 않았다.

"제가 공연한 말씀을 드린 것 같군요." 랑베르가 다시 말을 이었다. "다만 저는 제가 이 몹쓸 병에 걸리지 않았다는 증명서를 선생님이 한 장 써주실 수는 없는지 여쭤보고 싶었을 뿐입니다. 그게 도움이 될 것 같아서입니다."

리외는 신문기자를 슬쩍 바라보았다. 완강하면서도 뭔가 불만에 가득 찬 표정이었다.

마침내 리외가 입을 열었다.

"선생 말씀은 충분히 이해합니다. 하지만 별로 타당해 보이지는 않는군요. 나는 선생에게 그런 증명서를 써줄 수가 없습니다. 선생이 그 병에 걸렸는지 아닌지 알 수 없기 때문입니다.

설사 선생이 그걸 안다고 해도 선생이 내 진찰실을 나가서 도청에 가는 사이에 전염이 되지 않으리라는 보장이 없기 때문입니다. 게다가……"

"게다가, 또 뭡니까?" 랑베르가 물었다.

"설혹 내가 그 증명서를 써주더라도 아무 소용이 없을 겁니다."

"왜지요?"

"우리 도시에 선생과 비슷한 처지에 놓인 사람이 수천 명에 달하고 그 사람들을 전부 도시 밖으로 보낼 수 없기 때문입니다."

"페스트에 감염되지 않은 사람도 말입니까?"

"그것만으로는 충분한 이유가 될 수 없습니다. 이 모두 터무니없는 이야기라는 걸 나는 잘 알고 있습니다. 하지만 이건 우리 모두에 관련되는 일입니다. 있는 그대로 받아들여야 합니다."

"하지만 나는 이곳 출신이 아니잖습니까!"

"정말 안 된 일이지만 선생도 이 순간부터 다른 사람들과 마찬가지로 이곳 사람입니다."

랑베르가 흥분해서 말했다.

"맹세컨대 이건 인도 차원의 문제입니다. 서로를 잘 이해하는 두 사람에게 이런 식의 이별이 무엇을 의미하는지 당신은 제대로 이해할 수 없을 겁니다."

리외는 곧바로 대답하지는 않았다. 잠시 후 그는, 자기는 이해한다고 생각한다고 말했다. 그는 랑베르가 부인을 다시 만날 수 있기를, 사랑하는 사람들이 모두 재결합할 수 있기를 진심으로 바라지만 포고령과 법률이 있고 또 페스트가 있는 한 자신이 해야 할 일을 하는 것이 자신의 역할이라고 말했다.

그러자 랑베르가 씁쓸한 어투로 말했다.

"아니에요, 당신은 이해하지 못하고 있어요. 당신은 이성의 언어로 말하고 있습니다. 당신은 추상의 세계에 갇혀 있습니다."

의사는 고개를 들어 공화국 여신상을 바라보며 자기가 이성의 언어를 말하고 있는지 아닌지는 잘 모르겠으나 명백한 사실에 근거해서 말하고 있는 것은 사실이라며, 그 둘은 분명히 다르다고 말했다. 신문기자는 넥타이를 바로 잡았다.

"그렇다면 나보고 달리 어떻게 해보란 말씀입니까?" 그가 도전적인 말투로 덧붙였다. "어쨌든 나는 이 도시를 떠날 겁니다."

의사는 그의 심정을 이해하지만 자기와는 무관한 일이라고 말했다.

"아니에요! 관계가 있습니다." 랑베르가 갑자기 큰 소리로 외쳤다. "제가 선생님을 찾아온 것은 이번 결정에 선생님이 큰 역할을 맡았다는 이야기를 들었기 때문입니다. 그래서 최소한 한 건 정도는 선생님 손으로 해결할 수 있으리라고 생각한 겁니다. 그런데 아무 상관이 없다고 하시는군요. 당신은 남 생각은 눈곱만큼도 않는군요. 헤어진 사람의 입장은 조금도 고려하지 않는군요."

리외는 어떤 의미에서는 그건 사실이라고, 그런 걸 고려하고 싶지는 않다고 인정했다.

그러자 랑베르가 말했다.

"아, 알겠어요! 공공의 복지 이야기를 하시는 거로군요. 하지만 공공의 복지란 개인의 행복으로 이루어지는 겁니다."

"글쎄요." 의사는 마치 다른 생각을 하다가 깨어난 것처럼 말했다. "이런 경우, 저런 경우가 있겠지요. 속단해서는 안 됩니다. 하지만 당신처럼 화를 내는 건 옳지 않습니다. 선생이 이 난관에서 벗어날 수 있다면 나도 정말 기쁠 겁니다. 단지 나로서는 직무상 해서는 안 될 일이 있는 겁니다."

상대방은 초조한 듯 머리를 흔들었다.

"알았습니다. 화를 낸 건 잘못했습니다. 게다가 선생님 시간을 너무 많이 빼앗았습니다."

리외는 랑베르에게 그의 일이 어떻게 돌아가는지 알려달라고 말하면서 자기를 원망하지 말라고 부탁했다. 그리고 둘 사이에는 분명 합치점이 있을 것이라고 말했다. 랑베르는 갑자기 당황한 것 같았다. 잠시 침묵한 후에 그가 말했다.

"그럴 수 있겠네요. 그래요, 내 뜻과는 달리, 또한 선생님이 말씀하신 내용에도 불구하고 그럴 수 있겠다는 생각이 듭니다."

그는 잠시 망설였다.

"하지만 당신 말에는 동의할 수 없습니다."

그는 펠트 모자를 깊숙이 눌러쓰고 빠른 걸음으로 멀어져 갔다. 장 타루가 묵고 있는 호텔로 그가 들어가고 있는 모습이 리외에게 보였다.

잠시 후 의사는 고개를 흔들었다. 신문기자가 행복에 대해 초조해하는 것은 당연했다. 하지만 '당신은 추상의 세계에 살고 있다'라며 자신을 비난한 것이 정당한 일인가? 페스트가 한결 기승을 부려 사망자 수가 일주일에 평균 500명에 이르는 요즘 병원에서 보낸 나날들이 정말 추상적이었을까? 물론 불행에는 추상적이고 비현실적인 면이 있긴 하다. 하지만 그 추상이 당신을 죽일 때면 그 추상에 몰입해야 한다. 그리고 리외는 그 일이 정말 어려운 일이라는 것을 알고 있을 뿐이었다. 어려운 일이라는 것을 알고 있는 게 아니라 그가 실제로 하고 있는 일 자체가 어려웠다. 이제 세 군데로 늘어난 임시 병동을 관리하는 일도 보통 일이 아니었으며 그 일이 끝난 다음에는 자신의 진료실로 돌아와 환자들을 진찰했다. 그리고 저녁이 되면 왕진을 나갔다가 늦은 시각에야 집으로 돌아왔다. 지난밤 어머니가 며느리에게서 온 전보를 아들에게 건네주며 아들의 손이 떨린다고 지적했다.

"네, 떨리네요." 그가 말했다. "하지만 견디다 보면 좀 진정이 되겠지요."

그는 건강하고 강단이 있었다. 실제로 그는 아직 피곤하지도 않았다. 하지만 왕진을 간다는 것 자체가 이미 고역이 되었다. 전염병이라는 진단을 내리는 것은 곧 격리 명령을 내리는 것과 같았다. 바로 그때부터 추상과 난관이 시작되었다. 가족들은 그 순간 환자가 완치되거나 죽기 전에는 다시는 만날 수 없다는 것을 알고 있었다.

"선생님, 한 번만 불쌍하게 봐주세요!"라고 타루가 묵고 있는 호텔의 객실 청소부의 어머니인 로레 부인이 그렇게 말했었다. 그건 무슨 뜻이었을까? 물론 그는 불쌍하게 생각하고 있었다. 그러나 그런 동정심은 그 누구에게도 도움이 되지 않았다. 그는 전화를 걸어야 했다. 곧이어 앰뷸런스의 사이렌이 울렸다. 초기에는 이웃 사람들이 창문을 열고 내다보았다. 하지만 얼마

지나지 않아 모두 황급히 창문을 닫았다. 이윽고 싸움과 눈물과 설득, 요컨대 추상이 시작된다. 고열과 고통으로 들뜬 아파트에서 그런 터무니없는 장면이 벌어지는 것이다. 어쨌든 환자는 이송되고 그런 후에야 리외는 자리를 뜰 수 있었다. 저녁마다 비슷한 일이 반복되고 리외는 그런 광경이 끝없이 되풀이되리라는 것 외에는 아무것도 기대할 것이 없었다. 매일 저녁 리외의 팔을 붙잡고 환자의 가족들이 짓는 표정, 그들이 뱉어내는 쓸데없는 말과 약속들, 그 모든 것이 추상이었다.

그렇다, 모든 추상이 그렇듯 페스트는 변함없이 단조로웠다. 딱 하나 달라진 것이 있다면 그것은 리외 자신이었다. 랑베르와 걷던 날 저녁, 공화국의 여신상 아래에서 그는 그 사실을 느꼈다. 그는 랑베르가 사라진 호텔 문을 바라보며 자신의 마음속을 무관심이, 스스로도 이해하기 어려운 무관심이 가득 채우고 있다는 사실을 의식하게 된 것이다.

매일 황혼녘이면 사람들이 거리로 쏟아져 나와 배회하던 그 몇 주를 기진맥진한 상태로 보낸 끝에 리외는 동정심에 맞서 싸울 필요가 없다는 것을 깨달았다. 동정심이 아무 소용도 없게 되면 동정한다는 사실 자체가 피곤한 일이다. 의사는 이 힘들기만 한 나날들 속에서 자신의 마음이 서서히 닫혀 가고 있

제2부

107

다는 사실에서 유일하게 위안을 찾았다. 그는 그래야 그의 임무가 수월해진다는 것을 알았고 그는 그 때문에 기뻤다. 새벽 두 시에 아들을 맞이하면서 어머니는 자신을 바라보는 아들의 눈길이 텅 비어 있는 것을 보고 가슴이 아팠다. 그것이 리외가 받을 수 있는 유일한 위안이었지만 어머니는 그것을 한탄했다. 추상과 싸우기 위해서는 어느 정도 추상과 닮아야만 한다. 그런데 랑베르가 그것을 어떻게 느낄 수 있었을까? 그리고 그 신문기자가 어느 의미에서는 옳다는 것을 리외가 알고 있는 것도 사실이었다. 그러나 추상이 행복보다 더 강력한 모습을 드러낼 수 있으며 그럴 때는, 혹은 오로지 그럴 때만 추상을 중시해야 한다는 사실을 리외는 또한 알고 있었다. 이렇게 그는 각 개인의 행복과 페스트라는 추상 사이에서 벌어지는 우울한 싸움, 그 긴 기간 동안 우리 시민들의 삶 전체를 지배했던 그 싸움을 새로운 국면에서 지속할 수 있게 되었다.

***

그런데 어떤 사람들이 추상을 보고 있는 곳에서 다른 사람들은 진실을 보았다. 페스트 발병 첫 달은 암울한 분위기로 막을 내렸다. 전염병이 다시 만연한 탓도 있었지만 파늘루 신부의 격렬한 강론도 한몫했다. 파늘루 신부는 발병 초기에 미셸 영감을 부축해 주었던 예수회 신부 바로 그 사람이다. 그는 오랑 시 지리학회지에 논문을 자주 기고해 이름이 알려져 있었고 금석문 복원에 관한 권위자였다. 하지만 그는 무엇보다 현대 개인주의에 대한 일련의 강연들에서 일반 전문가보다 더 많은 청중을 모으는 사람이었다. 그는 그런 강연에서 현대 자유주의와 지난 세기의 몽매주의와는 거리가 먼, 엄격한 기독교 신앙의 열렬한 옹호자로 나섰다. 강연에서 그는 가혹한 진실을 가차 없이 털어놓았다. 그리고 그로 인해 명성이 높아졌다.

그달 말경, 우리 시의 성직 고위층에서 나름대로 페스트와 싸우기로 결정하고 집단 기도주간을 기획했다. 대중의 신앙심을 고취하기 위한 이 행사는 페스트 환자였던 성 루카에게 미사를 봉헌한 후 일요일에 끝날 예정이었다. 파늘루 신부는 그 행사에서 강연을 요청받았다. 천성적으로 혈기가 넘치고 열성적인 신부는 기꺼이 그 요청을 받아들였다. 그의 강론이 있기 오래전부터 그 내용에 대해 이런저런 말들이 오갔고 그의 강론은 이 시기의 역사에서 나름대로 중요한 사건으로 기록되었다.

기도주간에 수많은 군중이 모여들었다. 평상시에 오랑 시 주민들이 신앙심이 깊어서가 아니었다. 예를 들어 일요일 아침에 해수욕과 미사는 치열한 경쟁 상대였다. 그 기간에 사람들이 모여든 데는 항구가 차단되어 해수욕을 갈 수 없게 된 사정도 한몫했지만 다른 한편으로는 사람들이 자신에게 닥친 이 놀라운 사건을 마음 깊이 인정하지 못하면서도 무언가 변하긴 변했음을 느끼는 독특한 정신 상태에 놓여 있던 탓도 있었다. 그러면서도 질병은 곧 멈출 것이고 자기들은 물론이고 가족들은 그 병에 걸리지 않을 것이라는 기대도 여전했다. 페스트란 그들에게는 어느 날 갑자기 찾아온 것처럼 언젠가는 떠날 수밖에 없는 일종의 기분 나쁜 불청객일 뿐이었다. 그들은 두려움에 사로잡혀 있었지만 절망하지는 않았다. 페스트가 그들의 생활양식 그 자체로서 그 모습을 드러낼 순간, 이전까지 그들이 영위하던 삶을 잊어야 할 순간은 아직 도래하지 않았던 것이다. 요컨대 그들은 기다리고 있었다. 다른 많은 문제에 대해서와 마찬가지로 종교에 대해서도 페스트는 그들이 야릇한 정신 상태를 지니게 해주었다. 그것은 무관심이나 열정과는 거리가 먼, '객관성'이라는 단어로 정의 내리기에 충분한 그런 정신 상태였다. 예컨대 기도주간에 참가한 대부분의 사람들은 의사 리외 앞에서 어느 신자가 말했듯 "어쨌든 해롭지는 않을 테니까요"

라는 마음가짐이었다. 타루조차도 중국인들은 비슷한 경우 페스트 귀신 앞에서 북을 두드린다고 수첩에 적은 다음 북이 실제로 의학적 예방조치보다 효과가 있는지는 알 수 없다고 지적했다. 단지 그는 그 문제에 대해 답을 내리려면 귀신이 실제로 존재하는지 알아야 하는데, 우리는 그 점에 대해 무지하기에 그에 관한 우리의 견해는 모두 아무런 의미가 없다고 덧붙였다.

어쨌든 우리 시의 대성당은 기도주간 내내 신자들로 대성황이었다. 파늘루 신부의 강론이 있던 일요일에는 군중이 엄청나게 밀려와 성당의 중앙 홀을 가득 메웠고 성당 앞 광장에는 계단 끝까지 군중들로 넘쳐났다. 전날부터 하늘이 어두워지더니 비가 억수 같이 쏟아졌다. 밖에 있던 군중들은 우산을 펼쳤다. 향냄새와 축축하게 젖은 옷 냄새가 성당 안에 퍼지는 가운데 파늘루 신부가 강단으로 올라갔다.

그는 보통 키에 다부진 체격이었다. 그가 커다란 두 손으로 나무틀을 붙잡고 강단 가장자리에 기대고 서자 쇠테 안경 아래 두 뺨이 마치 두 개의 붉은 점처럼 두드러져 있는, 두툼하고 검은 형체로 보였다. 그의 목소리에는 힘이 있었고 열정이 넘쳤으며 멀리까지 울려 퍼졌다. 그가 다짜고짜 "형제 여러분, 여러분은 불행에 빠져 있습니다. 여러분이 그 불행을 겪는 것은 당연합니다"라고 격렬하게 또박또박 끊어서 말하자 멀리 광장에 자리 잡은 청중에게까지 동요의 물결이 일었다.

이어지는 그의 말은 논리적으로 보자면 이 비장한 서두와 잘 들어맞지 않는 것 같았다. 서두에 이어지는 말을 듣고야 사람들은 그 일갈이 사람들을 단번에 사로잡기 위해 이 강론의 전체 주제를 단번에 제시한 일종의 웅변술임을 알 수 있었다. 파늘루 신부는 그 일갈에 이어 구약 출애굽기에 나오는, 페스트와 관련된 구절을 인용하며 다음과 같이 말했다.

"이 재앙이 역사에 처음 등장한 것은 하느님의 적들을 쳐부수기 위해서였습니다. 파라오가 하느님의 뜻에 거역하자 페스트가 그의 무릎을 꿇렸습니다. 유사 이래 하느님께서 내리신 재앙은 오만한 자들, 눈먼 자들을 그 재앙의 발밑에 꿇어 앉혔습니다. 이것을 명심하고 무릎을 꿇으십시오."

밖에는 비가 더욱 거세졌다. 절대적인 침묵이 지배하는 가운데 던져진 이 말은 채색 유리창을 두드리는 빗소리로 인해 그 의미가 한층 심오해졌고 청중들에게 강한 반향을 불러일으켰다. 몇몇 청중은 잠시 망설이다가 의자에서 미끄러져 내려와 기도대에 무릎을 꿇었다. 다른 사람들도 따라 해야 한다고 생각했는지 모든 사람이 차례차례 의자 삐걱거리는 소리 외에는 아무 소리도 내지 않고 조용히 무릎을 꿇었다. 그러자 파늘루 신부가 몸을 곧추세우며 깊은숨을 몰아쉰 후 더 강한 어조로 말을 이어나갔다.

"오늘날 여러분에게 페스트가 닥친 것은 반성할 때가 왔기 때문입니다. 올바른 사람들은 그것을 두려워할 필요가 없습니다. 하지만 악한 사람들은 떨리는 것이 당연합니다. 우주라는 거대한 곳간에서 재앙은 짚과 낟알을 가려낼 때까지 인간이라는 밀을 가차없이 타작합니다. 낟알보다는 짚이 더 많을 것이며 부름을 받은 자는 많아도 선택된 자는 적을 것입니다. 이 불행은 하느님이 원하시던 게 아닙니다. 이 세상은 너무 오랫동안 악과 손을 잡아 왔습니다. 너무 오랫동안 하느님의 자비 안에 안주하고 있었습니다. 회개하는 것만으로 충분했으며 모든 것이 허용되었습니다. 그리고 회개라면 모두 자신 있어 했습니다. 때가 되면 분명히 회개할 거야. 그러니 그때까지는 그냥 되는대로 살아가자, 나머지는 자비로우신 하느님이 알아서 해주시겠지, 이렇게 생각한 것입니다. 하지만 그런 식으로 지속될 수는 없었습니다. 그토록 오랫동안 이 도시의 사람들을 연민의 표정으로 굽어보시던 하느님께서 기다림에 지치시고 그 영원한 희망 가운데 실망하시어 마침내 그들을 외면하시기에 이르렀습니다. 우리는 이렇게 하느님의 빛을 잃고 오랫동안 페스트의 어둠 하에 놓이게 된 것입니다!"

성당 안에서 누군가 마치 성미 급한 말처럼 콧방귀를 뀌었다. 신부는 잠시 뜸을 들였다가 더 낮은 목소리로 말을 이어갔다.

"「황금전설」에 이런 이야기가 나옵니다. 롬바르디아의 훔베르트 왕 시대에 이탈리아가 페스트로 황폐해져서 산 자들이 죽은 자들을 매장할 여유조차 없을 정도였습니다. 페스트는 특히 로마와 파비아에서 맹위를 떨쳤습니다. 선한 천사가 모습을 드러내고 사냥용 창을 든 악한 천사에게 집들의 문을 두드리라고 명령했습니다. 그리고 문을 두드린 수만큼 그 집에서는 사망자가 생겼습니다."

이 대목에서 파늘루 신부는 마치 비의 장막 뒤에 있는 그 무언가를 가리키는 듯 짧은 두 팔을 들어 광장 쪽으로 내밀며 힘주어 말했다.

"형제들이여, 오늘날 우리의 거리에서 그와 같은 죽음의 사냥이 벌어지고 있습니다. 보십시오. 루시퍼처럼 아름답고 악 그 자체처럼 찬란한 페스트의 천사가 여러분 지붕들 위에 우뚝 서서 오른손에는 붉은 창을 머리 위로 치켜든 채 왼손으로는 여러분의 집을 가리키고 있습니다. 지금 이 순간, 그의 손가락이 여러분의 문을 가리키고 있는지도 모릅니다. 지금 이 순간, 창이 여러분의 나무 대문을 두드리고 있는지도 모릅니다. 지금 이 순간, 페스트가 여러분의 집으로 들어가 방에서 당신이 돌아오기를 기다리고 있는지도 모릅니다. 페스트는 조심스럽고 참을성 있게, 마치 이 세상의 질서인 양 자신 있게 그곳에 있습니다. 페스트가 여러분에게 내민 손은 그 어떤 지상의 힘으로도, 그리고 분명히 말하지만 인간의 그 공허한 과학으로도 피할 수 없습니다. 여러분은 피로 물든 고통의 타작마당에서 두들겨 맞은 후 짚과 함께 버려질 것입니다."

이어서 신부는 제법 길게 재앙의 이미지를 아주 비장하게 묘사했다. 그는 거대한 나무토막이 도시 하늘 위를 떠돌다가 닥치는 대로 후려갈기는 모습, 이어서 피로 물든 채 다시 솟아올라 '진리를 수확하기 위해 씨를 뿌리듯' 피와 인간의 고통을 흩뿌리는 모습을 실감 나게 그려 보였다.

잠시 비장한 표정을 짓고 있던 신부는 더 낮은 음성으로, 그러나 한결 비난하는 어조로 말을 이었다.

"그렇습니다. 반성의 시간이 왔습니다. 여러분은 일요일에 하느님을 찾아뵙는 것으로 충분하다, 나머지는 자유다, 라고 생각해 왔습니다. 여러분은 몇 번 무릎을 꿇는 것만으로 여러분이 아무 생각 없이 저지른 죄의 값을 치를 수 있다고 생각했습니다. 그러나 하느님은 미지근한 분이 아닙니다. 그렇게 드문드문 찾아뵙는 관계만으로는 하느님의 넘쳐흐르는 사랑을 받기에 충분하지 못합니다. 하느님은 여러분을 더 오랫동안 보고 싶어 하십니다. 그것이 하느님께서 여러분을 사랑하시는 방식이며 사실 그것만이 유일한 방식입니다. 바로 그 때문에 여러분이 오기를 기다리다 지치신 하느님이 유사 이래 죄를 지은 도시를 빠짐없이 재앙이 찾아갔던 것처럼 바로 그 재앙이 여러분을 찾아오게 하신 것입니다. 이제 여러분은, 카인과 그 후손들, 노아의 대홍수 이전의 사람들, 소돔과 고모라 사람들, 파라오와 욥을 비롯해 저주받았던 모든 사람들과 마찬가지로 죄가 무엇인지 알았습니다. 그리고 그들이 그랬듯이, 이 도시가 여러분과 재앙을 벽 안에 가두어 놓은 그날부터 존재와 사물을 새로운 눈으로 보게 되었습니다. 여러분은 이제, 가장 중요한 것으로 돌아가야 한다는 것을 마침내 알게 된 것입니다."

이제 습기를 머금은 바람이 성당 중앙 홀까지 불어와 촛대의 불꽃이 지직거리며 너울거렸다. 짙은 촛농 냄새가 풍겼고, 기침 소리, 재채기 소리가 파늘루 신부에게까지 들렸다. 신부는 조용한 음성으로 말을 이었다.

"대다수 여러분은 제가 어떤 결론에 도달할 것인지 궁금해하실 것으로 압니다. 저는 여러분을 진리로 이끌고 가려 합니다. 그리고 제가 말씀드린 이 모든 것들에도 불구하고 여러분들이 기쁨을 누릴 수 있는 방법을 가르쳐드리고자 합니다. 이제 충고나 애정 어린 손길로 선으로 인도하던 때가 더 이상 아닙니다. 오늘날 진리는 하나의 명령입니다. 그리고 구원에 이르는 길을 보여주고 여러분을 그곳으로 이끄는 것은 붉은 검입니다. 형제 여러분, 만물에 선과 악, 분노와 연민, 페스트와 구원이 깃들게 하신 하느님의 자비가 마침내 천명되는 곳이 바로 이곳입니다. 여러분을 죽이고 있는 이 재앙이 여러분을 고양시키고 여러분에게 길을 보여주고 있습니다."

그는 말을 이었다.

"아주 오래전에 아비시니아의 기독교도들은 페스트에서 영원에 도달할 수 있는 성스럽고 효과적인 방법을 보았습니다. 병에 걸리지 않은 사람이 확실하게 죽을 수 있도록 페스트 환자의 이불로 몸을 감싸기도 했습니다. 물론 구원을 향한 그런 광적인 열정은 바람직하지 않을 것입니다. 거기서는 유감스럽지만 오만함과 매우 흡사한 조급함이 엿보입니다. 하느님보다 더 서두르면 안 됩니다. 하느님께서 결정적으로 구축해놓으신 불변의 질서에 박차를 가하겠다는 모든 행동은 이단에 이르기 마련입니다. 하지만 최소한 그들의 예에서는 취할 나름대로의 교훈이 있습니다. 그들보다 훨씬 통찰력이 있는 우리들의 정신에 비추어볼 때 우리가 평가할 것은 오로지 한 가지입니다. 오직 고통만이 존재하는 곳 저 안에 있는 영원의 감미로운 불빛을 보았다는 사실입니다. 그 불빛은 해방으로 이르는 어두운 길을 밝혀줍니다. 그 빛에는 하느님의 의지가 깃들어 있어 악을 선으로 완벽하게 변모시킵니다. 오늘날에도 그 빛은 이 죽음과 고통과 아우성의 길을 통해 우리를 본질적인 침묵으로, 온갖 생명의 원칙으로 인도합니다. 형제 여러분, 제가 여러분에게 드리고 싶은 것이 바로 그 거대한 위안입니다. 그러니 여러분은 이곳에서 징벌의 말씀만 듣는 것이 아니라 여러분을 위로하는 말씀을 함께 들으셔야 합니다." 파늘루 신부의 강론이 끝난 것 같았다. 밖에는 비가 그쳐 있었다. 습기와 햇살이 뒤섞인 하늘에서 광장 위로 한층 생생한 빛이 쏟아져 내렸다. 청중은 조심스럽게 소지품을 챙겼다. 신부가 보기에 여기 모인 청중은 모두 자신의 말을 이해한 것 같았다. 그는 모든 사람을 향해 열린 하느님의 구원과 기독교적 희망을 오늘처럼 생생하게 느낀

적이 없었다. 그는 매일매일의 참상과 죽어가는 사람들이 지르는 비명에도 불구하고 우리의 시민들이 단 한마디 말씀, 기독교의 말씀이면서 사랑의 그 말씀만을 하늘을 향해 외치기를 바랐다. 나머지는 하느님이 알아서 해주시리라.

***

신부의 강론이 우리의 시민들에게 영향을 미쳤는지는 정확히 말하기 힘들다. 예심판사인 오통 씨는 리외에게 파늘루 신부의 설교가 흠잡을 데가 전혀 없다고 말했다. 하지만 모든 사람의 의견이 그렇게 분명하지는 않았다. 다만 그 강론으로 인해 그때까지 막연했던 생각, 즉 자신이 생각해 보지도 못한 죄때문에 유폐 상태에 처했다는 생각이 좀 더 뚜렷해졌다. 일상적인 하찮은 생활을 하면서 그 감금 상태에 적응하는 사람도 있었지만 정반대로 이 감옥에서 탈출만을 꿈꾸는 사람들도 있었다. 어쨌든 신부의 강론 이후 절망적인 행동을 하는 사람들의 수가 늘어난 것은 분명했다. 그리고 우연의 일치인지 아닌지는 잘 모르겠지만 신부의 강론이 있었던 바로 그 일요일부터 우리 시에는 전반적으로 두려움이 널리, 그리고 상당히 심각하게 퍼지게 되었다. 마치 시민들이 진정으로 자신의 상황을 의식하기 시작한 것 같았다. 그런 점에서 볼 때 우리들이 살고 있는 시의 분위기가 약간은 변해 있었다. 하지만 실제로 변한 것이 분위기인지, 혹은 사람의 마음인지 그것은 정확히 알 수 없었다.

며칠 후 리외는 그랑과 함께 신부의 강론에 대한 이야기를 주고받으며 변두리 동네 쪽을 향해 걸어가고 있었다. 리외는 어둠 속에서 어떤 남자와 부딪쳤다. 그 남자는 앞을 향해 걸어가지 않고 그들 앞에서 비틀거리고 있었다. 그때 가로등이 갑자기 켜졌다. 가로등 불빛에 남자의 얼굴이 드러났다. 그는 눈을 감은 채 소리 없이 웃고 있었다. 말없이 웃음을 흘리고 있는 그 희멀건 얼굴에 굵은 땀방울이 흐르고 있었다. 둘은 그 사내를 지나쳤다.

"미친 사람입니다." 그랑이 말했다. 그의 목소리가 흥분한 듯 떨리고 있었고 몸도 떨고 있는 것 같았다.

"이 도시에는 머지않아 미친 사람밖에 없을 겁니다." 리외가 말했다.

피곤한 탓인지 목이 말랐다.

"뭐 좀 마실까요?"

그들은 조그마한 카페로 들어갔다. 자리를 잡고 앉자 그랑은 놀랍게도 술을 주문하더니 단숨에 들이켠 후 자기는 술이 꽤 세다고 했다. 그랑은 리외에게 밖으로 나가자고 했다. 밖으로 나오자 리외는 밤이 신음 소리로 가득 차 있는 것 같았다. 가로 등 위 어두운 하늘 어디에선가 묵직한 휘파람 소리가 들리는 것 같았다. 마치 보이지 않는 재앙이 끊임없이 이 더운 공기를 휘젓고 다니는 것 같았다.

"다행입니다. 정말 다행이에요." 그랑이 말했다.

리외는 대체 무슨 뜻인지 의아했다.

"다행히도 제게는 할 일이 있거든요." 그랑이 말을 이었다.

"그래요, 잘 됐군요."

리외는 일이 잘 되어가느냐고, 얼마나 걸리겠느냐고 물어보았다. 그러자 그랑이 미리 할 말이라도 준비한 듯 술술 털어놓았다.

"잘 모르겠어요. 하지만 선생님, 중요한 건 언제 끝나느냐가 아닙니다. 제가 바라는 건 원고가 출판사에 도착하는 날 편집인이 그것을 읽고는 자리에서 일어나 사원들에게 '여러분, 모자를 벗어주세요'라고 말하는 겁니다."

이 갑작스러운 고백에 리외는 깜짝 놀랐다. 그랑은 한 손을 머리로 가져가더니 모자 벗는 시늉을 하며 팔을 수평으로 뻗었다. 저 높은 곳에서 휘파람 소리가 더 크게 들려오는 것 같았다.

그랑이 다시 입을 열었다.

"그래요, 완벽해야 해요."

문학계 관례에 대해서는 별로 아는 바가 없었지만 리외는 일이 그렇게 간단하지만은 않을 것 같다는 느낌을 받았다. 예컨대 출판사 사람들이 사무실에서 모자를 쓰고 있을 것 같지는 않았다. 하지만 혹시 모를 일이어서 리외는 입을 다물었다. 그랑이 사는 동네에 가까워지고 있었다. 그랑은 자신이 쓰고 있는 작품에 대해 계속 이야기했지만 그 작품이 이미 상당히 진척되었고 그 작품을 완벽하게 만들기 위해 그가 매우 힘들고 고통스러워한다는 사실만을 확인할 수 있을 뿐이었다.

"며칠 저녁, 심지어는 몇 주일 내내 꼬박 한 단어 때문에…… 어떤 때는 단지 접속사 하나 때문에…… 선생님, '그러나'와 '그리고' 중 하나를 선택하는 건 쉬운 편이에요. 하지만 '그리고'와 '그 다음에' 중 하나를 선택하는 건 어려워요. '그 다음에'와 '이어서' 문제가 되면 더 어려워지고요. 그렇지만 무엇보다 어려운 건 '그리고'를 넣어야 할지 말아야 할지를 결정하는 겁니다."

"그래요, 이해가 됩니다." 리외가 대답했다.

이윽고 그랑의 집 앞에 도착하자 그랑은 잠시 망설이더니 리외에게 잠시 들어가지 않겠느냐고 물었다. 리외는 그러자고 했다.

식당으로 들어가자 그랑은 탁자 앞에 앉으라고 권했다. 탁자 위에는 종이들이 잔뜩 놓여 있었고 종이에는 깨알 같은 글씨가 적혀 있었으며 삭제한 표시들이 눈에 띄었다. 그랑이 포도주를 좀 들겠냐고 물었고 리외는 괜찮다고 말했다. 그는 종이들을 바라보고 있었다.

"보지 마세요." 그랑이 말했다. "첫 문장이에요. 힘들어요. 정말 힘들어요."

그랑은 종이들을 바라보다가 참을 수 없다는 듯 한 장을 집어들고 전등에 대고 비춰보았다. 종이를 잡은 손이 떨리고 있었다. 시청직원의 이마가 땀으로 축축이 젖어 있는 것이 보였다.

리외가 말했다.

"자, 앉아서 좀 읽어주세요."

그랑은 리외를 바라보더니 일종의 감사 표시로 미소를 지었다.

"그러지요." 그랑이 말했다. "저도 그러고 싶어요."

그랑은 종이를 바라보며 잠시 뜸을 들이다가 탁자에 앉았다. 그와 동시에 웅웅거리는 소리가 리외의 귀에 들려왔다. 마치 재앙이 내는 휘파람 소리에 도시가 화답하는 것 같았다. 바로 그 순간 리외는 그의 발아래 펼쳐진 이 도시, 이 도시가 형성하고 있는 폐쇄된 세계, 그리고 이 도시가 어둠 속에서 숨이 막히는 듯 내지르고 있는 무서운 비명 소리를 이상하리만치 날카롭게 지각할 수 있었다. 그랑의 묵직한 목소리가 높아졌다.

"5월의 어느 화창한 날 아침, 우아한 여인 한 명이 멋진 밤색 암말을 타고 꽃이 만발한 불로뉴 숲의 오솔길을 달리고 있었다."

다시 침묵이 찾아왔다. 고통스러워하는 도시의 불분명한 소음이 들려오는 것 같았다. 그랑은 종이를 내려놓고 계속 들여다보고 있었다. 잠시 후 그가 고개를 들었다.

"어떠세요?"

리외는 앞머리 부분을 들으니 그 다음이 궁금해진다고 대답했다. 그러자 그랑이 잘못 생각한 거라고 활기차게 말했다. 그는 손바닥으로 종이를 탁 쳤다.

"이건 대충 써둔 겁니다. 내가 상상하고 있는 장면을 완전한 문장으로 만들 수 있을 때, 또한 내 문장이 하나 둘 셋, 하나 둘 셋 하고 말을 타는 속도와 보조를 딱 맞추게 될 때 나머지는 저절로 되겠지요. 모든 게 훤히 그려질 테니 처음을 읽자마자 '모자를 벗으시오'라는 말이 나오게 되겠지요."

하지만 그렇게 되려면 아직 해야 할 일이 많았다. 그는 결코 이런 상태에서 원고를 출판사에 넘길 생각이 없었다. 때로는 문장이 만족스럽게 여겨질 때도 있었지만 그는 그 문장이 현실과 딱 맞아떨어지지 않는다는 것을 알고 있었고 그의 문장이 비록 완전히 상투적이지는 않지만 상투적인 문장과 유사한 부분도 있다는 것도 알고 있었다. 어쨌든 그랑이 리외에게 해준 말은 대충 그런 뜻이었다. 그때 창 밑에서 사람들이 뛰어가는 소리가 들렸다. 리외가 자리에서 일어났다.

"내가 어떤 걸 만들어 낼지 한 번 두고 보세요." 그랑이 말했다. 그는 창문 쪽으로 고개를 돌리며 덧붙였다. "이 모든 것이 끝난 다음에 말입니다."

그런데 급히 달려가는 발소리가 다시 들려왔다. 리외는 벌써 계단을 내려가고 있었다. 그가 거리에 나섰을 때 두 명의 사내가 앞을 지나갔다. 시의 출입문 쪽을 향하고 있는 것이 분명했다. 실제로 시민 중 일부가 더위와 페스트로 이성을 잃고 폭력적으로 변해버려서 경비초소의 감시를 피해 도시 밖으로 도망가려는 시도를 했던 것이다.

랑베르를 비롯한 다른 사람들도 그들과 마찬가지로 새롭게 조성되기 시작한 이 공포 분위기에서 벗어나려고 애썼다는 이야기를 덧붙여야겠다. 그들은 훨씬 끈질기고 훨씬 교묘한 노력을 했지만 그렇다고 성공적인 것은 아니었다. 랑베르는 관리와 유력인사들과 접촉하며 그들을 만날 때마다 자신의 처지를 하소연했다. 그들은 랑베르의 입장은 이해하지만 그를 위해 특별 조치를 시행하면 나쁜 선례를 남기게 될 것이고 수습 불능의 사태에 빠질 수도 있다며 그의 부탁을 일소에 붙였다. 그는 온갖 기관을 다 찾아다니고 온갖 수단을 다 동원해 보았지만 아무런 해결책도 찾을 수 없었다. 말하자면 그런 공식적인 방법으로는 출구가 꽉 막힌 상태였다.

랑베르는 주로 카페 구석에 앉아 시간을 보냈고 역에서도 많은 시간을 보냈다. 그렇게 시간을 보내고 있자면 그에게 온갖 이미지들이 떠올랐는데, 그가 리외에게 말한 바에 따르면 그중 가장 견디기 힘들었던 것은 떠나온 도시 파리의 이미지였다. 고색창연한 석조건물들과 강변 풍경, 팔레 루아얄의 비둘기들, 북역(北驛), 팡테옹 근처 인적 없는 거리, 전에는 자신이 그토록 사랑하는 줄 미처 몰랐던 다른 여러 장소들이 그를 사로잡아 그는 아무 일도 할 수 없었다. 리외는 랑베르가 그런 이미지들을 사랑의 이미지와 동일시하고 있다고 생각했다. 어느 날인가 랑베르가 자신은 새벽 4시에 일어나 파리를 생각하곤 한다고 말했을 때 리외는 랑베르가 그때 생각하는 것은 바로 두고 온 아내라고 자신의 경험에 비추어 어렵지 않게 해석할 수 있었다. 실제로 그 시간은 그가 그녀를 소유할 수 있는 시간이었다. 통상 새벽 4시에는 사람들은 아무것도 하지 않으며 그것이 비록 배반의 밤이라 할지라도 모두 잠을 잔다. 그렇다, 그 시간에는 모두 잠을 잔다. 그래서 안심이 되는 시간이기도 하다. 불안한 사람의 마음속에는 사랑하는 사람을 영원히 소유하고 싶다는 욕망, 혹은 한동안 헤어져 있게 되었을 경우 다시 만나게 될 때까지 상대방을 꿈도 없는 잠속에 빠뜨려 놓고 싶다는 욕망이 들어있기 마련이기 때문이다.

***

신부의 강론이 있은 지 얼마 되지 않아 더위가 시작되었다. 6월 말에 접어든 것이다. 설교가 있던 일요일을 한층 인상적으로 만들어주었던 철 지난 비가 내린 다음 날 하늘과 집들 위에서 갑자기 여름이 폭발했다. 하루 종일 뜨거운 바람이 몰아치더니 벽들을 말려 버렸다. 태양은 고정되었다. 열기와 빛의 물결이 하루 종일 도시에 넘쳐흘렀다. 아케이드가 있는 거리와 아파트를 제외하면 도시 그 어느 곳에서도 그 눈부신 빛을 피할 수 없을 것 같았다. 태양은 거리 구석구석까지 우리의 시민들을 뒤쫓았으며 걸음이라도 멈추면 사정없이 그들을 후려쳤다. 희생자 수가 일주일에 7백 명으로 급증한 시점에 이런 첫 더위가 찾아왔기에 도시 전체는 일종의 절망감에 사로잡혔다. 거의 모든 집들의 문과 덧창들도 페스트를 막으려는 것인지 햇빛을 막으려는 것인지 꽁꽁 잠겨 있었다. 그렇지만 그렇게 꽁꽁 닫힌 집안에서도 신음 소리가 새어 나오는 때가 있었다. 전에는 그런 일이 벌어지면 길을 가다가도 호기심에 귀를 기울이는 사람들의 모습을 볼 수 있었다. 그러나 그토록 오랜 세월을 불안 속에서 지내다 보니 사람들의 마음이 굳어버린 것 같았다. 사람들은 마치 그 소리가 인간의 자연스러운 언어인 것처럼 무심코 그 옆을 지나갔고 그 옆에서 살았다.

도시 출입문에서 소요 사태가 발생하면서 경찰들은 무기를 사용할 수밖에 없었다. 부상자만 발생했을 뿐인데도 항간에는 사망자가 발생했다는 소문이 떠돌았다. 더위와 공포로 인하여 모든 것이 과장되었기 때문이었다. 당국은 최악의 사태에 대비할 수밖에 없었고 재앙으로 인해 억류된 시민들이 폭동을 일으킬 경우에 대비하여 대책을 강구했다. 신문에 야간 외출 금지령이 실렸고 위반 시 엄벌에 처한다고 경고했다. 시내에는 말발굽 소리를 울리며 기마 순찰대가 자주 지나갔고 그들이 지나가고 나면 불신의 무거운 침묵이 위협에 처한 도시를 짓눌렀다. 최근에는 벼룩을 옮길지도 모를 개와 고양이를 사살하라는 명령이 떨어졌다. 이따금 그 임무를 맡은 특별팀에서 발포하는 총소리가 들려왔고 그 메마른 총소리 때문에 도시에는 한결 긴장된 분위기가 감돌았다.

이런 분위기 속에서 시민들에게 여름은 그 의미가 완전히 바뀌었다. 평상시에 사람들은 여름을 즐거운 마음으로 맞이했다. 여름이 되면 도시가 바다를 향해 열리며 젊은이들을 해변에 쏟아놓았다. 하지만 이제 여름은 페스트와 함께 도시를 짓누르는 더위를 의미할 뿐이었다. 바다에 접근하는 것 자체가 금지되어 있었기에 사람들은 그런 육체적 기쁨을 누릴 수 없었다. 폐쇄된 침묵의 도시에서 그 향연들은 공허한 울림만 울릴 뿐 행복한 계절의 구릿빛 광채를 잃어버렸다. 페스트의 태양이 모든 색채를 지워버렸고 모든 기쁨을 사라지게 만들었으니 전염병이 가져온 커다란 혁명이 바로 그것이었다.

이런 상황에서 무엇을 할 수 있었을까? 당시 우리의 삶의 이미지를 가장 충실하게 전해준 사람은 역시 타루였다. 그는 페스트의 전반적인 추이에 주목하면서 사망자 수를 라디오에서 일주일에 몇 백 명이라는 식으로 보도하지 않고 하루에 92명, 107명, 120명이라고 보도하기 시작한 것이 하나의 전환점이라고 적었다.

'신문과 당국은 페스트와 더불어 아주 교묘한 장난을 치고 있다. 그들은 130이 910보다 적은 숫자이니 페스트에서 많은 점수를 덜어낸 것처럼 생각한다.'

그는 자기가 좋아하는 인물들에 대한 관찰도 계속했다. 그의 노트를 보고 우리는 고양이와 장난치던 키 작은 노인 역시 비극적인 상황에 처해 있었음을 알 수 있다. 어느 날 아침 실제로 총소리가 몇 번 나더니 타루가 적고 있듯이 총알들이 가래침처럼 날아가 고양이들을 거의 다 죽였고 살아남은 고양이들은 거리를 떠나버렸다. 바로 그날 노인은 평소와 같은 시각에 발코니로 나왔다. 노인은 약간 놀라더니 몸을 숙여 길 양쪽 끝까지 유심히 살펴본 다음 별수 없다는 듯 기다리기 시작했다. 그는 손으로 발코니 철책을 가볍게 두드리기도 하고 종잇조각을 찢기도 했으며 안으로 들어갔다가 다시 나오기도 했다. 시간이 얼마 지나자 그는 화를 내며 갑자기 안으로 들어가더니 문을 쾅 닫아버렸다. 며칠간 같은 광경이 반복되었으며 노인의 표정에서 슬픔과 혼란이 점점 더 심해지는 것을 분명히 읽을 수 있었다. 일주일 후 타루는 노인이 다시 나타나기를 기다렸지만 소용없었다. 굳게 닫힌 창문들이 노인의 슬픔을 여실히 보여주고 있는 것 같았다. 타루의 수첩에 적힌 결론은 다음과 같았다.

'페스트 기간에는 고양이에게 침을 뱉지 말 것'

한편 타루는 호텔 지배인의 고통에 대해서도 잊지 않고 기록해 놓았다. 초기에는 도시가 폐쇄되고 여행객들이 이곳에서 빠져나갈 수 없게 되자 호텔에 그대로 머물렀다. 하지만 전염병 기간이 길어지자 많은 사람들이 차츰차츰 친구들 집에 머무는 것이 낫다고 생각하게 되었다. 그런데 이 도시로 새로 여행 오는 사람이 없었기에 호텔은 만원이었던 바로 그 이유로 이번에는 텅텅 비게 되었다. 타루는 계속 남아 있는 몇 안 되는 투숙객 중 한 명이었다. 지배인은 전염병이 얼마나 지속될 것으로 생각하느냐고 타루에게 자주 물었다.

"이런 병에는 추위가 상극이라고들 하더군요." 타루가 말했다. 그러자 지배인은 치를 떨며 말했다.

"이곳에는 추위다운 추위가 없어요. 그나마도 어쨌든 몇 달은 더 기다려야 하고요."

올빼미 신사 오통 씨는 한동안 보이지 않더니 유식한 강아지

같은 두 아이만 데리고 식당에 나타났다. 그의 아내가 친정어머니를 간호했지만 어머니는 결국 세상을 떠났고 그의 아내는 격리 중이었기 때문이었다.

오통 씨는 전염병에 전혀 영향을 받지 않는 사람인 양 전과 조금도 다름이 없었다. 식탁에 앉는 모습도 여전했고 아이들에게 점잖으면서도 냉담한 어조로 말하는 것도 여전했다. 오통 씨를 좋아하지 않는 호텔 야간 경비원이 언젠가 이런 말을 한 적이 있었다.

"아, 저 사람은 죽을 때도 정장을 입을 거예요. 옷을 갈아입힐 필요도 없을 거예요. 그냥 그대로 곧장 가면 되는 거죠."

타루는 파늘루 신부의 강론에 대해서도 언급했는데, 다음과 같은 논평을 달았다.

'나는 그런 공감 어린 열정을 이해할 수 있다. 재앙이 시작될 때와 끝날 때는 약간의 수사를 동원할 필요가 있기 마련이다. 재앙이 시작될 때는 아직 습관이 완전히 사라지지 않았기 때문이고 재앙이 끝날 때면 이미 습관이 되돌아와 있기 때문이다. 사람들은 불행에 빠져 있을 때라야, 진실에, 말하자면 침묵에 익숙해진다. 기다려보자.'

끝으로 타루는 의사 리외와 나눈 긴 대화에 대해 언급하고는 그 결과가 좋았다고만 적었다. 그는 리외의 어머니의 맑은 밤색 눈에 대해 언급하고는 그렇게 선량한 눈은 항상 페스트보다 강하기 마련이라고 이상하게 단언하듯 기록하고 있었다. 그리고 마지막에는 리외가 돌보고 있는 늙은 해수병 환자에 대해 제법 긴 분량을 할애했다.

타루는 리외와의 면담이 끝난 후 리외와 함께 그를 보러 간 적이 있었다. 노인은 냉소를 띤 채 두 손을 비비며 타루를 맞이했다. 그는 완두콩이 담긴 냄비 두 개 위로 몸을 굽히고 등을 베개에 기댄 채 침대에 앉아 있었다. 리외와 함께 노인을 방문한 뒤에 타루는 홀로 노인을 다시 찾아갔다.

타루가 수첩에 기록한 바에 따르면 그 해수병 노인은 잡화상이었는데 쉰 살이 되자 이제 할 만큼 했다고 판단하고는 자리에 누워 다시는 일어나지 않았다. 하지만 그의 해수병은 자리를 보존하고 누울 병이 아니었다. 그는 소액의 연금 덕에 일흔다섯 살인 지금까지 그럭저럭 지낼 수 있었다. 그는 시계를 보면 참아내지 못했고 실제로 그의 집에는 시계가 단 하나도 없었다. "시계는 비싸기만 하고 어리석은 물건이야"라고 그는 말했다. 그는 그가 곁에 두고 있는 두 개의 냄비로 시간을, 특히 그가 가장 중요시하고 있는 식사 시간을 가늠했다. 그가 잠에서 깨어날 때면 냄비 한 곳에는 완두콩이 가득 들어있었다. 그는 완두콩을 하나씩 규칙적으로 다른 냄비에 옮겨 담았다. 그런 식으로 그는 냄비에 의해 측정되는 하루 속에서 생활에 필요한 지표를 찾았다. 그는 말했다.

"냄비를 열다섯 번 채울 때마다 끼니를 때우면 돼요. 아주 간단해."

그의 부인에 따르면 그는 젊었을 때부터 그런 천부적 성향을 드러냈다. 실제로 그는 그 어떤 것에도 흥미를 느끼지 않았다. 자신이 하는 일도, 친구도, 카페도, 음악도, 산책도, 모두 관심 밖이었다. 집안일로 알제에 갈 수밖에 없었던 어느 하루를 빼놓고는 오랑 밖으로 나가본 적이 없었다. 하지만 그날도 오랑에서 가장 가까운 역에서 내려버렸다. 더 이상 모험을 감행할 용기가 나지 않았던 것이다. 그는 첫차를 타고 집으로 돌아왔다.

그의 칩거 생활에 대해 타루가 놀란 표정을 짓자 그는 대충 다음과 같이 설명했다. 종교에 따르면 인생의 전반기는 상승기이고 후반부는 하강기이다. 그리고 하강기의 하루하루는 이미 자기 것이 아니다. 언제 그 하루하루를 빼앗길지 알 수 없기 때문이다. 그러니 아무것도 할 수 없으며 아무것도 하지 않는 것이 최선이다. 한편 그는 모순을 두려워하지 않았다. 그는 타루에게 하느님은 존재하지 않는다고 말했다. 만일 하느님이 존재한다면 신부가 무슨 필요 있겠느냐고 노인은 말했다. 그런데 이어지는 몇 가지 노인의 생각을 접하고 타루는 그의 철학이 교구의 빈번한 헌금 모금에 대한 그의 기분과 밀접하게 연관이 있다는 것을 알 수 있었다. 하지만 그 노인이 어떤 사람인지 정확히 파악하게 해줄 수 있었던 것은 그의 깊은 곳에 자리 잡고 있는 그의 소원을 통해서였다. 그의 소원은 아주 오래 살다가 죽는 것이었다.

'그는 성자일까?'라고 타루는 자문했다. 그리고 '그렇다, 그는 성자이다. 성스러움이 습관의 총체를 말한다면'이라고 스스로 답을 내렸다.

그는 그 외에도 페스트가 휩쓸고 있는 도시의 하루하루에 대해서도 자세하게 묘사했다. 그리고 그 여름 동안의 우리 시민들의 행동과 생활에 대해 다음과 같이 정확하게 표현했다.

'술꾼들 외에는 아무도 웃지 않는다. 그런데 술꾼들은 지나치게 웃는다.'

도시 모습에 대한 그의 상세한 기록의 일부분을 발췌해서 소개하면 다음과 같다.

제2부

새벽이면 아직 인적이 드문 도시에 산들바람이 분다. 밤의 죽음과 낮의 고통 사이의 그 시간에는 페스트도 할 일을 미루고 잠시 숨을 돌리는 것 같다. 가게의 문은 모두 닫혀 있다. 신문팔이들은 꾸벅꾸벅 졸면서 길모퉁이에 등을 기댄 채 몽유병 환자처럼 신문을 가로등 앞으로 내밀고 있다. 잠시 후 전차 소리에 잠에서 깨어나면 그들은 '페스트'라는 글자가 두드러져 있는 신문을 들고 도시 전역으로 흩어질 것이다.

'가을에도 페스트가 유행할 것인가?' B교수는 아니라고 응답. '페스트 발생 94일째, 사망자 124명'

신문들은 아침 여섯 시경이면 문을 열기 한 시간 전부터 가게 앞에 줄을 서고 있던 사람들에게 팔린다. 이어서 만원인 채 교외로부터 들어오는 전차 안에서 팔린다. 유일한 교통수단인 전차는 승강구 계단과 바깥 난간까지 사람들이 꽉 들어찬 채 힘겹게 겨우 달린다. 그런 와중에도 승객들은 전염을 피하려는 듯 서로 등을 돌리려고 애쓴다.

첫 전차들이 지나가고 나면 도시는 차츰차츰 잠에서 깨어난다. 카페가 문을 열고 카운터에 '커피 매진', '설탕 지참' 등의 문구가 적힌 팻말을 올려놓는다. 가게들 문이 열리고 거리가 활기를 띤다. 이어서 태양이 떠오르고 열기가 7월의 하늘을 납빛으로 뿌옇게 만든다. 하릴없는 사람이 거리로 나서는 때가 바로 이때이다. 대부분의 사람들이 사치를 과시함으로써 페스트를 털어버리려는 것 같다. 매일 열한 시경이면 젊은이들이 간선도로를 줄지어 지나간다. 큰 불행 한가운데서 삶에 대한 열정이 증가하고 있는 모습이다. 질병이 퍼져나감에 따라 도덕도 느슨해지는 법이다. 무덤가에서 벌어진 밀라노의 사투르누스 축제를 이곳에서 다시 보게 되리라.

정오가 되면 식당은 눈 깜짝할 사이에 가득 찬다. 미처 자리를 잡지 못한 사람들이 식당 문 앞에 삼삼오오 모여 있다. 더위가 심해지면서 하늘이 그 빛을 잃기 시작한다. 사람들은 태양에 타들어 가는 길가에 드리워진 커다란 차양 그늘 밑에서 순서를 기다린다. 그들이 식당에 몰려드는 것은 식재료를 구하기 어려워졌기 때문이다. 식당에서는 그 문제가 간단히 해결될 수 있다. 손님들은 최고급 술을 비롯해 비싼 음식을 주문하며 걷잡을 수 없을 정도로 돈을 펑펑 쓴다.

오후 2시경이면 도시는 차츰차츰 한산해진다. 바로 침묵과 먼지와 태양과 페스트가 거리에서 만나는 때이다. 커다란 회색 집들을 따라 열기가 쉼 없이 흐른다. 인구가 붐비고 시끌벅적한 이 도시 위로 불붙는 듯한 저녁이 무너져 내릴 때가 되어서야 기나긴 감금의 시간이 끝난다. 신선한 기운이 돌면서 희망까지는 아니더라도 안도의 기운이 감돈다. 그러면 모든 사람들이 거리로 내려와 이야기에 취하거나 싸우거나 서로를 탐한다. 7월의 붉은 하늘 아래 쌍쌍의 남녀들과 함성으로 가득 채워진 이 도시가 숨 가쁜 밤을 향해 표류한다. 매일 저녁 영감(靈感)에 사로잡힌 한 노인이 군중들 사이를 헤치고 지나가며 "하느님은 위대하십니다. 하느님에게로 오시오!"라고 끊임없이 외쳐도 소용이 없다. 모두들 자신들이 알지 못하는 그무엇, 혹은 하느님보다 더 시급한 그 무엇을 향해 서둘러 나아간다. 이 병이 다른 병과 별로 다를 것 없다고 생각했던 초기에는 종교가 제 자리를 차지하고 있었다. 그러나 이 병이 심각하다는 것을 알게 되자 사람들은 향락을 떠올렸다. 낮 동안 사람들의 얼굴에 서려 있던 불안은 뜨겁고 먼지투성이이인 황혼녘에는 일종의 격렬한 흥분으로, 모든 사람을 달구어 놓는 어설픈 자유로 귀착되고 만다.

그리고 나 역시 그들과 같다. 그래, 그게 어떻단 말인가! 나 같은 사람들에게 죽음은 아무것도 아니다. 죽음은 그들이 옳다는 것을 보여주는 하나의 사건이다.

**

리외에게 먼저 면담을 요청한 것은 타루였으며 그 내용도 그의 수첩에 기록되어 있다. 그가 나타나면 식당 구석 의자에 얌전히 앉아 있던 어머니 얼굴에 어떤 변화가 생기곤 했다. 마치 고달픈 인생이 마련해준 그 말 없는 표정에 생기가 도는 것 같았다. 그날 저녁 어머니는 창문 너머로 인적이 끊긴 거리를 바라보고 있었다. 야간 조명이 3분의 2 가량 줄어들었다.

"페스트 기간 동안 전기 공급을 제한할 모양이지?" 부인이 아들에게 물었다.

"그럴 것 같아요."

어머니의 시선이 이마에 와 닿는 것 같았다. 그는 이 며칠 동안의 불안과 과로로 인해 자신의 얼굴이 상해있음을 알고 있었다.

"오늘 일이 잘 안 됐니?" 어머니가 물었다.

"아, 늘 그렇지요, 뭐."

그래, 늘 그랬다! 예컨대 파리에서 새로 보내온 혈청은 전의 것보다 효과가 작은 것 같았으며 환자 통계는 늘고 있었다. 이미 감염된 환자 외의 사람들에게 혈청을 주사할 가능성은 전혀 없었다. 게다가 전날 밤에는 새로운 형태의 전염병임을 보여주는 사례가 두 건 발생했다. 페스트가 폐병처럼 된 것이다. 그날 의사들은 기진맥진한 가운데도 회의를 열어 갈피를 못 잡고 갈팡질팡하는 도지사에게 폐병 양상의 페스트가 입에서 입으로 전염되는 것을 막기 위한 새로운 조치를 요구했고 승낙을 얻어 냈다. 하지만 늘 그렇듯 여전히 아무것도 알 수 없는 오리무중 상태였다.

리외는 어머니를 바라보았다. 아름다운 갈색 눈을 보니 애정으로 넘쳐흐르던 옛 시절이 생각났다.

"어머니, 두려우세요?"

"이 나이에는 두려운 게 별로 없는 법이란다."

"해는 길고 저는 집에 없으니 말이에요."

"네가 돌아올 걸 알고 있으니 기다리는 건 아무 문제없어. 그 애에게서는 연락이 있었니?"

"지난 번 전보에 보면 잘 지내고 있대요. 하지만 안심시키려고 하는 말일 거예요."

그때 초인종이 울렸다. 리외는 어머니에게 미소를 짓고는 문을 열러 갔다. 층계참의 희미한 불빛을 받고 있는 타루는 마치 회색 옷차림의 곰 같았다. 리외는 손님을 책상 앞 안락의자에 앉히고 자신은 마주 보고 앉았다. 그들 사이 책상 위에 등불이 놓여 있었다.

타루가 예고도 없이 갑자기 말했다.

"선생님께는 단도직입적으로 말씀을 드릴 수 있을 것 같습니다. 보름이나 한 달쯤 지나면 선생님은 이곳에서 아무 도움이 안 될 것 같습니다. 사태가 선생님의 능력을 벗어나는 거지요."

"사실입니다." 리외가 말했다.

"보건 위생 담당 조직이 열악합니다. 선생님께는 인원과 시간이 부족합니다." 타루가 지적했다.

리외는 사실이라고 인정했다.

"도에서 일종의 시민 봉사대를 조직하려 한다는 이야기를 들었습니다. 건강한 남자들을 강제로 전반적 구조작업에 투입하려 할 계획이라더군요."

"잘 알고 계시는군요. 하지만 시작도 하기 전에 오해가 많아서 시장이 망설이고 있습니다."

"왜 자원봉사자를 모집하지 않습니까?"

"해봤지요. 하지만 결과가 신통치 않았습니다."

"별 확신도 없이 공적인 경로를 통해 모집했기 때문입니다. 상상력이 부족해요. 그렇게 해서는 재앙에 대처할 수 없습니다. 그들이 내놓은 대책이라야 겨우 코감기에나 걸맞을 정도입니다. 그들이 하는 대로 내버려 두었다가는 그들이나 우리나 모두 죽고 말 겁니다."

"그럴지도 모르지요." 리외가 말했다. "그래, 무슨 복안이 있으신 것 같군요."

"자원 의료봉사대를 조직할 계획입니다. 내게 그 일을 맡겨주시고 당국은 제외하세요. 당국도 할 일이 태산이잖아요. 나는 여기저기 친구가 많습니다. 우선 그들이 중심이 되어줄 겁니다. 당연히 나도 참여할 겁니다."

"잘 알았습니다." 리외가 말했다. "물론 반갑게 받아들이겠습니다. 도청의 동의를 얻는 건 내가 책임지겠습니다. 게다가 도청에서는 이것저것 가릴 때가 아니고요. 하지만……"

리외는 잠시 생각에 잠겼다.

"잘 아시겠지만 이런 일을 하다가는 목숨을 잃을 수도 있습니다. 어쨌든 그걸 알려드려야 해서요. 잘 생각해 보셨습니까?"

타루가 회색 눈을 들어 리외를 바라보더니 말했다.

"파늘루 신부의 강론에 대해 어떻게 생각하시나요?"

자연스럽게 나온 질문인 것 같았고 리외도 자연스럽게 대답했다.

"난 병원에서 너무 오래 살아서 집단 징벌 같은 건 별로 좋아하지 않습니다. 그런데 기독교도들은 실제 생각은 전혀 그렇지 않으면서도 가끔 그런 말들을 하지요."

"그런데 선생님도 파늘루 신부처럼 페스트에도 좋은 점이 있다고 생각하시나요? 사람들 눈을 뜨게 해주고 성찰하게 만든다고 생각하시나요?"

의사는 황급히 머리를 흔들었다.

"이 세상 모든 질병과 마찬가지일 뿐입니다. 이 세상의 악에 대해서 진실인 것은 페스트에 대해서도 진실입니다. 그 누군가를 위대하게 만들 수도 있겠지요. 하지만 페스트 때문에 겪게 되는 불행과 고통을 직접 목격한다면 미치거나 눈이 멀었거나 비겁한 사람이 아닌 한 페스트에 대해서 체념할 수는 없을 겁니다."

리외는 거의 어조를 높이지 않았다. 하지만 타루는 마치 리외를 진정시키려는 듯 손짓을 했다. 그가 웃었다.

"좋습니다." 리외가 어깨를 으쓱하며 말했다. "그런데 아직 대답을 안 하셨군요. 잘 생각해 보신 겁니까?"

타루는 의자에 더 편안히 자리를 잡으면서 머리를 불빛 쪽으로 내밀었다.

"선생님은 신을 믿으시나요?"

여전히 자연스러운 질문이었다. 하지만 리외는 좀 전과 달리 망설였다.

"아뇨. 하지만 그게 무슨 의미일까요? 나는 어둠 속에 있고 그 속에서 똑바로 보려고 애쓰고 있을 뿐입니다. 오래전에는 그게 유별나다고 생각했는지 몰라도 지금은 그렇지 않습니다."

"바로 그 점에서 선생님과 파늘루 신부가 다른 것 아닌가요?"

"그렇지 않습니다. 파늘루 신부는 학자입니다. 그는 사람이 죽는 것을 충분히 보지 못했기에 진리의 이름을 내걸고 말을 하는 겁니다. 하지만 자신의 교구를 관리하면서 교구민들에게 종부성사를 하고 임종하는 사람의 숨소리를 들어본 평범한 시골 신부라면 나와 생각이 같을 겁니다. 그런 신부라면 병이 얼마나 큰 의미를 갖고 있는지 밝히기 전에 먼저 환자부터 돌볼 겁니다."

리외는 몸을 일으켰다. 그의 얼굴이 어둠 속에 잠겼다.

"대답하고 싶지 않으신 것 같으니 그만두지요." 리외가 말했다.

타루는 의자에서 꼼짝 않은 채 미소를 지었다.

"대답 대신 질문을 드려도 될까요?"

이번에는 의사가 미소를 지었다.

"수수께끼를 좋아하시는군요. 어디 말씀해 보세요."

"좋습니다." 타루가 말했다. "선생님은 하느님도 믿지 않으시면서 그토록 헌신적인 이유가 뭡니까? 선생님의 대답이 아마 제가 대답하는 데 도움이 될 겁니다."

여전히 어둠 속에 잠긴 채 리외는 그 대답은 이미 했다고, 자신이 만약 전능한 하느님의 존재를 믿었다면 환자를 치료하는 일을 그만두고 하느님께 모든 것을 맡겼을 것이라고 대답했다. 이어서 그는 이 세상 그 누구도, 심지어 하느님을 믿는다고 생각하는 파늘루 신부까지도 그런 전능한 신은 믿지 않는다고, 그렇기에 그 누구도 자신을 완전히 포기하지 않는 것이라고 말했다. 리외는 있는 그대로의 창조에 대항해 싸움으로써 자신도 최소한 그 점에서는 진리의 길을 가고 있는 셈이라고 덧붙였다.

"아, 그게 바로 선생님의 직업관이로군요." 타루가 말했다.

"어느 정도는요." 의사가 다시 밝은 곳으로 얼굴을 내밀며 말했다.

타루가 가볍게 휘파람을 불었고 의사가 그를 바라보았다.

"그래요." 리외가 말했다. "자부심이 필요한 일이라고 생각하시겠지요. 하지만 나는 꼭 필요한 만큼의 자부심밖에는 없습니다. 이 모든 것이 끝난 뒤에 무엇이 나를 기다리고 있을지, 무슨 일이 일어날지 나는 모릅니다. 지금으로서는 환자들이 있고 그들을 치료해야 한다는 것밖에 없습니다. 그런 다음에 그들도 깊이 생각할 것이고 나도 그럴 겁니다. 하지만 당장 급한 건 그들을 치료하는 겁니다. 최선을 다해 그들을 보호하는 것, 그게 전부입니다."

"누구로부터 보호한다는 거지요?"

리외는 창문 쪽으로 몸을 돌렸다. 저 멀리 짙고 어두운 지평선 너머에 바다가 있으려니 짐작되었다. 그는 오로지 피로감만 느끼고 있었지만 그와 동시에 이 이상하면서도 우정이 느껴지는 남자에게 좀 더 마음을 털어놓고 싶다는 터무니없는 욕구를 갑자기 강하게 느꼈다.

"모르겠습니다, 타루, 정말로 모르겠어요. 내가 이 직업에 발을 들여놓았을 때, 어떤 의미로는 추상적으로 그렇게 한 겁니다. 직업이 필요했고 다른 직업들과 마찬가지로 젊은이라면 한번 해볼 만한 괜찮은 직업이었으니까요. 혹은 나처럼 노동자 집안 자식에게는 특히 들어서기 어려운 길이어서였는지도 모롭니다. 그런데 죽는 사람을 봐야만 했습니다. 죽기를 거부하는 사람이 있다는 걸 아시나요? 죽어가는 순간 "안 돼!"라고 울부짖는 여자의 외침을 들어본 적이 있나요? 나는 있습니다. 그때 나는 내가 결코 죽음에 익숙해질 수 없다는 것을 깨달았습니다. 나는 그때 젊었고 내 혐오감이 이 세상 질서 자체를 향하고 있는 것 같았습니다. 이후 나는 조금 더 겸허해지긴 했습니다. 다만 죽는 모습을 보는 데는 여전히 익숙해지지 않았습니다. 그 이상은 모르겠어요. 하지만 결국은⋯⋯"

리외는 입을 다물고 다시 앉았다. 입안이 마르는 것 같았다.

"결국 뭐지요?" 타루가 나지막이 물었다.

"결국은⋯⋯" 의사가 다시 입을 열었으나 타루를 주의 깊게 바라보며 주저했다. "당신 같은 분이라면 이해할 수 있을 것 같은데⋯⋯ 그렇지요? 세상 질서가 죽음에 의해 좌지우지되는 이상, 하느님이 침묵하는 하늘을 바라볼 것이 아니라, 하느님을 믿지 않는 것, 대신 온 힘을 다해 죽음과 싸우는 것이 하느님에게도 더 바람직한 일인지도 모른다는 겁니다."

"네." 타루가 고개를 끄덕였다. "이해할 수 있습니다. 하지만 당신의 승리는 언제나 잠정적일 수밖에 없고 오로지 그뿐이지요."

리외의 얼굴이 어두워진 것 같았다.

"언제나 그렇지요. 나도 알고 있습니다. 그러나 그것이 투쟁을 멈출 이유가 되지는 못합니다."

"물론입니다. 그럴 수 없지요. 하지만 이제 페스트가 선생께 어떤 의미일지는 상상이 가는군요."

"압니다." 리외가 대답했다. "끝없는 패배지요."

타루는 한동안 의사를 바라보더니 몸을 일으킨 후 무거운 걸음걸이로 문을 향했다. 리외가 그 뒤를 따랐다. 타루가 리외에게 물었다.

"누구에게서 그 모든 것을 배웠습니까?"

즉각 대답이 나왔다.

"가난입니다."

리외는 변두리 지역에 있는 환자 왕진을 가야 하니 타루에게 함께 가자며 잠시 기다리라고 했다. 타루는 리외의 어머니에게 작별 인사를 하고 문밖으로 나왔다.

잠시 후 그들은 어두운 계단을 내려가며 이야기를 나누었다. 타루가 말했다.

"선생님, 우스꽝스럽게 보이겠지만 한마디만 더 하겠습니다. 선생님 말씀이 전적으로 옳습니다."

리외는 어둠 속에서 혼자 어깨를 으쓱했다.

"나는 정말이지 잘 모르겠습니다. 당신은 뭔가 알고 있나요?" 리외가 물었다.

"오!" 타루가 차분하게 말했다. "저는 배워야 할 게 별로 없어요."

"인생을 다 안다고 생각하세요?" 리외가 물었다. 어둠 속에서 여전히 침착한 대답이 들렸다.

"네"

상당히 늦은 시각이었다. 열한 시쯤 된 것 같았다. 도시는 침묵에 빠진 채 바스락거리는 소리들만 들려왔다. 멀리서 앰뷸런스 사이렌 소리가 들렸다. 그들은 차에 올랐고 리외가 시동을 걸었다.

리외가 타루에게 말했다.

"내일 병원에 와서 혈청주사를 맞으세요. 하지만 그 일을 시작하기 전에 마지막으로 잘 생각해 보세요. 살아남을 확률이 삼분의 일밖에 안 됩니다."

"선생님도 아시겠지만 그런 확률은 아무 의미도 없습니다. 백년 전 페르시아에 페스트가 퍼졌을 때 주민들이 다 죽었지만 조금도 쉬지 않고 시체를 씻기던 사람만 살아남았죠."

"삼분의 일밖에 안 되는 기회를 잡은 거지요." 리외가 더 묵직한 목소리로 말했다. "하지만 우리는 아직 그 문제에 대해 하나도 아는 게 없지요."

그들은 변두리 지역으로 들어섰다. 자동차가 멈춰서자 리외는 타루에게 함께 들어가겠느냐고 물었다. 타루는 그러겠다고 대답했다. 리외가 갑자기 친근한 웃음을 터뜨렸다.

"그런데, 타루, 뭣 때문에 이런 일에 나서는 거지요?"

"모르겠습니다. 아마 제 도덕인지 모르지요."

"무슨 도덕 말인가요?"

"이해하고 살자는 것."

타루가 들어가려는 집 쪽으로 얼굴을 돌렸고 그들이 해수병 노인의 집안으로 들어설 때까지 리외는 그의 얼굴을 볼 수 없었다.

***

타루는 다음날부터 바로 일에 착수해서 첫 번째 민간 의료봉사대를 구성했다. 뒤따라 몇 개의 의료봉사대가 구성될 예정이었다.

그렇지만 화자의 입장에서는 이 의료봉사대에 실제 이상의 과도한 중요성을 부여할 의도가 전혀 없다. 오늘날 많은 시민들이 화자의 입장이 된다면 그 역할을 과장하고 싶은 유혹에 굴복할지도 모른다. 하지만 훌륭한 행동에 너무 중요성을 부여하다 보면 결국은 악에 대해 간접적으로 강력한 찬사를 바치는 것과 같아진다고 화자는 믿는 편이다. 훌륭한 행동을 과찬하는 것은 곧 그런 행동이 드물다는 것을, 악의와 무관심이 인간 행동에 더 흔히 동인으로 작동하고 있다는 것을 가정하게 만들기 때문이다. 그것은 화자가 절대로 동의할 수 없는 생각이다. 이 세상의 악은 거의 언제나 무지에서 나오며 몽매 상태에서 행하는 선의(善意)는 악의와 마찬가지로 많은 피해를 입힐 수 있다. 인간은 악하기보다는 오히려 선한 존재이지만 사실 그건 별로 중요한 문제가 아니다. 인간은 다소간 무지하며 그로부터 이른바 미덕과 악덕이라는 것이 존재한다. 가장 구제 불능의 악덕은 자신이 모든 것을 알고 있다고 믿고 사람을 죽이는 짓을 스스로에게 허용하는 무지(無知), 바로 그것이다. 살인자의 영혼은 맹목적이며 가능한 한 통찰력을 한껏 발휘하지 않는 한 진정한 선도 아름다운 사랑도 없다.

바로 그 때문에 타루 덕분에 실현된 우리의 의료봉사대는 충분히 객관적으로 판단해야 한다. 또한 바로 그 때문에 화자는 그 의지와 영웅심에 그에 합당한 중요성만 부여할 뿐 과도하게 열을 내어 찬양하지는 않을 것이다. 대신 페스트가 우리 시민들의 마음을 얼마나 찢어놓았고 얼마나 강퍅하게 만들었는지에 대해서는 충실한 이야기꾼의 역할을 계속할 것이다.

사실 의료봉사대에 헌신한 사람들이 그 일을 했다고 해서 크게 찬양받을 것도 없긴 하다. 그들은 그 일이 유일하게 해야 할 일임을 알고 있었고 그런 결단을 내리지 않는 것이야말로 당시로서는 믿을 수 없는 일이었기 때문이다. 의료봉사대는 우리 시민들이 한층 깊숙이 페스트 안으로 들어오는 것을 도와주었고 병이 눈앞에 있는 이상 그 병과 싸우기 위해 마땅히 해야 할 일을 해야 한다는 것을 부분적으로나마 믿게 만들었다. 페스트가 그렇게 그 누군가의 의무가 되자 페스트는 실제로 본 모습을 드러냈다. 즉 그것이 모든 사람의 문제가 된 것이다.

그것은 좋은 일이다. 하지만 우리는 교사가 2 더하기 2는 4라고 가르친다고 해서 그 교사를 칭찬하지 않는다. 그보다는 차라리 그가 교사라는 좋은 직업을 택한 것을 칭찬할 것이다. 그러니 우리는 타루와 다른 사람들에 대해서도 그들이 한 일 자체보다는 그들이 2 더하기 2는 4라는 것을 증명하는 일을 택한 것이 칭찬받을 만하다고 말하기로 하자. 또한 그들의 선의는 교사 및 교사와 같은 마음을 지닌 사람들과 공통되는 것이라고, 그리고 명예롭게도 그런 사람이 생각보다 많다고, 그것이 최소한 화자의 신념이라고 말하기로 하자. 그 사람들은 생명의 위협을 무릅쓰지 않았느냐고 반박할 사람이 있으리라는 것을 화자는 잘 알고 있다. 하지만 역사를 살펴보면 2 더하기 2는 4라고 감히 말했다가 사형에 처해졌던 시기는 언제나 존재했다. 교사는 그 사실을 잘 알고 있다. 하지만 그런 논리를 펼쳤을 때 보상이 기다리고 있느냐 징벌이 기다리고 있느냐 하는 것이 중요한 문제가 아니다. 문제는 2 더하기 2가 4냐 아니냐를 아는 것이다. 당시 생명을 내걸었던 우리 시민들에게는 페스트 속으로 들어가느냐 마느냐, 페스트에 대항해 싸우느냐 아니냐를 결정해야만 했다.

당시 우리 도시의 새로운 많은 도덕주의자들이 아무것도 소용없고 무릎을 꿇어야만 한다고 말하며 돌아다녔다. 타루와 리외, 그리고 그들의 친구들은 그런 자들에게 이런저런 식으로 응대할 수 있었지만 결론은 언제나 그들이 잘 알고 있는 다음과 같은 사실로 귀결되었다. 그것은 그 어떤 방법으로건 싸움을 해야 하며 무릎을 꿇어서는 안 된다는 것이었다. 문제는 가능한 한 많은 사람을 살리는 것, 돌이킬 수 없는 이별을 경험하지 못하게 하는 것, 그것뿐이었다. 그러려면 페스트와 싸우는 것 오직 그 방법밖에 없었다. 그 진실은 경탄할 만한 것이 아니었다. 그것은 당연한 귀결이었을 뿐이다.

카스텔이 곁에서 손쉽게 구할 수 있는 재료를 바탕으로 현장에서 혈청을 제조하는 데 온갖 신념과 열정을 쏟아 부은 것도 그 때문이었다. 이 도시를 휩쓸고 있는 세균들이 고전적으로 정의된 페스트균과는 약간 차이가 있었기에 리외와 카스텔은 현지의 세균을 배양해서 만든 혈청이 외부에서 유입된 혈청보다 더 효과가 있으리라고 기대했다. 카스텔은 어서 첫 번째 혈청이 만들어지기를 학수고대했다.

또한, 영웅적인 면모라고는 전혀 찾아볼 수 없는 그랑이 의료봉사대에서 서기 비슷한 역할을 맡은 것이 당연해 보인 것도 그 때문이었다. 인구 과밀 지역의 미소독 가옥 현황, 환자와 사망자 통계 등 의료봉사대 활동과 관련된 모든 사항을 등록하고 통계 내는 작업을 그랑이 맡아했다.

그런 점에서 화자는 그랑이야말로 의료봉사대에 활력을 부여해주는 보이지 않는 조용한 미덕을 대표한다고 평가하며 어떤 의미로는 리외와 타루 이상이라고 생각한다. 그는 태생적인 선의를 발휘하여 자기가 그 일을 맡겠다고 주저 없이 나섰다. 다만 그는 자신이 다른 일을 하기에는 너무 늙었으니 작은 일에 도움이 되었으면 좋겠다는 의견만 내보였을 뿐이었다. 그는 저녁 6시부터 8시까지 짬을 낼 수 있다고 했다. 리외가 진심으로 감사의 뜻을 보이자 그가 놀라며 말했다.

"제일 힘든 일도 아니잖아요. 페스트가 돌고 있다, 스스로 보호해야 한다, 이건 너무 분명하잖아요. 아! 모든 게 이토록 단순했으면!"

그런 후 그는 다시 자신의 문장 이야기를 꺼냈다. 저녁에 카드 작성 일이 끝나면 그랑은 리외와 이야기를 나누곤 했다. 나중에는 타루도 대화에 끼어들었고 그랑은 점점 더 눈에 띌 만큼 즐거운 표정으로 그 두 동지에게 속내를 털어놓곤 했다. 두 사람은 페스트가 기승을 부리는 가운데 그랑이 끈기 있게 이어가고 있는 그의 글쓰기 일을 흥미롭게 지켜보았다. 결국 그들도 그 일에서 일종의 휴식을 발견했던 것이다.

"말 탄 여인 잘 지내요?" 타루는 가끔 그랑에게 물어보곤 했다. 그러면 그랑은 어색한 미소를 지으며 한결같이 "달리고 있어요. 달리고 있지요"라고 대답했다. 어느 날 저녁 그랑은 말 탄 여인에 대해 '우아한'이라는 형용사 대신 '날씬한'이라는 형용사를 사용하겠다고 말했다. "그게 더 구체적이거든요"라고 그는 덧붙였다. 한 번인가는 이 작가가 두 명의 청중에게 다음과 같이 수정된 첫 문장을 읽어주었다.

"5월 어느 화창한 날 아침, 날씬한 여인 한 명이 멋진 밤색 암말을 타고 꽃이 만발한 불로뉴 숲의 오솔길을 달리고 있었다."

이어서 그는 '5월의'를 '5월'로 고친 것은 문장의 속도가 느려지는 것 같아서라고 말했다. 또한 그는 '근사한'이라는 표현보다 더 좋은 표현을 찾고 있다고 말했고 며칠 후에는 '꽃이 만발한'이라는 표현이 거슬린다고 말했으며 얼마 뒤에는 '꽃이 만발한'을 '꽃이 가득한'으로 고치고 희희낙락했다.

그 무렵, 그가 사무실에서 가끔 넋이 나간 듯한 기색을 보이곤 했다는 사실을 우리는 나중에 알게 되었다. 인원 감축으로 인해서 해야 할 일이 산적되어 있는 마당에 시청의 입장에서는 유감스럽게 생각할 수밖에 없었다. 그가 속해 있는 과는 그로 인해 어려움을 겪었고 국장이 그를 불러 일하라고 봉급을 주는 건데 해야 할 일을 제대로 하지 않는다고 호통을 쳤다. 이어서 국장이 말했다.

"보아하니 맡은 일 외에도 의료봉사대에서 일하고 있는 것 같군. 그건 상관하지 않겠소. 내게 상관있는 건 이 사무실에서 당신이 하는 일이오. 이런 무시무시한 상황에서 유익한 사람이 될 수 있는 첫 번째 방법은 무엇보다 당신이 맡은 일을 잘 해내

페스트

156

는 거요. 만일 그러지 않는다면 나머지는 아무 쓸모가 없소."

"그 양반 말이 옳아요." 그랑이 리외에게 말했다.

"네, 맞는 말입니다." 의사가 동의했다.

"하지만 정신이 산란해서 문장을 어떻게 마무리해야 할지 모르겠어요."

그렇다, 그는 그 작업에 온통 정신을 빼앗기고 있었기에 지쳐 있었다. 그러면서도 의료봉사대의 합산과 통계 일도 꾸준히 하고 있었다. 그는 리외가 일하고 있는 병원으로 자주 찾아와서 시청의 자신의 책상에 앉아 일할 때와 똑같은 모습으로 일했다. 그럴 때면 말 탄 여인도 더 이상 생각하지 않고 해야 할 일만 성실하게 해내려고 애썼다.

그렇다, 만일 영웅이라고 부를 만한 예나 모델을 제시해주기를 여러분이 정 원한다면, 이 이야기 속에 영웅이 한 명쯤은 꼭 있어야 한다면 화자는 바로 이 영웅, 보잘것없고 눈에 띄지 않는 이 영웅, 약간의 선량한 마음씨와 정말로 우스꽝스러운 이상(理想) 외에는 가진 것이 없는 이 영웅을 제시하고 싶다. 그래야만 진리에 진리 본연의 모습을 부여할 수 있을 것이며 2 더하기 2는 4라는 사실에, 또한 영웅주의에 첫 번째 자리가 아니라 두 번째 자리, 즉 부차적인 자리만을 부여할 수 있게 될 것이다. 화자나 타루 같은 인물에게 마땅한 그 두 번째 자리는 행복에 대한 강한 욕구의 앞자리가 아니라 뒷자리에 놓여야만 한다. 그리고 그래야만 이 연대기도 선량한 감정으로 이루어진 보고서라는, 말하자면 마치 무슨 구경거리를 비열한 방법으로 과장하거나 왜곡하는 글이 아니라는, 보고서 자체에 합당한 성격을 유지할 수 있을 것이다.

페스트에 감염된 이 도시에 외부세계로부터 후원과 격려가 답지하고 그 사실을 신문에서 보고 라디오에서 들으면서 의사 리외가 한 생각은 최소한 그러한 것들이었다. 항공편이나 육로로 전달되는 구호물자와 함께 동정 어린 논평, 경탄에 가득 찬 논평이 매일 저녁 전파나 신문을 통해 이 도시로 쏟아져 들어왔다. 그러나 서사시 같은 어조, 수상식 연설 같은 어투를 대할 때마다 의사는 짜증이 났다. 물론 그는 그런 배려가 거짓이 아니라는 것은 알고 있었다. 그러나 그런 마음은 한 인간이 자신을 인류와 연결시키려고 할 때 사용하는 관습적인 언어를 통해서만 표현될 수 있었다. 하지만 그런 언어는 그랑 같은 사람이 매일 매일 행하는 작은 노력에는 적용할 수 없는 언어였고 페스트 한가운데에서 그랑 같은 사람이 의미하는 바를 도저히 설명할 수 없는 언어였다.

자정이 되면 리외는 인적이 끊긴 검은 도시를 둘러싼 깊은 침묵 속에서 잠시라도 눈을 붙이려고 자리에 누우면서 이따금 라디오의 스위치를 켜곤 했다. 그러면 세계 저 끝에서 수천 킬로를 가로지르며 누군지 모를 목소리가, 애정 어린 목소리가 서투르게나마 연대의식을 표시하려는 듯 "오랑! 오랑!"이라고 외쳤다. 하지만 그 목소리는 그 연대의식을 보여주면서 동시에 인간이란 직접 함께 겪어 보지 않으면 진정으로 고통을 나눌 수 없다는 끔찍한 무력감을 증명해주고 있었다. "오랑! 오랑!"이라는 그 부름이 바다를 건너와도 소용없었고 리외가 아무리 주의를 기울여도 소용없었다. 그 목소리가 곧 웅변조로 높아지면서 그랑과 그 웅변가를 서로 이방인으로 만들어주는 본질적인 거리가 좀 더 뚜렷하게 드러날 뿐이었다.

'오랑! 오랑! 어림없어.' 리외는 생각했다. '함께 사랑하든지 죽든지, 그 외에 다른 방법은 없어. 그들은 너무 멀리 떨어져 있어.'

***

페스트가 절정에 이르기 전, 말하자면 이 재앙이 이 도시를 공격해 완전히 점령하기 위해 온 힘을 끌어 모으고 있던 기간

제2부

159

에 있었던 일 중에 반드시 기록해야 할 것이 남아 있다. 그것은 랑베르와 같은 처지의 사람들이 자신의 행복을 되찾기 위해, 페스트의 공격에 대해 자신을 방어하면서 그들 자신을 페스트로부터 떼어내려는 노력을, 저 단조롭고도 절망적인 노력을 기울였다는 사실이다. 그들은 그들을 위협하고 있는 예속 상태를 나름대로의 방법으로 거부한 것이다. 비록 그 거부의 몸짓이 다른 것들과 마찬가지로 효과가 없었을지 모르지만 화자는 그것에 나름대로 의미가 있다고 생각한다. 그들의 그 노력은 그자체 허영에서 비롯되었고 모순된 것이었지만 우리들 각자의 내부에 들어있는 그 무언가 자랑스러운 점을 충분히 보여주고 있었다.

랑베르는 페스트가 자신에게 덮치는 것을 막기 위해 싸우고 있었다. 그는 합법적인 방법으로는 도저히 도시를 빠져나갈 수 없다는 사실이 분명해지자 다른 방법을 찾아보기로 결심했다고 리외에게 말했다. 신문기자는 먼저 카페 종업원들부터 접촉하기 시작했다. 그러나 그의 일이 풀리기 시작한 것은 리외의 집에서 코타르를 만나고 나서였다. 그날 랑베르는 리외에게 관청에 갔다가 허탕 친 일에 대해 이야기했고 곁에 있던 코타르도 그 이야기를 들었다. 며칠 후 랑베르는 길에서 코타르를 만났다.

코타르가 랑베르에게 물었다.

"아직 아무 진척이 없나요?"

"전혀 없습니다."

"관청에는 기대할 게 없을 겁니다. 남의 사정을 이해하는 것과는 거리가 먼 곳이니까요."

"맞아요. 그래서 다른 방법을 찾는 중입니다. 하지만 어렵네요."

"그래요? 알겠습니다." 코타르가 말했다.

코타르는 루트를 하나 알고 있다고 말했다. 그 말에 랑베르가 깜짝 놀라자 코타르는 자신이 오래전부터 오랑의 카페란 카페는 다 출입하고 있으며 그곳의 친구들로부터 그런 종류의 일을 하는 조직이 있다는 것을 알게 되었다고 설명했다. 사실 코타르는 배급물자 암거래 일에 관여하고 있었다. 그는 담배와 싸구려 술을 구해서 되팔고 있었다. 그리고 그것들 가격이 끊임없이 오르는 덕분에 적게나마 수입을 올리고 있었다.

"확실한 겁니까?" 랑베르가 물었다.

"그럼요. 내게도 그런 방법을 권했는데요."

"그런데 응하지 않았나요?"

"의심하지 말아요." 코타르가 호인 같은 표정을 지으며 말했다. "떠날 생각이 없어서 그런 거니까요. 그럴만한 이유가 있습니다."

그는 잠시 입을 다문 뒤에 덧붙였다.

"무슨 이유인지 궁금하지 않으세요?"

"나하고는 상관없는 일 같은데요."

"하긴 그렇지요. 어쨌든 이곳에 페스트가 돌면서 내 마음이 훨씬 편해졌다는 건 분명해요."

"어떻게 하면 그 조직과 접촉할 수 있습니까?" 랑베르가 코타르의 말을 귓등으로 흘리며 물었다.

"아, 쉬운 일은 아닌데…… 어쨌든 나와 함께 갑시다."

오후 4시였다. 도시는 무거운 하늘 아래서 서서히 달궈졌다. 가게들 차양은 모두 내려져 있었고 거리에는 인적이 없었다. 그들은 팔미에 대로로 들어서서 아름 광장을 가로질러 마린 구역 쪽을 향해 내려갔다. 코타르와 랑베르는 노란 차양을 쳐 놓은 왼쪽의 어느 카페로 들어가서 땀을 닦았다. 홀은 완전히 비어 있었고 공중에서 파리들이 윙윙거렸다. 둘은 양철판으로 된 초록색 탁자 앞 의자에 앉았다. 코타르는 웃옷을 벗고는 탁자를 두드렸다. 그러자 파란색 앞치마에 파묻힌 것 같은 작은 키의 사내가 안에서 나오며 코타르를 보고 멀리서 인사를 했다.

코타르는 백포도주를 주문하며 가르시아라는 사람이 오지 않았느냐고 물었다. 조그만 사내는 이 카페에서 그 사람을 못 본 지 벌써 며칠 되었다고 대답했다.

"오늘 저녁에 올 것 같은가? 소개해 줄 사람이 있어서."

카페 종업원은 젖은 손을 앞치마 자락에 닦으며 말했다.

"아, 이분도 그 사업을 하시는군요."

"맞아." 코타르가 대답했다. 그러자 키 작은 남자가 코를 훌쩍이며 말했다.

"그러면 오늘 저녁에 와보세요. 그 사람에게 아이를 보낼게요."

밖으로 나오면서 랑베르는 그 사업이라는 게 뭐냐고 물었다.

"뭐, 암거래 같은 거지요. 시의 출입문을 통해 물건을 들여와서 비싼 값에 파는 겁니다."

"아하, 공모자들이 있다는 말이로군요."

"맞습니다."

그날 저녁 둘은 카페에서 다시 만났다. 테이블마다 남자들이 셔츠 바람으로 앉아 있었다. 코타르가 들어오자 그중 한 명이 몸을 일으켰다. 밀짚모자를 뒤로 젖혀 쓴 채 흰 와이셔츠를 풀어헤치고 있어 새까맣게 그을린 가슴이 드러나 보였다. 햇볕에 그을린 얼굴은 반듯했으며 검고 작은 눈에 손가락에 반지를 두

세 개 끼고 있는 서른 살 정도의 사내였다. 그 사내가 바로 가르시아였다.

가르시아의 제안에 세 사람은 카운터에 앉아 술을 한 잔씩 마신 후 밖으로 나왔다.

그들은 항구를 향해 내려갔다. 가르시아는 무슨 용건이냐고 물었다. 코타르는 랑베르를 소개하려는 것은 사업 때문이 아니라 이른바 '외출' 때문이라고 그에게 말했다. 가르시아는 마치 랑베르가 곁에 없는 듯 랑베르를 '그 사람'이라고 부르며 몇 가지 질문을 했다.

"왜 그러는 건데?"

"프랑스에 아내가 있대."

"그 사람 직업이 뭔데?"

"신문기자."

"거, 말이 많은 직업인데."

"내 친구야." 코타르가 말했다.

그들은 말없이 부둣가까지 걸었다. 큼직한 철책이 쳐져 있어 끝까지 접근할 수는 없었다. 그들은 정어리 튀김을 파는 작은 간이식당 쪽으로 향했다.

"어쨌든 그 일은 내 담당이 아니라 라울 담당이야. 우선 그를 찾아야 해. 쉽지는 않을 거야."

"그래? 몸을 숨겼나?"

가르시아는 대답하지 않았다. 그는 식당 근처에서 걸음을 멈추더니 처음으로 랑베르를 보며 말했다.

"모레 열한 시에 도시 꼭대기에 있는 세관 건물 모퉁이에서 만납시다."

그는 그 자리를 떠나려 하더니 두 사람을 향해 몸을 돌리며 말했다.

"비용이 들 거요."

다짐을 하려는 듯한 말투였다.

"물론이지요." 랑베르가 화답했다.

이틀 후 랑베르와 코타르는 대로를 따라 약속장소로 갔다. 세관 건물 일부가 의무실로 변해 있었고 사람들이 붐볐다. 환자 면회는 원칙적으로 금해져 있었지만 혹시나 하는 마음에 찾아온 사람들이었다. 가르시아는 바로 그 때문에 그곳을 만날 장소로 정한 것 같았다.

그때였다. 리외의 자동차가 그들이 있는 곳에 와서 멈췄다. 타루가 운전을 하고 리외는 반쯤 졸고 있는 것 같았다. 리외가 잠에서 깨어나더니 타루와 랑베르를 인사시키려고 했다. 그러자 타루가 말했다.

"이미 아는 사이입니다. 같은 호텔에 묵고 있거든요."

타루는 랑베르에게 시내까지 태워다 주겠다고 말했다.

"아뇨, 이곳에서 약속이 있습니다."

리외가 랑베르를 바라보았다. 그의 눈길을 받으며 랑베르가 "맞아요, 그 일 때문입니다"라고 말했다. 그러자 코타르가 놀란 표정으로 "아니, 의사 선생님도 알고 계신단 말입니까?"라고 말했다.

자동차가 그곳을 떠났다.

잠시 후 가르시아가 오는 모습이 보였다. 그는 랑베르와 코타르에게 아는 척도 하지 않으며 그들 곁으로 오더니 인사 대신에 "기다려야 해"라고 말했다.

잠시 후 등 뒤에서 "안녕하시오"라는 낮지만 분명한 인사 소리가 들렸다. 세 남자는 몸을 돌렸다. 날씨가 더운데도 불구하고 라울은 매우 깔끔한 옷차림이었다. 큰 키에 건장한 체격이었다. 그는 짙은 색의 더블 정장 차림이었고 펠트 모자를 쓰고 있었다. 얼굴은 매우 창백했고 눈은 갈색이었다. 그는 꼭 다물고 있던 입을 열어 빠르고 정확하게 말했다.

"시내 쪽으로 갑시다. 가르시아, 자네는 가 봐도 돼."

가르시아가 담뱃불을 붙이는 동안 그들은 그곳을 떠났다. 가는 도중 라울이 말했다.

"가르시아에게 이야기 들었소. 충분히 가능합니다. 하지만 만 프랑은 들 거요."

랑베르는 좋다고 대답했다.

"내일 마린 구역에 있는 스페인 식당에서 함께 점심을 듭시다."

랑베르가 알았다고 하자 라울이 랑베르의 손을 잡으며 처음으로 미소를 지었다. 라울이 떠나자 코타르는 미안하다며 내일 일이 있어 못가겠다고, 이제 자기가 없어도 될 거라고 말했다.

다음날 랑베르는 약속시간에 맞춰 스페인 식당으로 갔다. 컴컴한 지하 식당에는 대부분 남자 손님들만 있었고 거의 다 스페인 사람들이었다. 라울이 안쪽에 앉아 있다가 손짓을 했다. 라울이 앉아 있는 테이블에는 다른 남자 한 명이 앉아 있었다. 수염이 덥수룩하고 어깨가 떡 벌어진 남자였다. 얼굴은 말상이었으며 머리숱이 듬성듬성했고 큰 키에 야윈 몸이었다. 그는 랑베르를 소개받고 고개를 세 번 끄덕였다. 그의 이름은 한 번도 언급되지 않았으며 라울은 '우리 친구'라고만 불렀다.

"우리 친구가 당신을 도울 수 있다고 합니다. 이 친구가……"

그때 웨이트리스가 와서 주문을 받는 바람에 그는 말을 멈출 수밖에 없었다. 웨이트리스가 가고 나자 라울이 말을 이었다.

"이 친구가 당신을 두 명의 우리 친구와 맺어줄 겁니다. 우리가 매수해 놓은 보초들이지요. 그들이 적당한 때를 정해줄 겁니다. 가장 간단한 방법은 출입문 근처에 사는 보초 집에서 며칠 밤 묵는 겁니다. 그 일이 다 제대로 된 다음에 이 친구에게 비용을 지불하면 됩니다."

그 친구는 말상의 머리를 끄덕였다. 그는 웨이트리스가 날라온 음식을 게걸스럽게 먹어 치웠다. 이야기를 나누어보니 그 친구는 축구선수였다. 랑베르도 축구를 좋아했기에 두 사람은 축구 이야기를 하면서 마음이 통할 수 있었다. 그 친구는 랑베르가 마음에 드는 듯했다. 그는 랑베르에게 이틀 뒤 아침 여덟 시에 대성당 정문 앞에서 만나자고 했다.

"또 이틀 뒤로군요." 랑베르가 말했다.

"쉬운 일이 아니지요." 라울이 말했다. "그 두 친구를 찾아야 하니까요."

말상의 사내가 다시 고개를 끄덕였다. 알겠다고 말하면서도 랑베르는 맥이 풀렸다. 말상의 남자가 어깨를 으쓱하며 자리에서 일어났다. 라울과 랑베르도 따라서 일어났다.

헤어지면서 말상의 사내가 랑베르의 손을 꽉 잡으며 말했다.

"내 이름은 곤잘레스요."

랑베르에게는 그 이틀이 한없이 길게 느껴졌다. 그는 리외를 찾아가서 자초지종을 상세히 이야기했다. 그런 다음 리외의 왕진 길에 따라나섰다. 어느 집 문 앞에서 그가 의사에게 작별 인사를 했다.

"타루가 늦지 않았으면 좋겠는데." 리외가 혼잣말처럼 중얼거렸다. 몹시 피곤한 기색이었다.

"병이 너무 빨리 퍼지나요?" 랑베르가 물었다.

리외는 그렇지는 않다고, 전염병 상승 곡선이 좀 수그러들었다고 말했다. 다만 페스트와 싸울 수 있는 수단이 제한적이었다.

"물자가 부족해요." 그가 말했다. "물자가 부족하면 인력으로라도 보충해야 하는데 인력도 모자라요."

"외부에서 의사들과 의료봉사대가 오지 않았나요?"

"맞아요. 의사 열 명과 봉사대원 100명이 왔습니다. 충분해 보이지요. 하지만 현재 상황이나 겨우 감당할 정도입니다. 전염병이 더 퍼지면 부족할 겁니다."

리외는 집안에서 들리는 소리에 귀를 기울이더니 랑베르를 향해 미소를 지었다.

"일을 성사시키려면 서두르셔야겠습니다."

랑베르의 얼굴에 그늘이 스쳐 지나갔다. 그가 무거운 음성으로 말했다.

"아시겠지만 내가 떠나려는 건 병 때문이 아닙니다."

리외가 알고 있다고 대답했지만 랑베르는 계속 말을 이었다.

"나는 내가 비겁한 사람이라고는 생각하지 않습니다. 살아오면서 비겁했던 적은 거의 없었어요. 단지, 더 이상 견디기 어려운 한 가지 생각이 머리를 떠나지 않을 뿐입니다."

의사가 그를 똑바로 바라보았다.

"부인을 다시 만날 겁니다." 의사가 말했다.

"아마도요. 하지만 이런 상황이 이어지고, 그녀가 그사이 늙어갈 것이라는 생각을 견딜 수가 없습니다. 서른 살이면 사람은 늙어가기 시작해요. 그러니 무슨 수라도 써야지요. 선생님께서 이해하실 수 있을지 모르겠습니다."

이해할 것 같다고 리외가 중얼거리는데 타루가 도착했다. 그는 매우 상기되어 있었다.

"방금 파늘루 신부를 만나고 오는 길입니다. 우리와 함께 하자고 말했습니다."

"그랬더니요?" 의사가 물었다.

"좀 생각해 보더니 그러자고 했습니다."

"거 참 잘 됐군요." 리외가 말했다. "그 양반이 강론보다 훌륭한 사람이란 걸 알게 되니 기분이 좋은데요."

"사람이란 다 그런 법이에요." 타루가 말했다. "기회를 주기만 하면 돼요."

그는 미소 지으며 리외를 향해 눈을 끔벅했다.

"기회를 주는 게 제가 평생 해야 할 일이고요."

"죄송합니다만," 랑베르가 말했다. "저는 이만 가봐야겠습니다."

약속한 날인 목요일 아침 여덟 시 오 분 전에 랑베르는 대성당으로 갔다. 랑베르는 성당 안을 기웃거렸다. 여덟 시 십오 분이 되자 성당 오르간이 잔잔하게 연주되기 시작했다. 초조해진 랑베르는 밖으로 나왔다. 곤잘레스가 성당 계단에 모습을 보였다. 하지만 함께 온다던 두 명은 보이지 않았다. 여덟 시 십 분 전에 그곳에서 멀지 않은 다른 곳에서 두 친구를 만나기로 했는데 이십 분을 기다려도 나타나지 않았다고 곤잘레스가 설명했다.

"무슨 일이 생긴 게 분명해요. 우리 일이 그렇게 쉽게 성사될 수 있는 일이 아니잖소."

곤잘레스는 다음 날 같은 시각에 전몰용사 기념비 앞에서 만나자고 했다.

그다음 날 랑베르는 약속장소에서 전사자 명단을 아무 생각 없이 훑어보고 있었다. 그런데 몇 분 뒤 남자 두 명이 다가와 무심한 표정으로 그를 바라보았다. 파란 바지에 소매가 짧은 선원용 셔츠를 입고 있었다. 채 스무 살도 되지 않은 앳된 청년들이었다. 그때 곤잘레스가 그에게 미안하다며 모습을 나타냈다.

곤잘레스가 세 사람을 서로 소개했다. 두 젊은이의 이름은 마르셀과 루이였다. 자세히 보니 형제인 듯 매우 닮아 보였다.

"자, 이제 인사를 했으니 일을 처리해야지." 곤잘레스가 말했다. 그러자 마르셀인지 루이인지가 자기들이 경비를 서는 순서가 이틀 뒤에 시작되어 일주일간 이어진다며 그 중 적절한 날을 골라야 한다고 말했다. 네 명이 서쪽 출입구를 지키는데 두 명은 직업군인이라서 믿을 수 없고 매수하려면 비용도 더 들 것이라고 했다. 하지만 한밤중에는 이따금 단골 바의 뒷방에서 몇 시간씩 머문다는 것이었다. 그러니 출입문 가까이 있는 자기들 집에 와서 머물다가 자기들이 데리러 오길 기다리는 게 어떻겠냐고 말했다. 그러면 아주 쉽게 빠져나갈 수 있다는 것이었다. 얼마 전부터 시 외부에 경비초소를 이중으로 설치한다는 말이 돌고 있으니 서둘러야 한다고 마르셀인지 루이인지가 말했다.

랑베르는 좋다고 말한 뒤, 그들에게 담배를 권했다. 둘 중 이제껏 말이 없던 청년이 비용 문제는 해결되었는지, 선금을 받을 수는 없는지 물었다.

"아니, 그럴 필요 없어. 계산은 출발할 때 하기로 하지." 곤잘레스가 말했다.

곤잘레스는 한 번 더 만나자며 이틀 뒤 스페인 식당에서 저녁을 먹자고 제안했다. 저녁 식사 후 곧장 보초들의 집으로 가자는 것이었다.

다음 날 랑베르는 자기 방으로 올라가다가 층계참에서 타루와 마주쳤다.

"리외 선생을 만나러 가는 길인데 같이 가시겠소?"

"방해가 되지나 않을까 모르겠네요." 랑베르가 잠시 망설이다가 대답했다.

"그렇지 않을 겁니다. 그분이 댁 이야기를 많이 하더군요."

기자는 잠시 생각에 잠겼다.

"저녁 식사 후에 시간이 나면 두 분이 호텔 바로 함께 오시지요. 늦은 시각이라도 좋습니다."

"리외 선생 상황과 페스트 상황을 좀 봐야겠네요."

밤 열한 시에 리외와 타루가 작고 좁은 바에 들어섰다. 서른 명 되는 손님들이 팔꿈치가 닿을 정도로 가까이 앉아 매우 큰 소리로 이야기를 나누고 있었다. 페스트로 감염된 도시의 침묵 속에 있다가 와서인지 두 사람은 좀 어리둥절해서 걸음을 멈추었다. 랑베르는 카운터 끝 등받이 없는 둥근 의자에 앉아 있다가 두 사람을 향해 손짓을 했다. 두 사람이 랑베르 뒤에 가서 섰고 타루는 큰 소리로 떠들어대는 옆자리의 사람을 슬쩍 밀어 냈다.

"한 잔 마다하지 않으시겠지요?" 랑베르가 말했다.

"좋지요." 타루가 대답했다.

너무 시끄러워서 이야기하기 쉽지 않았다. 랑베르는 술을 열심히 들이켰다. 리외는 그가 취했는지 아닌지 판단이 잘 서지 않았다.

"잘 돼 갑니까?" 리외가 큰 목소리로 물었다. "대충이요." 랑베르가 대답했다. "일주일 후면 될 것 같습니다."

"거, 안 된 일이로군요." 타루가 큰 소리로 말했다.

"왜지요?" 랑베르가 말했다. 타루는 리외를 바라보았다. 리외가 타루 대신 대답했다.

"아, 당신이 여기 있으면 우리에게 도움이 될 수도 있으리라는 생각에 한 말일 겁니다. 하지만 나는 당신이 얼마나 떠나고 싶어 하는지 잘 알고 있어요."

타루가 술을 한 잔씩 더 돌렸다. 랑베르는 앉아 있던 의자에서 내려와 처음으로 타루를 똑바로 쳐다보았다.

"내가 어떤 식으로 도움이 될까요?"

"글쎄요." 타루가 천천히 술잔을 향해 손을 내밀면서 말했다. "우리 의료봉사대 일에 도움이 될 수 있겠지요."

랑베르가 여느 때의 완고한 표정으로 돌아가며 다시 의자에 앉았다.

"어떻게 생각해요? 봉사대 활동이 이 사태에 도움이 되는 것 같지는 않나요?" 타루가 술을 들이켠 후 랑베르를 주의 깊게 바라보며 말했다.

"아주 유익하지요." 랑베르는 그렇게 대답하더니 다시 술을 들이켰다.

리외는 그의 손이 떨리는 것을 알 수 있었다. 그는 이제 랑베르가 완전히 취했다고 확신했다.

제2부

175

그다음 날 저녁 랑베르는 두 번째로 스페인 식당으로 갔다. 더위가 겨우 수그러들기 시작하고 있었다. 식당 안은 거의 비어 있었다. 랑베르는 곤잘레스와 처음 만났던 안쪽 자리에 가서 앉았다. 식탁으로 다가온 웨이트리스에게 그는 좀 기다렸다가 주문하겠다고 말했다. 저녁 일곱 시 삼십 분이었다. 남자들이 차츰 식당으로 들어와 자리를 잡기 시작했고 식당 안은 식기 부딪치는 소리와 사람들의 낮은 대화 소리로 가득 찼다. 여덟 시가 되었지만 랑베르는 여전히 기다리고 있었다. 그는 식사를 주문했다. 여덟 시 삼십 분에 식사를 마쳤지만 곤잘레스도 두 젊은이도 오지 않았다. 아홉 시가 되자 그는 계산을 하고 식당을 나왔다. 맞은편 카페에 앉았다가 아홉 시 삼십 분쯤 호텔로 돌아오면서 랑베르는 어떻게 하면 곤잘레스를 다시 만날 수 있을지 이모저모 궁리해 보았다. 하지만 별다른 방법이 떠오르지 않았다. 모든 것을 처음부터 다시 시작해야 한다고 생각하니 가슴이 답답했다.

나중에 리외에게 말한 바에 따르면 바로 그 순간 구급차가 어둠 속을 질주하는 소리를 들으며 그가 깨달은 것이 있었다. 자신과 아내를 갈라놓고 있는 장벽에서 벗어나는 방법을 찾는 데 너무 몰두해 있던 바람에 그동안 아내를 잊고 있었다는 사실을 깨달은 것이다. 그런데 그 길이 다시 한번 완벽하게 막혀 버리자 그녀가 다시 그의 욕망 한가운데 자리를 잡았다. 그러자 갑자기 고통이 마치 폭발하듯 그에게 밀려왔다. 그는 그 혹독한 아픔에서 벗어나기 위해 호텔을 향해 달리기 시작했다. 하지만 그 아픔은 여전히 그를 사로잡고 있었고 그의 관자놀이를 파먹고 있었다.

다음 날 아침 일찍 랑베르는 리외를 찾아와 어떻게 하면 코타르를 만날 수 있겠느냐고 물으며 말했다.

"모든 절차를 다시 밟아갈 수밖에 없습니다."

"내일 저녁에 다시 오세요." 리외가 말했다. "이유는 모르겠는데 타루가 코타르를 여기로 불러 달라고 하더군요. 열 시에 오기로 되어 있습니다. 그러니 열 시 반쯤 오세요."

이튿날 타루와 리외가 리외 담당 구역에서 예상 밖으로 완치된 환자에 대해 이야기를 나누고 있을 때 코타르가 왔다.

"열에 하나입니다. 운이 좋았던 거지요." 타루가 말했다.

그러자 뜻밖에 코타르가 그 대화에 끼어들었다.

"아, 그건 페스트가 아니에요!"

분명히 페스트였다고 두 사람이 그에게 확언했다.

"그럴 리 없어요. 치료가 되었잖아요. 페스트에게는 용서가 없다는 걸 두 분도 나만큼 잘 알고 계시잖아요."

"대개는 그렇지요. 하지만 끈기 있게 하다 보면 뜻밖의 일도 생기는 법입니다." 리외가 말했다. 그러자 타루가 리외의 말을 받아 입을 열었다.

"사실 환자 숫자는 더 늘고 있으니 강력한 대책이 필요하긴 합니다."

"그런 대책을 벌써 시행하고 계시잖아요." 코타르가 말했다.

"그렇긴 하지요. 하지만 그 대책은 남의 일이 아니라 모든 사람 각자의 일입니다." 타루의 말이었다.

코타르는 무슨 말인지 모르겠다는 표정으로 타루를 바라보았다. 타루는 너무 많은 사람이 아무 일도 않고 있다, 전염병은 모든 사람과 관련된 문제이니 각자 자신의 의무를 행해야 한다고 말했다. 그리고 의료봉사대의 문은 언제나 열려 있다고 말했다.

"좋은 생각이긴 하네요. 하지만 아무 소용없을 겁니다. 페스트가 너무 강하거든요."

"우리가 해야 할 일을 다 하고 난 다음에 판명 나겠지요." 타루가 끈기 있게 말했다. 리외는 책상 앞에 앉아 진료 카드를 쓰고 있었고 타루는 코타르를 바라보고 있었으며 코타르는 불안한 표정으로 의자에 앉아 있었다.

"코타르 씨, 우리와 함께 하지 않는 이유가 뭐지요?" 타루가 코타르에게 물었다.

코타르가 불쾌한 표정으로 자리에서 일어나더니 모자를 집어들며 말했다.

"그건 내가 할 일이 아니에요."

이어서 그는 도전적인 말투로 이어나갔다.

"게다가, 나는 페스트 안에 있는 게 더 편해요. 도대체 내가 왜 페스트를 퇴치하는 일에 끼어들어야 한다는 거지요?"

타루가 갑자기 그 무언가 깨달은 듯 이마를 탁 쳤다.

"아, 그렇군요. 잊고 있었네요. 페스트가 아니었다면 당신은 체포되었겠지요."

코타르가 움찔하더니 마치 넘어질 뻔했다는 듯 의자를 꽉 움켜잡았다. 리외는 손길을 멈추고 심각하면서도 흥미로운 표정으로 코타르를 바라보았다.

"누가 그런 소리를!" 연금생활자가 외쳤다. 타루가 놀란 표정으로 말했다.

"당신이 그러지 않았나요! 최소한 나하고 의사 선생님은 그렇게 이해했는데요."

코타르는 분노에 휩싸인 듯 알아듣기 어려운 말들을 뭐라고 중얼거렸다. 타루가 다시 입을 열었다.

"자, 진정하세요. 나나 의사 선생님이나 당신을 고발할 사람이 아니니. 당신 이야기에는 관심이 없어요. 우리도 경찰을 좋아해 본 적이 한 번도 없고요. 자, 앉아요."

코타르는 의자를 바라보더니 잠시 망설이다가 다시 앉았다. 잠시 후 그가 한숨을 내쉬었다.

"오래된 이야기예요. 잊혔다고 생각했는데 누군가 다시 끄집어내 흘린 거지요. 나를 소환하더니 수사가 끝날 때까지 꼼짝 말고 대기하라고 하더군요. 나는 체포되리라는 걸 알고 있었습니다."

그는 잠시 말을 멈추더니 다시 흥분한 듯 말했다.

"그건 실수였어요. 누구나 실수를 하잖아요. 그 때문에 잡혀가서 집에서 멀어지고 알고 지내던 사람과 떨어져 지내야 한다는 걸 참을 수 없었어요."

"아, 그래서 목을 맬 생각을 한 거로군요?"

"맞아요. 분명히 어리석은 짓이었지요."

이제껏 입을 다물고 있던 리외가 입을 열어 그가 불안해하는 것을 이해하고 있으며 모든 것이 다 잘될 것이라고 말했다. 그러자 코타르가 말했다.

"오! 어쨌든 지금 상황에서는 겁낼 게 아무것도 없다는 건 잘 알고 있어요."

"알았습니다." 타루가 말했다. "우리 의료봉사대에는 안 들어오겠군요."

코타르가 두 손으로 모자를 돌리다가 불안한 시선으로 타루를 바라보며 말했다.

"나를 원망하면 안 돼요."

"물론입니다." 타루가 말했다. "다만 일부러 병균을 퍼뜨리지나 말아요."

코타르는 목청을 돋워 말했다.

"내가 페스트를 원한 게 아니라 저절로 생긴 거 아니에요? 페스트 덕분에 내가 무사하게 된 게 내 탓이 아니잖아요. 게다가 내 생각에 당신들은 아무런 성과도 얻지 못할 겁니다."

그 순간 랑베르가 들어섰다. 랑베르가 코타르에게 물어보니 코타르도 곤잘레스의 주소를 모르고 있었다. 하지만 그 작은 카페에 같이 가줄 수는 있다고 했다. 두 사람은 이튿날 만나기로 약속을 잡았다. 리외가 결과를 알고 싶다고 말하자 랑베르는 주말 밤 아무 때나 타루와 함께 자기 방으로 오라고 했다.

아침이 되자 코타르와 랑베르는 그 작은 카페에 가서 가르시아에게 그날 저녁이나 다음 날 만나자는 메모를 남겼다. 하지만 그날 저녁에 가르시아는 카페에 모습을 보이지 않았고 다음 날에야 만날 수 있었다. 하지만 그가 해줄 수 있는 일은 라울과 다시 만나게 해주는 것이 전부였다. 라울을 만나자 그는 아래 동네 통행이 전면 금지되어 두 경비병을 만날 방법이 없다고 했다. 열심히 노력하더라도 자꾸 새롭게 시작해야만 하는 꼴이었다.

주말 밤에 리외와 타루가 랑베르를 찾아가니 그는 침대에 누워 있었다. 리외는 술잔을 받으며 일이 잘 진행되느냐고 물었다. 그러자 신문기자는 한 바퀴 돌아 다시 원점으로 돌아왔다며 마지막으로 다시 한번 시도해볼 작정이라고 말했다. 그가 술을 마신 후 덧붙였다.

"페스트는 모든 걸 다시 시작하게 만들어요."

그런 후 랑베르는 방구석으로 가서 작은 축음기 뚜껑을 열었다.

"무슨 곡입니까?" 타루가 물었다. "나도 전에 들어본 곡 같은데요."

랑베르는 '세인트 제임스 인퍼머리'라고 대답했다. 판이 돌아가는 도중에 멀리서 총소리가 두 번 들렸다.

"개 아니면 탈주자겠지요." 타루가 말했다.

잠시 후 판이 다 돌아갔다. 앰뷸런스 사이렌 소리가 점점 커지며 다가오다가 호텔 밑을 지나 멀어지더니 완전히 사라졌다.

"이 판은 좀 지겨워요." 랑베르가 말했다. "게다가 오늘 벌써 열 번이나 들었으니."

"그만큼 좋아서가 아닌가요?"

"아니에요. 이것 밖에 없어요."

잠시 후 랑베르가 덧붙였다.

"말씀드렸지요. 언제나 다시 시작하는 거라고."

랑베르는 리외에게 의료봉사대가 잘 돌아가고 있냐고 물었다. 현재 다섯 팀이 활동하고 있었다. 리외는 몇 팀이 더 조직되기를 바란다고 말했다. 신문기자는 침대에 앉아 손톱 손질에 여념이 없는 것 같았다. 그런데 그가 갑자기 고개를 들더니 말했다.

"선생님, 저도 의료봉사대에 대해 많은 생각을 해봤습니다. 제가 선생님과 함께하지 않는 데는 이유가 있습니다. 다른 일 같으면 제가 할 수 있는 몫은 해냈을 겁니다. 스페인 전쟁에 참여한 적도 있거든요. 물론 패배한 쪽 편이었지요. 그 후에 생각을 좀 했습니다."

"무슨 생각이었지요?" 타루가 물었다.

"용기에 대해서요. 나는 인간이 위대한 행동을 할 수 있다는 걸 이제는 알고 있어요. 하지만 위대한 감정이 함께 하지 않는다면 아무 관심이 없어요."

"인간이 모든 것을 다 할 수 있다는 말처럼 들리는군요." 타루가 말했다.

"천만에요. 인간은 고통을 오랫동안 견딜 수도 없고 오랫동안 행복할 수도 없어요. 가치 있는 일은 아무것도 할 수 없는 셈이에요."

랑베르는 두 사람을 바라본 후 말을 이었다.

"타루, 당신은 사랑을 위해 죽을 수 있나요?"

"잘 모르겠습니다. 하지만 지금은 그럴 수 없을 것 같군요."

"바로 그겁니다. 당신은 관념을 위해서는 죽을 수 있어요. 맨 눈으로도 훤히 보이거든요. 하지만 나는 관념을 위해 죽는 사람은 지긋지긋해요. 나는 영웅주의를 믿지 않아요. 영웅주의란 게 별로 대단한 것도 아니라는 것, 게다가 그것이 사람을 죽일 수도 있다는 것을 알아요. 내가 관심 있는 건 사랑하는 이를 위해 살고 사랑하는 이를 위해 죽는 겁니다."

리외는 신문기자의 말을 주의 깊게 들었다. 그는 랑베르를 계속 바라보며 부드럽게 말했다.

"인간은 관념이 아닙니다, 랑베르."

랑베르가 침대에서 뛰어내렸다. 얼굴이 열정으로 상기되어 있었다.

"사랑을 외면하는 순간부터 인간은 하나의 관념, 어설픈 관념이 되는 겁니다. 그리고 우리는 지금 바로 그 사랑을 할 줄 모르게 된 거예요. 선생님, 단념하세요. 사랑할 수 있게 되기를 기다립시다. 정말 그것이 불가능하다면 영웅놀이는 집어치우고 전부 다 해방되기를 기다립시다. 나는 그 이상을 하지 않겠어요."

리외는 갑자기 피곤하다는 표정을 지으며 몸을 일으켰다.

"랑베르, 당신 말이 옳아요. 정말 옳아요. 그리고 나는 당신이 지금 하고 있는 일을 절대로 막지 않을 겁니다. 하지만 이것만은 말해주고 싶군요. 이 모든 것은 영웅주의와는 아무 상관이 없습니다. 성실성의 문제입니다. 비웃을지도 모르지만 페스트와 싸우는 유일한 방법은 성실성입니다."

"성실성이라뇨? 그게 뭡니까?" 랑베르가 갑자기 심각한 표정을 지으며 말했다.

"일반적인 의미는 모르겠어요. 하지만 내 경우로 보자면 내 직분을 수행하는 것이라는 사실은 알고 있어요."

"그래요!" 랑베르가 화를 내며 말했다. "나는 내 직분이 뭔지 모르는 셈이군요. 그러니까 내가 사랑을 택한 건 잘못일 수도 있군요."

리외는 그를 똑바로 쳐다보았다.

"아뇨. 당신은 잘못한 게 없습니다." 그가 힘주어 말했다.

랑베르는 생각에 잠긴 표정으로 두 사람을 바라보았다.

"내 생각에 두 분은 이 일로 잃을 게 아무것도 없을 것 같군요. 선한 편에 선다는 것은 쉬운 일이기도 하고요."

리외는 잔을 비웠다.

"자, 할 일이 있어서요."

그가 밖으로 나갔다.

타루도 그의 뒤를 따라 나가려다가 생각이 바뀐 듯 기자를 향해 몸을 돌리고 말했다.

"의사 선생 부인이 여기서 수백 킬로미터 떨어진 곳의 요양원에 있다는 사실을 알고 있습니까?"

랑베르가 깜짝 놀란 듯한 몸짓을 했지만 타루는 이미 밖으로 나가고 없었다.

다음 날 꼭두새벽에 랑베르가 의사에게 전화를 걸었다.

"제가 이 도시를 떠날 방법을 찾을 때까지 선생님과 함께 일할 수 있게 해주시겠습니까?"

수화기 저쪽에서 잠시 침묵이 흐르더니 대답이 들렸다.

"그럼요, 랑베르. 고맙습니다."

제3부

***

이렇게 페스트의 포로들은 주간 내내 최선을 다해 싸웠다. 그들 중 어떤 사람들, 예컨대 랑베르 같은 사람들은 자신들이 아직 자유인이며 선택을 할 수 있다고 상상하기도 했다. 하지만 사실상 8월 중순부터 페스트는 모든 것을 덮어버렸다고 말할 수 있다. 더 이상 개인적인 운명이란 존재하지 않았고 '페스트'라는 집단의 역사와 모든 사람들이 공유하는 감정밖에 존재하지 않았다. 가장 두드러졌던 것은 이별과 유배의 감정이었고 거기에는 공포와 반항이 포함되어 있었다. 그 때문에 화자는 더위와 질병이 절정에 달해 있던 이 시기의 전반적인 상황, 대표적인 예로 살아있는 사람들의 폭력성, 사망자의 매장, 헤어진 연인들의 고통 등에 대해 잠시 묘사하고 넘어가는 것이 적절하리라고 생각한다.

그해 중반쯤 되었을 무렵 페스트로 뒤덮인 이 도시 위로 며칠 동안 바람이 불어왔다. 도시가 세워져 있는 언덕에는 바람을 막을 만한 장애물이 아무것도 없었기에 바람은 거세게 거리로 들이닥쳤고 오랑의 시민들은 특히 바람을 두려워했다. 몇 달 동안 도시를 시원하게 해줄 비가 한 방울도 내리지 않아 도시는 잿빛 먼지에 뒤덮였고 불어오는 바람에 먼지가 비늘처럼 벗겨졌다. 바람이 쉬지 않고 불어오면서 사람들이 몸을 숙인 채 손수건이나 손으로 입을 가리고 서둘러 길을 가는 모습이 자주 눈에 띄었다. 그 때문에 황혼 무렵이면 거리에는 인적이 끊기고 바람만이 계속 신음 소리를 냈다. 그 인적 없는 도시는 마치 불행에 빠진 섬처럼 신음하고 있었던 것이다.

이제까지는 도심보다 인구밀도가 높고 생활환경이 열악한 외곽지역에서 희생자가 많이 발생했다. 그런데 갑자기 페스트가 더 가까이 다가와 상업지역에 자리를 잡은 것 같았다. 주민들은 전염병의 씨앗이 바람에 날려왔다며 바람 탓을 했다. 이제 시내에서도 피해가 심한 지역의 출입을 통제하고 직무상 불가피한 경우를 제외하고는 밖으로 나갈 수 없다는 조치가 내려졌다. 지금까지 그곳에 살고 있던 주민들은 그 조치가 특별히 자신들에게 가해진 부당한 가혹행위로 생각할 수밖에 없었다. 그들은 다른 지역 주민들이 자기들에 비할 때 자유민이라도 되는 것처럼 여겼다. 반대로 다른 지역 주민들은 그 어려운 상황에서도 다른 사람들이 자기들보다 덜 자유롭다는 사실로 위안을 삼았다. '나보다 더 자유롭지 못한 사람이 있다'라는 문장, 바로 그 문장이 당시 품을 수 있는 유일한 희망을 요약해 보여주고 있었다.

이런 상황이다 보니 이 도시에 살고 있는 사람들의 정신이 피폐해져 있음을 보여주는 사건들이 잇따라 발생했다. 특히 시의 서쪽 출입문 근처 별장 지역에서 화재가 자주 발생했다. 조사 결과 격리되었던 사람들이 집으로 돌아와서 가족에게 닥친 죽음과 불행을 보고 불을 지른 것으로 밝혀졌다. 페스트균을 태워죽인다는 환상에서 저지른 짓이었다. 당국에서 실시하는 방역 소독으로 병균을 제거할 수 있다고 아무리 설명해도 소용이 없었다. 화재는 잇따라 발생했고 거센 바람 때문에 도시 전체가 위험에 빠질 수도 있었다. 당국에서는 그 순진한 방화자들의 행동을 막기 위해 방화범을 엄벌에 처한다는 법령을 공포했고 그제야 방화를 멈출 수 있었다. 하지만 그 불쌍한 사람들이 방화를 그만둔 것은 단순히 감옥에 간다는 두려움 때문이 아니었다. 감옥에 가면 감염률이 극도로 높아지며, 감옥에 간다는 것은 곧 사형에 처해진다는 것을 의미한다는 것을 모두 알고 있었기 때문이었다.

방화가 멈추자 이번에는 각종 폭력사태가 발생했다. 밤사이에 무장한 소규모 집단들이 몇 번씩이나 시의 출입문에 대해 공격을 감행한 것이다. 총격전이 벌어져 부상자가 생겼고 탈출에 성공하는 사람들도 간간이 있었다. 하지만 경비가 강화되자 탈출 시도는 곧 중지되었다. 이밖에도 밤만 되면 갖가지 폭력과 절도 등 무법적인 행동이 잇따라 발생하자 당국에는 페스트로 인한 포고령을 계엄령에 준하는 법령으로 격상시켰다. 전에는 가벼운 처벌로 그쳤을 절도범 두 명이 총살당했다. 하지만 그런 조치로 인해 사람들이 충격을 받았을지는 의문이다. 그토록 많은 사망자가 발생하는 상황에서 사형 집행 두 건은 눈에 띄지도 않았기 때문이다. 그것은 바닷물에 떨어진 물방울 정도에 불과했다. 당국에서 취할 수 있는 조치는 한계가 있었고 게다가 효력도 없었다. 결국 당국에서는 야간 등화관제 조치를 취했고 그 조치는 사람들에게 충격을 주었다. 밤 열한 시부터 도시는 어둠에 잠긴 돌처럼 변했다. 밤이 되면 침묵에 빠진 그 도시는 생명력이 사라진 지하묘지와 같았다. 페스트와 돌과 밤이 모든 소리를 잠재워버린 그런 지하묘지.

　그런데 그런 밤은 도시에만 존재한 것이 아니라 모든 사람들의 마음속에도 존재했다. 화자는 여기서 매장에 관한 이야기를 할 수밖에 없다는 사실에 대해 용서를 구하고 싶다. 그 점에 관해 화자에게 비난이 가해지리라는 것을 화자는 잘 느끼고 있다. 화자가 내세울 수 있는 유일한 변명이 있다면 그 기간 내내 끊임없이 매장이 행해졌다는 사실, 시민들뿐 아니라 화자 자신도 어떤 식으로건 매장 문제에 대해 걱정을 하고 신경을 써야만 했다는 사실이다. 어쨌든 화자가 매장 이야기를 하는 것은 그가 이런 종류의 의식(儀式)에 취미가 있어서가 아니다. 반대로 화자는 살아있는 사람들의 사회, 예컨대 해수욕 같은 것을 좋아한다. 하지만 해수욕은 금지되어 있었고 살아있는 사람들의 사회는 하루 종일 죽은 사람들의 사회에게 뒷덜미를 잡힐까 봐 두려워하고 있었다. 그것은 자명한 사실이었다. 물론 그 사실을 외면하려고 눈을 감고 사실 자체를 거부할 수도 있다. 하지만 자명한 사실은 무서운 힘을 지니고 있어 결국 모든 것에 대해 승리를 거두기 마련이다. 예를 들어 사랑하는 사람을 매장해야만 하는 날, 어떻게 매장 자체로부터 눈을 돌릴 수 있겠는가?

초기 장례식의 특성은 바로 그 신속성에 있었다! 모든 형식적인 절차는 간소화되었고 장례의식은 폐지된 것과 마찬가지였다. 환자들은 가족과 멀리 떨어진 채 죽었으며 밤샘 의식도 금지되었다. 밤에 죽은 사람은 혼자 밤을 보냈고 낮에 죽은 사람은 당장 매장되었다. 당연히 가족들에게는 통보가 되었지만 대부분의 경우 장례식에 올 수 없었다. 가족이 고인과 함께 지냈던 경우 격리될 수밖에 없었기 때문이다. 가족이 고인과 함께 지내지 않은 경우에도 염이 끝나고 입관된 후 묘지로 떠나는 시각에만 참관할 수 있었다.

이 장례식 절차가 리외가 맡고 있는 임시 병원에서 이루어졌다고 가정하고 그 절차를 묘사해보자. 그 임시 병원은 학교로 사용되던 건물이었다. 학교 본관 뒤편에 출구가 하나 있다. 복도와 접하고 있는 커다란 광에 관들이 놓여 있다. 바로 그 복도에서 이미 뚜껑이 닫혀 있는 관 하나가 가족들 눈에 띈다. 곧바로 가장 중요한 일, 즉 가족 대표로부터 서류에 서명받는 일이 행해진다. 그 일이 끝나면 시신을 영구차에 싣는다. 영구차는 화물 트럭일 수도 있고 대형 앰뷸런스를 개조한 것일 수도 있다. 가족들은 아직 운행 허가가 취소되지 않은 택시에 올라타고 택시는 전속력으로 외곽도로를 통해 묘지에 도착한다. 묘지 입구에서는 경찰이 차를 세우고 공식 허가 서류에 도장을 찍는다. 그 도장이 없다면 우리 시민들은 이른바 '마지막 거처'조차 얻을 수 없다. 경찰이 옆으로 비켜서면 차량들이 장방형의 터에 도착한다. 그 터에는 많은 구덩이들이 메워지기를 기다리고 있다. 신부 한 명이 시신을 맞이한다. 성당에서 장례식을 치르는 것은 금지되어 있기 때문이다. 신부가 기도를 올리는 동안 관을 꺼내어 밧줄에 감아 구덩이 밑바닥에 내려놓는다. 신부가 성수채를 흔들기가 무섭게 첫 번째 흙이 관 뚜껑에서 튀어 오른다. 소독을 하기 위해 영구차는 먼저 떠나고 삽날이 흙을 퍼서 던지는 소리가 차차 무뎌지는 가운데 가족들은 택시 안으로 몸을 꾸겨 넣는다. 십오 분 후 그들은 이미 집에 도착한다.

이처럼 모든 일은 최대한 신속하게, 위험을 최소화하는 방식으로 진행된다. 적어도 초기에는 가족으로서의 자연스러운 감정이 이런 식의 절차로 인해 상처를 입었음이 분명하다. 하지만 페스트가 유행하는 중에 그런 감정들을 배려할 수는 없었다. 모든 것은 효율성의 이름으로 희생되어야만 했다. 초기에는 품위 있게 땅에 묻히고 싶다는 생각이 시민들에게 널리 퍼져 있었지만 식량 보급 문제가 어려움에 처하자, 다행히 사람들의 관심은 보다 즉각적인 문제로 기울었다. 먹고 살기 위해 줄을 서고, 절차를 밟고, 서류를 작성하면서 사람들은 주변 사람들이 어떻게 죽어가는지, 앞으로 자신이 어떻게 죽을지 생각할 겨를이 없었다. 따라서 애당초 사람들에게 고통을 주었던 물질적 난관들이 나중에는 오히려 고마운 일이 된 셈이었다. 만일 전염병이 더 확산되지만 않았다면 모든 것이 그런 식으로 그럭저럭 돌아갔을지도 모른다.

하지만 날이 갈수록 관도 귀해지고 수의를 만들 천, 묘지로 쓸 장소가 부족해졌다. 뭔가 해결책을 찾아야 했다. 가장 간단한 방법은 장례를 합동으로 치르고 필요한 경우 영구차가 병원과 묘지 사이를 여러 번 오가는 것이었다. 역시 효율성에서 나온 발상이었다. 다시 리외의 병원을 예로 들자. 그의 병원에는 당시 다섯 개의 관이 있었다. 다섯 개의 관이 다 차면 앰뷸런스가 그것들을 싣고 간다. 묘지에서 관을 비우면 쇳빛의 시신들은 시신 보관 용도로 개조한 헛간에서 매장될 차례를 기다린다. 비워낸 관은 소독약을 뿌려 다시 병원으로 가져온다. 이런 작업이 필요에 따라 몇 번이고 반복되었다. 아주 잘 돌아가는 조직이었고 도지사는 매우 흡족해했다.

하지만 행정적으로는 성공했는지 몰라도 그 절차가 지니고 있는 불쾌한 특성 때문에 가족들을 장례식으로부터 떼어놓을 수밖에 없었다. 가족들은 묘지 정문까지만 올 수 있었고 그것조차 공식적으로 허용된 것이 아니었다. 장례식의 마지막 공식 절차가 바뀐 것이다. 묘지 맨 끝, 유향 나무로 가려진 공터에 커다란 구덩이를 두 개 파놓았다. 남자용 구덩이와 여자용 구덩이였다. 처음에는 남자용 구덩이와 여자용 구덩이를 구분했으니 최소한의 관습은 존중한 셈이었다. 하지만 나중에 사태가 악화되자 그런 최소한의 품위도 무시되고 남녀 구분 없이 마구 묻게 되었다. 다행히 그런 식의 극도의 혼란은 최종 단계에서야 나타났다. 어쨌든 아직까지는 남녀 구분이 있었지만 그런 최소한도의 배려가 가족들에게 위안이 될 리 없었다. 시체를 묻으면 그 위에 생석회를 덮었고 다음에 묻을 시신을 위해 일정한 높이까지만 흙을 덮었다. 다음날에는 가족들을 불러 서류에 서명하게 했는데, 바로 이 점이 예컨대 사람과 개 사이에 차이가 있다는 것을 확인시켜주는 유일한 절차였다. 말하자면 인간의 죽음은 언제나 관리가 가능했다.

이런 모든 작업에는 인력이 필요했고 인력은 언제나 모자랐다. 무덤 파는 인부는 물론이고 간호사들이 다수 사망했기 때문이다. 처음에는 정식으로 채용했다가 나중에는 임시직으로 사람들을 썼는데, 많은 수가 페스트에 감염되었다. 그런데 가만히 생각해 보면 전염병이 창궐하던 기간 내내 그 일을 담당할 인력이 부족했던 적이 한 번도 없었다는 사실에 놀라게 된다. 사람을 구하지 못해 위기를 겪었을 때는 페스트가 절정에 오르기 직전이었으며 리외가 그 문제에 대해 크게 걱정했던 것은 근거가 있었다. 제대로 된 인부건 이른바 막노동꾼이건 일손이 부족했던 것이다. 그런데 페스트가 사실상 도시 전체를 장악한 순간부터 그 과도함 자체가 매우 편리한 결과를 가져왔다. 페스트 때문에 모든 경제활동이 붕괴되어 수많은 실업자가 발생한 것이다. 대부분의 경우 숙련 인부를 구하기는 어려웠지만 막노동자의 경우는 쉽게 해결되었다. 그때부터 사람들은 궁핍이 공포보다 더 강력하다는 사실을 알 수 있었으며, 위험 정도에 따라 임금을 지불했던 만큼 그 사실을 더 분명히 확인할 수 있었다. 위생과에서는 지원자 명부를 확보하고 있다가 결원이 생기자마자 명단 맨 위에 있는 사람에게 통고했다. 그리고 그사이 무슨 변고가 생기지 않은 한 그 사람은 반드시 모습을 드러냈다. 도지사는 죄수들을 동원할 생각을 늘 하고 있었지만

제3부

197

그 생각을 실행에 옮기지 않을 수 있었으며 그것은 전적으로 실업자 덕분이었다.

8월 말까지는 행정당국이 비록 예법에는 어긋날지 몰라도 이럭저럭 성심성의껏 의무를 수행하고 있다고 시민들이 생각할 만큼 나름대로 질서 있게 '최후의 거처'로 갈 수 있었다. 그런데, 조금은 미리 말하는 것이지만, 일련의 어떤 사건들 때문에 최후의 수단을 사용할 수밖에 없게 되었다. 8월부터 페스트 발병 상황이 변함없이 안정적으로(?) 이어지자 희생자들의 누적 총수가 우리의 작은 묘지에 수용할 수 있는 한도를 훨씬 초과해 버렸다. 묘지 담 한쪽을 헐고 주변 공터 쪽으로 묘지를 확장했지만 별 도움이 되지 않았다. 빠른 시일 내에 다른 방도를 강구해야 했다. 우선 취한 조치가 밤에 시신을 매장하자는 것이었다. 덕분에 몇 가지 사항을 배려하지 않고 넘어갈 수가 있었다. 우선 앰뷸런스에 더 많은 시신을 포개놓을 수 있었다. 시신들은 아무렇게나 서둘러 구덩이에 던져졌다. 사람들은 구덩이를 점점 더 깊게 팠으며 시신이 미처 자리를 잡기도 전에 삽으로 생석회를 떠서 시신들의 얼굴에 짓이겼고 아무렇게나 흙으로 덮어버렸다.

하지만 그도 한계에 부딪혀 얼마 지나지 않아 더 넓은 터를

물색해야 했다. 도지사는 도에서 영구 임대하고 있던 묘지를 수용한다는 포고를 발표했다. 그리고 그곳에서 발굴된 유골을 전부 화장터로 보냈다. 그러나 곧이어 페스트로 사망한 시신들도 화장터로 보내야만 했다. 그러자니 도시 출입문 밖 동쪽에 있는 화장터를 이용해야 했다. 경비초소도 더 먼 곳으로 이동시켰다. 문제는 시신 수송이었다. 그런데 어느 시청직원 한 명이, 절벽을 따라 운행하다가 이제는 운행하지 않는 전차를 이용하자고 건의해서 일이 해결되었다. 이를 위해 유람차와 전기기관차의 좌석을 뜯어내어 내부를 개조했으며 선로를 화장터까지 우회시켰다. 화장터가 그 노선의 기점이 된 것이다.

늦여름 내내, 이어서 가을비가 내리는 가운데, 한밤중이면 승객을 태우지 않은 이상한 전차 행렬이 절벽을 따라 덜컹거리며 지나가는 광경이 사람들 눈에 띄었다. 마침내 주민들도 그것이 무엇인지 알게 되었다. 절벽에 접근하지 못하도록 순찰을 돌면서 막는데도 사람들은 파도 위로 불쑥 솟아난 바위 위로 슬그머니 기어올라 전차가 지나갈 때면 그 안으로 꽃을 던지곤 했다. 그러면 꽃과 시신을 실은 전차가 더 심하게 덜컹거리는 것 같았고 그 소리가 여름밤을 뚫고 들려왔다.

어쨌든 처음 며칠간 아침이면 시 동쪽 구역 위로 구역질나는 짙은 연기가 떠돌았다. 의사들의 견해에 따르면 그 연기가 역하기는 해도 해롭지는 않았다. 그러나 그 지역 주민들은 페스트가 그런 식으로 하늘에서 자기들에게 떨어진다고 확신하고 그곳을 떠나겠다고 위협했다. 복잡한 배관 장치를 통해 연기를 다른 방향으로 돌리고 나서야 주민들은 잠잠해졌다. 다만 바람이 거세게 불어오는 날이면 동쪽으로부터 흐릿한 냄새가 풍겨와 자신들이 새로운 질서 속에 놓여 있다는 사실, 페스트의 불길이 매일 저녁 그들이 바치는 공물을 탐욕스럽게 집어삼키고 있다는 사실을 상기하게 만들곤 했다.

이런 것들이 전염병이 초래한 극단적인 결과들이었다. 그러나 전염병이 그 뒤로 더 이상 확장되지 않은 것이 불행 중 다행이었다. 만일 그랬다면 각 기관에서 아무리 재간을 부려도, 도청에서 그 어떤 조치를 취해도 속수무책이었을 것이며 화장터 수용 능력을 초과하는 사태가 벌어졌을 것이다. 당국에서는 시신을 바다에 던져버린다는 절망적인 해결책까지 고려하고 있음을 리외는 알고 있었다. 그는 시신에서 나온 끔찍한 거품이 푸른 바다 위를 떠도는 광경을 어렵지 않게 그려볼 수 있었다. 그는 또한 사망자가 계속 증가하면 제아무리 우수한 조직이라도 버텨낼 수 없으리라는 것, 시체가 거리에 겹겹이 쌓인 채 썩어갈 것이고 또 공공장소에서는 죽어가는 사람들이 증오심과 어리석은 희망에 사로잡혀 산 사람들에게 매달리는 모습을 보게 되리라는 것을 알고 있었다.

어쨌든 실제로 벌어진 일이건 우려하고 있던 일이건 이 모든 일들 때문에 우리 시민들에게서는 유배와 이별의 감정이 지워지지 않았다. 그런 점에서 이 연대기에서 예컨대 옛날이야기에서처럼 기운을 북돋워주는 영웅이나 눈부신 행동 같은 정말로 볼만한 구경거리를 소개할 수 없다는 것은 정말로 유감이며 화자는 그 사실을 잘 알고 있다.

이 연대기에 그런 이야기가 없는 것은 기본적으로 재앙이란 것은 구경거리와는 거리가 멀기 때문이다. 게다가 재앙이 오래 지속됨에 따라 그 재앙으로 인해 겪는 불행자체가 단조로워졌기 때문이다. 그런 재앙을 겪은 사람들의 기억 속에서 페스트 치하에 놓여 있던 그 끔찍한 날들은 화려하고 잔인한 큰 불꽃으로 남아 있지 않다. 그날들은 차라리 제자리걸음을 하면서 지나는 모든 것들을 지워버리는 것과 같은 나날들이다.

그렇다, 전염병 초기에 의사 리외를 따라다녔던 흥분되고 고양된 이미지는 페스트와는 아무 상관이 없는 것들이었다. 그 무엇보다 페스트는 신중하고 완벽하게, 그리고 순조롭게 기능하는 행정 바로 그것이었다. 지나는 길에 말하자면 바로 그 때문에 화자는 그 어떤 것도 배반하지 않기 위해, 특히 자기 자신을 배반하지 않기 위해 객관성을 지니려 애썼던 것이다. 화자는 이야기를 어느 정도 일관성 있게 맺어주기 위해 기본적으로 필요한 것들 외에는 예술적 효과를 위해 그 무언가를 변형시키려 하지 않았다. 따라서 그 시기에 가장 널리 퍼져 있었고 가장 심각했던 큰 고통이 바로 이별의 감정이라는 사실을 기록할 수밖에 없으면서도 화자는 그 엄청난 고통이 이미 비장감을 상실하고 있었다는 사실을 덧붙일 수밖에 없다. 그것이 객관적인 사실이기 때문이다.

그렇다면 우리의 시민들, 적어도 그 이별로 인해서 가장 큰 고통을 받았던 사람들은 이 상황에 익숙해졌던 것인가? 익숙해졌다고 말하는 것은 결코 정확한 표현이 아닐 것이다. 그보다는 차라리 육체적으로나 정신적으로나 '헐벗은' 상태에 빠지게 되었고 그로 인해 고통 받았다고 말하는 것이 더 정확할 것이다. '헐벗은'이라는 형용사를 사용했지만 실은 그리운 사람이 구체적인 모습과 살(肉)을 잃게 되었다는 뜻이다. 페스트 초기만 해도 그들은 잃어버린 사람을 또렷이 기억하고 그리워했다.

그러나 사랑하는 사람의 얼굴과 웃음, 지금 생각해 보니 행복했었음을 알 수 있는 그 어떤 날은 또렷하게 기억할 수 있었지만 그 사람을 그려보는 이 순간, 이제 멀어져 버린 그곳에서 그 사람이 무엇을 하고 있는지 상상하기는 어려웠다. 요컨대 그 시기의 그들에게 기억은 있었지만 상상력은 부족했다. 이어서 페스트가 2단계로 접어들자 기억도 희미해졌다. 그 얼굴을 잊은 것이 아니었다. 그 얼굴에 살이 없어지는 상태, 그러니까 '헐벗은' 상태가 되어버린 것이며 그 얼굴을 마음속에서 알아볼 수 없게 된 것이다. 그러자 처음 몇 주간 그들은 그들의 사랑에서 오로지 그림자만 상대하게 되었다는 사실로 괴로워했다. 이어서 그들은 그들이 추억 속에 간직해온 희미한 색깔마저 잃게 되면서 그 그림자에서조차 살이 더 빠질 수 있다는 것을 깨닫게 되었다. 이별이 길어지자 그들은 그들이 누리고 있던 친밀감을 더 이상 상상할 수 없었으며 언제고 어깨에 손을 얹을 수 있는 존재가 어떻게 자신들 곁에 있을 수 있었는지 상상조차 할 수 없었다.

그런 점에서 그들은 페스트의 질서 바로 그 안에 들어가 있는 셈이었다. 그리고 그 질서란 보잘것없으면 없을수록 더 효력을 발휘하는 그런 질서였다. 우리 도시에서는 이제 그 누구도 위대한 감정을 품지 않았다. 대신 모두 단조로운 감정만 지니고 있었다. '이제 끝날 때도 되었는데'라고 우리의 시민들은 되뇌었다. 재앙이 계속되는 동안에는 집단적인 고통이 끝나기를 바라는 것이 당연한 일이고 실제로도 그렇게 되기를 바랐기 때문이었다. 하지만 그런 바람 속에도 초기의 간절함이나 쓰라린 감정은 들어있지 않았다. 그것은 이성에서 나온, 우리에게 아직 분명하게 남아 있긴 해도 빈약하기 짝이 없어진 그 이성에서 나온 바람이었다. 그것을 체념으로 간주할 수는 없을지 몰라도 일종의 잠정적인 동의라고는 말할 수 있다.

우리 시민들은 순종했다. 말하자면 적응한 것이다. 달리 방법이 없었기 때문이다. 당연히 그들은 여전히 불행과 고통의 몸짓을 보여주고 있었다. 하지만 그것을 더 이상 뼈저리게 생각하지 않았다. 그런데 리외 같은 사람은 그것이 더 불행한 일이라고, 절망 자체보다 절망이 습관이 되어버린 것이 더 나쁜 일이라고 생각했다. 전에는 이별한 상태에서도 그들은 정말로 불행하지는 않았다. 그 고통 안에는 불꽃이 있었기 때문이다. 그런데 그것이 꺼져버린 것이다. 이제 길모퉁이나 카페에서, 혹은 친구 집에서 평온하면서도 무심한 눈길과 언제나 마주칠 수 있었다. 그 눈빛이 하도 권태에 젖어 있어 마치 도시 전체가 대합실 같았다. 여전히 직장이 있는 사람들은 페스트와 보조를 맞춰 꼼꼼하게, 하지만 생기라곤 없이 일을 해나갔다. 모두 겸손해졌다. 이제 이별한 사람들은 이곳에 없는 사람에 대해 별 혐오감 없이 이야기하게 되었고 마치 제삼자 같은 말투를 쓰면서 자기들이 겪고 있는 이별을 전염병 통계를 바라보는 것과 같은 시각으로 바라보게 되었다. 이제까지는 자기들의 고통을 집단적 불행과 떼어놓으려 애썼지만 이제는 그 둘이 하나로 뒤섞였다. 그들은 기억도, 희망도 없이 현재 속에 자리 잡고 있었다. 정말로 모든 것이 그들에게는 현재가 되었다. 페스트가 모두에게서 사랑할 수 있는 힘, 심지어 우정을 나눌 힘마저 빼앗아가 버렸다는 말도 덧붙여야겠다. 사랑에는 어느 정도의 미래가 필요한 법인데 우리에게는 순간밖에 남은 것이 없었던 것이다.

물론 이 모든 것이 절대적이지는 않았다. 이별 중인 사람들이 모두 동시에 그런 상태에 빠져든 것도 아니며 일단 새롭게 무감각 상태에 빠졌다가도 갑자기 섬광처럼 각성이 들어 더욱 새롭고 고통스러운 감수성을 되찾는 순간도 있었기 때문이었다. 하지만 그런 순간은 오래 갈 수 없었다. 그것은 마치 되돌아보고 점검할 것이라곤 공허밖에 남지 않은 죄수에게 갑자기 그런 순간이 찾아온 것과 마찬가지로 가혹한 일이었다. 그 순간은 미래가 없는 곳에서 미래를 생각해야 하는 고통의 순간이었다. 따라서 그들은 곧 무기력 상태로 돌아가 다시 페스트 속에 묻혀버렸다.

이미 이해했겠지만 그 모든 것은 바로 그들이 지니고 있던 가장 개인적인 일을 포기하는 것을 의미했다. 이제 그들은 남들이 관심 있는 일에만 관심을 가졌고 남들이 생각하는 대로 생각했다. 그리하여 가장 개인적인 사랑마저도 추상적인 모습으로 나타났다. 그들은 하도 강하게 페스트에 사로잡혀 있었기에 꿈속에서나 겨우 희망을 품을 수 있는 정도였고 '그놈의 림프절 멍울 제발 좀 끝났으면!'이라고 생각하는 자신의 모습에 놀라기도 했다. 그러나 사실상 그들은 이미 잠들어 있었고 그 기간 전체가 하나의 긴 잠일 뿐이었다. 도시는 눈뜬 채 잠든 사람들로 가득 차 있었다. 그리고 그들은 한밤중에 굳게 닫혀 있던 상처가 갑자기 다시 터지는 순간, 그 드문 순간에만 그 운명에서 잠시 벗어날 수 있었다. 그 순간 그는 다시 고통을 느끼고 잃어버린 사랑 생각에 얼굴이 일그러진다. 그러나 아침이 되면 그들은 다시 재앙 속으로, 다시 말해 타성적인 일상으로 돌아갔다.

이제 우리는 그 이별한 사람에게서 그들이 페스트 초기에 지니고 있던 일종의 특권조차 사라졌다고 말할 수 있다. 그들은 결국 사랑의 에고이즘을 상실했고 그 에고이즘에서 얻어낼 수 있는 이점을 상실했다. 최소한, 이제, 상황이 명백해졌다. 재앙은 그 어느 구석 하나 남김없이 모든 것에 손을 댔다. 우리는 모두 시의 출입문에서 울리는 총소리, 우리의 삶과 죽음을 분명히 나누어주는 도장 직인 한가운데서, 화재와 기록 카드와 공포와 절차 한가운데서, 화장터의 무시무시한 연기와 앰뷸런스의 한가로운 사이렌 소리 한가운데서 치욕적인 죽음을 기다리며 사망자 명부에 기록되기를 기다리고 있었다. 우리는 우리도 모르는 새 유배라는 똑같은 빵을 먹으며 똑같은 결합의 시간이, 똑같은 평화가 갑자기 찾아오기를 기다리고 있었다. 우리의 사랑이 거기 있었던 것은 분명했지만 그것은 무용지물이었고 지니고 다니기에 무거웠으며 생명력을 잃었고 범죄나 유죄판결처럼 불모였다. 사랑은 기약 없는 인내, 목적 없는 기다림일 뿐이었다. 그런 점에서 이별 중인 몇몇 시민들의 태도는 시내 곳곳의 식료품 가게 앞에 길게 줄을 서 있는 행렬을 연상시켰다. 그 둘은 똑같이 끝도 없고 희망도 없는, 똑같은 체념이었고 똑같은 인내심이었다. 다만 이별의 감정은 가게 앞에 줄을 선 사람들의 감정에 천 배를 더 곱해야 할 것이다. 그것은 다른 종류의 배고픔이었고 그 배고픔은 모든 것을 집어삼킬 수 있는 것이기 때문이다.

어쨌든 이 도시의 이별한 사람들의 정신 상태가 어떤 것인지 정확히 알고 싶다면 사람들이 온 거리로 쏟아져 나오는 동안 나무 한 그루 없는 이 도시 위로 쏟아져 내리고 있는 먼지 자욱한 황금빛 저녁, 영원할 것 같은 그 저녁을 상기해야 한다. 그럴 때면 아직 해가 비치고 있는 테라스 쪽으로, 늘 들리곤 하던 차량 소리와 기계 소리, 이 도시의 언어라고 할 수 있는 그 소리가 사라진 가운데, 이상하게도, 발소리와 둔중한 목소리가 빚어내는 거대한 웅성거림밖에는 들려오지 않는다. 무겁게 짓누르는 하늘에서 들리는 재앙의 휘파람 소리에 리듬을 맞춰 수많은 구두창들이 고통스럽게 미끄러지는 소리, 숨을 막히게 하는 저 끝없는 제자리걸음 소리가 마침내 온 시가지를 가득 채웠으며, 그 소리는 '사랑' 대신 우리의 마음을 차지하고 있던 '맹목적인 집착'에게 매일 저녁 가장 충실하면서도 가장 음울한 목소리를 전해주고 있었다.

제4부

***

　9월과 10월 두 달 동안 페스트는 도시를 완전히 자기 발밑에 무릎 꿇렸다. 이어지는 수 주일 동안 수십만의 사람들은 제자리걸음을 할 수밖에 없었기에 여전히 제자리걸음만 했다. 하늘에서는 안개와 더위와 비가 이어졌다. 남쪽에서 날아온 찌르레기와 개똥지빠귀 무리가 높이 떠서 도시를 선회하더니 조용히 날아갔다. 마치 재앙이 이 도시 지붕 위를 날아다니면서 그 새들을 쫓아낸 것 같았다. 10월 초에는 억수 같은 소나기가 거리를 쓸어내렸다. 그동안 이 거대한 제자리걸음 외에는 아무 일도 일어나지 않았다.

그즈음 리외와 그의 친구들은 자신들이 얼마나 지쳐 있는지를 알게 되었다. 사실 의료봉사대 사람들은 더 이상 피로를 감당할 수 없었다. 의사 리외는 자신의 친구들과 자신에게서 이상하게도 무관심한 태도가 증가하는 것을 보고 그 사실을 깨달았다. 그들은 이제까지는 페스트에 관한 모든 소식에 깊은 관심을 보여왔지만 이제는 그저 심드렁해졌던 것이다.

랑베르는 얼마 전부터 자기가 묵고 있는 호텔에 설치된 격리소를 관리하고 있었다. 그는 자신이 관찰해야 하는 사람의 숫자를 정확히 알고 있었다. 그는 갑자기 증세를 보이는 사람을 즉각 후송할 수 있는 시스템을 구축해 놓았으며 그 시스템에 관한 사항은 세세한 것까지 훤히 꿰차고 있었다. 하지만 일주일 동안 페스트 희생자가 몇 명 발생했는지, 페스트가 더 심해졌는지 아닌지에 대해서는 알지 못했다. 그런 가운데도 그는 곧 탈출할 수 있으리라는 희망을 여전히 품고 있었다.

다른 사람들은 밤낮으로 오로지 자신의 일에 매달린 채 신문도 읽지 않고 라디오도 듣지 않았다. 누가 결과를 알려주면 관심을 기울이는 척했지만 실제로는 멍한 가운데 무심코 흘려들었을 뿐이었다.

그랑은 페스트와 관련된 통계 업무를 계속 맡고 있었지만 그 통계가 보여주는 전반적인 결과를 적시하지는 못했을 것이다. 타루와 랑베르, 그리고 리외가 피로를 잘 견뎌낸 것과 달리 그의 건강은 좋았던 적이 없었다. 그런데도 그는 시청 보조 직원이라는 직책과 리외의 사무실에서의 일, 그리고 자신의 야간작업을 동시에 수행하고 있었다. 그는 계속 기진맥진해 있으면서도 페스트가 끝나면 최소한 일주일 간의 휴가를 얻어 '모자를 벗으시오'라는 말이 나올 수 있도록 자신의 일에 적극적으로 매달리리라는 희망으로 버티고 있었다. 그는 갑자기 감상에 빠질 때도 있었는데 그럴 경우에는 리외에게 떠나버린 아내 잔 이야기를 하면서 그녀는 지금 어디 있을까, 신문을 읽고 있을까, 혹시 자기 생각을 하고 있을까 궁금해했다. 어느 날 리외는 그랑과 이야기를 나누면서 자신이 지극히 담담한 어조로 아내 이야기를 하고 있는 것을 알고 깜짝 놀랐다. 전에는 아내 이야기를 누구에게도 해본 적은 없었다. 늘 괜찮다고만 하는 아내의 전보를 믿을 수 없어서 그는 요양원 담당 의사에게 전보를 보냈었다. 그는 환자의 상태가 악화되었다는 소식과 함께 악화를 막기 위해 최선을 다하겠다는 다짐을 답신으로 받았다. 그는 그 소식을 혼자 간직하고 있었다. 그런데 그랑에게 그 소식을 털어놓다니! 아무래도 피곤 때문이라고밖에는 설명할 길이

제4부

211

없었다. 시청직원이 잔에 대해 이야기한 후 자신의 아내에 대해 묻기에 대답한 것이다.

"아시겠지만," 그랑이 말했다. "그런 병은 이제 쉽게 치료할 수 있잖아요."

리외는 그렇다고 동의하면서 다만 헤어진 기간이 좀 길어지고 있다며 자기가 곁에 있으면 아내가 병을 이겨내는 데 도움이 될 수 있을 텐데 지금 그러지 못하니 그녀가 너무 외로울 것이라고 말했다. 그런 후 그는 입을 다물고 그랑이 물어보는 말에만 마지못해 대답했다.

다른 사람들도 상황은 마찬가지였다. 타루는 남보다 잘 견뎌내고 있었으나 그의 수첩을 보면 비록 관심의 깊이는 여전했지만 다양성은 사라지고 없었다. 실제로 그 기간 내내 그는 코타르에게만 관심을 기울이고 있는 것 같았다. 호텔이 격리 장소로 바뀐 뒤부터 그는 마침내 리외의 집에서 지내게 되었는데 저녁에 그랑이나 의사가 그날의 결과에 대해 말해주어도 거의 귀를 기울이지 않았다. 그런 후 그는 화제를 곧바로 그가 관심을 두고 있는 오랑의 사소한 일상으로 돌리곤 했다.

이번엔 카스텔 이야기를 잠깐 하겠다. 그는 리외에게 혈청이 준비되었다고 알려주러 왔다. 카스텔과 리외는 오통 씨의 어린

아들에게 첫 번째 시험을 해보기로 결정했다. 바로 전에 오통 씨의 아들이 병원에 후송되어 왔는데 리외가 보기에 절망적인 상황이었다. 상의가 끝난 후 리외는 노의사 카스텔에게 최근의 통계를 알려주었다. 그런데 도중에 상대방이 안락의자에 몸을 깊숙이 묻고 잠이 들어있는 것을 알았다. 평소에는 부드러우면서도 비웃는 듯한 표정에서 영원한 젊음을 느꼈었는데 갑자기 맥이 풀린 채 반쯤 열린 입술 사이로 침이 흐르는 그 얼굴, 피로와 노쇠의 기미가 엿보이는 그 얼굴을 보고 리외는 목이 조이는 것 같았다.

리외 자신도 이미 환상 따위는 갖고 있지 않았다. 언제 끝이 보일지 모르는 이런 시기에 환자를 치료하는 것이 자신의 역할이 아니라는 것을 그는 알고 있었다. 그의 역할은 진단하는 것이었다. 발견하고, 살펴보고, 기록하고, 등록하고, 이어서 선고를 내리는 것, 그것이 바로 그의 역할이었다. 환자의 아내들이 그의 손목을 잡고 울부짖었다.

"선생님, 제발 살려주세요!"

하지만 그는 환자를 살려주기 위해 그곳에 있는 것이 아니었다. 그는 격리를 명령하기 위해 그곳에 있었다. 그때 사람들의 얼굴에서 증오심을 읽었다 한들 무슨 소용이 있었겠는가? 어느 날 누군가가 그에게 "당신은 인정머리가 없어요"라고 말했다. 천만에, 그는 인정이 있는 사람이었다. 그는 바로 그 인정 때문에 살기 위해 태어난 사람들이 죽어가는 모습을 매일 스무 시간씩 참아낼 수 있었다. 그 인정 때문에 매일 다시 시작할 수 있었다. 그리고 이제는 꼭 그 정도의 인정밖에 남지 않았다. 그 인정만으로 어떻게 사람을 살릴 수 있단 말인가?

그렇다, 그가 하루 종일 나눠준 것은 도움이 아니라 정보였다. 그것을 인간으로서 해야 할 직분이라고 부를 수는 없었다. 하지만 공포에 휩싸여 죽어가는 군중들 한가운데서 인간으로서의 직분을 수행할 정도로 여유 있는 사람이 누가 있단 말인가? 피곤한 것이 차라리 다행이었다. 만일 리외가 아직 기진맥진해 있지 않았다면 어디에나 퍼져 있는 죽음의 냄새로 인해 그는 감상적이 되었을 것이다. 하지만 잠을 네 시간밖에 자지 못하면서 감상적이 될 수는 없는 법이다. 사물을 있는 그대로, 말하자면 정의(正義)의 눈으로, 그 끔찍하고 가소로운 정의의 눈으로 보게 되는 것이다. 그리고 다른 사람들, 페스트로 사형선고를 받은 사람들도 그것을 분명히 느끼고 있었다. 페스트가 발생하기 전, 사람들은 그를 구원자로서 맞이했다. 알약 세 개와 주사 한 대로 모든 것을 해결할 수 있었고 사람들은 그의 팔을 잡고 복도까지 배웅했다. 그것은 기분 좋은 일이면서 동시에 위험했다. 그런데 이제는 정반대로 그는 군인들과 함께 다녔다. 그리고 개머리판으로 대문을 두드려야 가족이 마지못해 문을 열었다. 가족들은 리외도 함께, 아니 인류 전체를 함께 죽음 속으로 끌고 가고 싶은 심정이었으리라. 아, 인간은 인간 없이는 살 수 없다는 것, 리외 역시 그들 불행한 사람처럼 박탈당한 사람이었다는 것, 그들을 떠나면서 리외의 마음속에서 점점 커지던 그들을 향한 동정을 리외 역시 받아야만 하는 사람이었다는 것, 그것이 사실이었다.

그런데 바로 그 도시에 지치거나 절망한 것 같지 않은 사람, 만족감이 고스란히 살아 있는 모습을 보이는 사람이 한 명 있었다. 코타르였다. 그는 다른 사람들과의 관계를 유지하면서도 따로 떨어져 있는 존재였다. 그런데 그는 타루의 일에 방해가 되지 않는 한 자주 타루를 만나고 싶어 했다. 한편으로는 타루가 자신의 처지를 잘 알고 있기 때문이었으며 다른 한편으로는 타루가 이 작은 키의 연금생활자를 언제나 따뜻하게 맞아주었기 때문이었다. 늘 놀랄 수밖에 없는 일이었지만 타루는 힘든 일을 하면서도 언제나 친절하고 배려가 깊었다. 저녁에 제아무

리 녹초가 되었더라도 그는 다음 날 아침이면 기운을 되찾곤
했다.

"그 사람하고는 말이 통하지." 코타르는 랑베르에게 말하곤
했다. "진짜 사내예요. 언제나 이해심이 깊고요."

그 때문에 그 시절 타루의 노트는 차츰 코타르라는 인물에게
로 집중되었다. 타루는 코타르가 자신에게 전해주는 대로, 혹은
자신이 해석한 바에 따라 그의 반응과 생각들을 정리해서 보여
주려고 애썼다. 그는 '코타르와 페스트와의 관계'라는 제목하
에 수첩의 여러 페이지를 코타르에 할애했다. 화자는 그 내용
을 대략적이나마 여기서 소개하는 것이 도움이 되리라고 생각
한다. 그 자그마한 연금생활자에 대한 타루의 전반적인 의견은
그의 이런 한 마디 판단 속에 압축되어 있다.

'그는 성장하고 있는 인물이다.'

어쨌든 외관상으로 코타르는 좋은 기분을 유지하고 있는 가
운데 성장하고 있었다. 그는 사태가 진행되는 추이에 대해 불
만이 없었다. 그는 가끔 타루 앞에서 다음과 같은 몇 마디 말로
자신의 속생각을 드러내곤 했다.

"물론 더 나아지는 건 없어요. 하지만 적어도 모든 사람들이
함께 연루되어 있지요."

이어서 타루는 코타르에 대해 다음과 같이 덧붙였다.

물론 그도 다른 사람들과 마찬가지로 위협받고 있다. 하
지만 다른 사람들과 함께 위협을 받고 있다는 것, 그 사
실이 그에게 중요하다. 그리고 단언하건대 그는 자기도
페스트에 걸릴 수 있다는 문제에 대해서는 별로 신경을
쓰지 않는다. 그는 큰 병에 한 번 걸렸거나 큰 불안에 사
로잡혔던 사람은 다른 모든 병이나 불안에 면역이 되어
있다고 생각하면서 지내는 것 같으며 별로 터무니없는
생각도 아니다. 그가 내게 이렇게 말했다.
"사람에게 여러 가지 병이 겹치지 않는다는 걸 아세요?
가령 당신이 중증의 암이나 심한 결핵처럼 치료가 불가
능한 병에 걸려있다면 페스트나 티푸스에는 절대 걸리지
않아요. 그건 불가능하지요. 그뿐이 아니에요. 암 환자가
자동차 사고로 죽는 걸 본 적이 있어요?"
옳건 그르건 간에 그런 생각 덕분에 코타르는 기분 좋게
지냈다. 그가 원치 않는 단 한 가지는 다른 사람들과 격
리되어 지내는 것이다. 그는 혼자 죄수로 지내기보다는
다른 사람들과 함께 포위 공격을 당하는 편이 낫다고 생

각한다. 페스트와 함께 하는 한 내사(內査)건 서류건 예심이건 체포건 전부 다 아무 문제가 되지 않는다. 정확하게 말한다면 이제는 더 이상 경찰도 없고 지난 범죄도 새로운 범죄도 없으며 죄인도 없다. 있다면 그저 언제 내릴지 모를 특별사면을 무턱대고 기다리는 사형수들만 있을 뿐이다. 게다가 그런 사형수들에 경찰도 포함되어 있다.

역시 타루의 해석에 따르는 것이지만 코타르는 우리의 시민들이 보이는 불안과 혼란의 징후에 대해서도 너그러운 태도, 혹은 다 잘 안다는 듯한 태도를 보였으며 그것 역시 근거가 있었다. 말하자면 그 심정은 '어디 계속 지껄여 봐. 내가 너희들보다 앞서서 다 겪은 일이야'라는 말로 표현될 수 있다. 다시 타루의 노트로 돌아가 보자.

타인으로부터 격리되지 않는 유일한 방법은 무엇보다도 양심을 갖는 것이라고 그에게 아무리 말해줘도 소용없었다. 그는 심술궂은 눈초리로 나를 바라보더니 말했다. "만일 그렇다면 그 누구도 다른 사람과 어울릴 수 없을 겁니다." 이어서 그가 덧붙였다.

"당신은 예외일 거요. 내가 장담하지. 어쨌든 사람들을 함께 묶어줄 수 있는 유일한 방법은 페스트를 안겨주는 겁니다. 주위를 한번 둘러봐요."

사실 나는 그가 무슨 말을 하고 있는지 잘 알고 있으며 지금 누리고 있는 삶을 그가 얼마나 편하게 여기는지도 잘 알고 있다. 그는 지금 페스트에 갇힌 채 사람들이 보이는 모든 생각과 몸짓, 그들의 간절함과 열망을 미리 경험했다. 결론적으로 페스트는 그에게 성공을 안겨준 셈이다. 페스트는 고독한 사람과 고독을 원치 않는 사람을 공모자로 만든다. 그렇다, 그는 공모자였고 그것도 즐겁게 공모자가 된 것이다. 그는 눈에 띄는 모든 것, 온갖 미신들, 당치 않은 두려움, 불안한 영혼들이 보이는 신경과민의 공모자가 된 것이다. 그 병이 두통으로부터 시작된다는 것을 안 뒤부터 머리가 조금만 아파도 창백해지고 불안해지는 심정, 그 무언가 잊는 것을 병의 공격이라 여기고 바지 단추 하나만 잃어버려도 상심해서 초조하고 예민해지면서 마침내 불안정한 상태에 빠져버리는 감수성, 이 모든 것들을 미리 겪은 공모자가 된 것이다.

그렇지만 코타르의 태도에 악의는 전혀 없었다고 타루는 평가했다. 코타르가 "나는 저 모든 것을 전에 이미 겪었다"라고 말할 때 그의 태도는 의기양양해 보이기보다는 불행해 보였다. 타루는 이렇게 적었다.

 그는 하늘과 도시의 벽 사이에 갇힌 사람들을 사랑하기 시작했다고 생각한다. 예를 들어 그는 할 수만 있다면 그들에게 그게 생각만큼 끔찍하지 않다고 기꺼이 설명해주었을 것이다. 그는 내게 이렇게 단언하듯 말했다. "저들이 하는 말 들리지요? 페스트가 끝나면 이걸 해야지, 저걸 해야지 하는 소리 말입니다…… 그들은 얌전히 있지 못해서 자신들의 삶을 망치고 있는 거예요. 자기들이 지금 지니고 있는 유리한 점에 대해서는 모르고 있어요. 내가, 체포되면 이런 걸 해야지, 라고 말할 수 있을까요? 체포는 시작이지 끝이 아니거든요…… 하지만 페스트는…… 내 생각을 말해볼까요? 저 사람들은 그저 돼가는 대로 내버려 두지 않아서 불행한 겁니다. 내가 분명히 알고서 하는 말입니다."

이어서 타루는 다음과 같이 덧붙였다.

그는 실제로 그가 무슨 말을 하는지 알고 있었다. 그는 오랑 시 주민들이 보이는 모순된 모습을 정확히 파악하고 있다. 그들은 자기들을 가깝게 해줄 수 있는 온기가 필요하다는 것을 절실하게 느끼면서도 서로 간의 불신 때문에 서로 멀리하면서 그것을 포기하고 있다. 이웃을 믿을 수 없다는 것을, 자신도 모르는 사이에 페스트를 옮겨줄 수도 있다는 것을, 방심한 틈을 타서 감염시킬 수도 있다는 것을 너무나 잘 알고 있기 때문이다. 코타르처럼 사람과 가까워지고 싶으면서도 그 사람이 밀고자일 수도 있다고 생각하며 지내온 사람들은 이 감정을 이해할 수 있다. 페스트가 당장이라도 자기 어깨를 낚아챌 수 있다고 생각하며 살아가는 사람들의 심정, 아직 건강하다고 기뻐하는 바로 그 순간에 페스트가 자신을 낚아챌 준비를 하고 있으리라고 생각하며 살아가는 사람들의 심정에 공감하는 것이다. 하지만 달리 말한다면 이 모든 것을 남들과 달리 먼저 느꼈기에 그는 이 불확실함이 주는 잔인함을 남들과 똑같이 맛보지는 못한다. 남들에게 공감하기는 하되 그는 여전히 다른 사람이다. 요컨대 아직 페스트로 죽지 않은 우리들, 그런 우리들과 지내면서 그는 자신의 자유와 삶이 파괴되기 일보 직전일 수도 있다는 것을 느끼며 산다. 그런데 그는 자신이 공포 속의 삶을 경험했기 때문에 다른 사람들도 공포를 겪는 지금의 상황이 당연하고 정상적이라고 생각한다. 더 정확하게 말한다면 그는 혼자일 때보다는 지금이 그 공포를 훨씬 덜 힘든 것처럼 여기는 것이다. 바로 그 점에서 그는 잘못 생각하고 있는 것이며 그가 다른 사람보다 이해하기 힘든 것도 그 때문이다. 하지만 바로 그 이유 때문에 다른 사람보다 그를 이해하려는 노력을 더 경주할만한 가치가 있다.

타루의 기록은 코타르뿐 아니라 페스트에 사로잡힌 사람들에게서 동시에 발견되는 특이한 정신 상태를 보여주는 한 가지 일화로 맺고 있다. 이 일화는 이 시기의 어려운 분위기를 그대로 보여주고 있기에 화자는 그 일화를 꽤 중요하게 생각한다.

타루와 코타르는 「오르페우스와 에우리디케」를 상연하는 시립 오페라 극장에 갔다. 코타르가 타루를 초대한 것이다. 어느 극단이 페스트가 우리의 도시에 출현하던 그해 봄에 이곳으로 왔다.

그런데 페스트로 인해 옴짝달싹하지 못하게 되자 어쩔 수 없이 극장과 계약을 맺고 매주 한 번씩 그 공연을 하기로 했다. 그 결과 몇 달 전부터 금요일이면 시립극장에서 오르페우스의 감미로운 탄식 소리와 에우리디케의 애절한 호소가 울려 퍼졌다. 이 공연은 계속 사람들에게 인기가 있었고 매번 흥행에 성공했다.

가장 비싼 좌석에 앉은 코타르와 타루는 최고로 세련되게 차려입은 시민들로 초만원을 이룬 아래층 일반석을 내려다보고 있었다. 사람들은 몇 시간 전 도시의 어두컴컴한 거리에서는 볼 수 없었던 침착함을 되찾고 있었다. 그들의 화려한 복장이 페스트를 몰아낸 것이다.

1막이 상연되는 동안 오르페우스는 능수능란하게 하소연을 했고 아리에타 형식의 사랑 노래를 불렀다. 청중들은 정중하면서도 열띤 반응을 보였다. 2막에서는 오르페우스가 악보에도 표시되지 않은 비장한 어조로 지옥의 주인을 감동시키기 위해 눈물로 호소했다. 이어서 제3막에서 오르페우스와 에우리디케

의 이중창이 시작되면서(에우리디케가 사랑하는 연인 품에서 벗어나는 순
간이다.) 일종의 놀라움이 장내에 퍼지기 시작했다. 고대 의상을
입은 가수는 그런 청중의 동요를 기다리고 있었다는 듯 손과
발을 벌린 채 그로테스크한 몸짓으로 무대 앞쪽으로 걸어 나오
더니 목가적인 무대장치 한복판에 그대로 쓰러졌다. 동시에 오
케스트라가 연주를 그치고 아래층 관객들이 자리에서 일어나
홀에서 빠져나가기 시작했다. 처음에는 조용히, 마치 미사가 끝
나고 성당에서 나오듯이, 혹은 문상을 마치고 빈소에서 나오듯
이 여자들은 치마폭을 여미고 고개를 숙인 채, 남자들은 동반
한 여자들의 팔꿈치를 잡고 보조 의자에 걸리지 않도록 도와
주면서 밖으로 나왔다. 그러나 차츰 움직임이 빨라졌고 속삭임
은 고함으로 변했다. 이윽고 군중들이 입구에 몰리자 모두 서
두르기 시작했고 마침내 아우성을 치며 서로 밀쳐댔다. 자리에
서 일어난 코타르와 타루는 당시의 그들의 삶의 이미지를 그대
로 보여주는 그 광경을 바라보며 그대로 서 있을 수밖에 없었
다. 무대 위에는 광대 모습으로 분장한 채 쓰러진 페스트가 있
었으며 홀에는 버려진 부채와 붉은 의자 위에 걸린 붉은 숄 등,
이제 쓸모없게 된 사치가 있었다.

***

9월 초순 동안 랑베르는 리외 곁에서 열심히 일했다. 곤잘레스와 두 젊은이를 남자 고등학교 앞에서 만나기로 한 날만 휴가를 청했을 뿐이었다.

그날 정오 곤잘레스와 기자는 작은 키의 두 청년이 웃으며 다가오는 것을 보았다. 그들은 지난번에는 운이 나빴지만 그정도는 각오해야 한다고 말했다. 어쨌든 이번 주는 그들이 경비를 서는 주가 아니었기에 다음 주까지 참고 기다려야 했다. 곤잘레스가 다음 주 월요일에 만나자고 제안하더니 이번에는 랑베르가 아예 마르셀과 루이 집으로 옮기는 게 어떻겠냐고 말했다. 마르셀인지 루이인지가 좋은 의견이라며 지금 당장 랑베르를 데리고 가는 게 좋겠다고 말했다. 랑베르가 까다로운 사람만 아니라면 자기네 어머니를 비롯해 네 명이 먹을 양식은 충분하다는 것이었다. 곤잘레스가 좋은 생각이라고 말했다. 그들은 항구 쪽을 향해 내려갔다.

마르셀과 루이는 마린 구역 끝쪽, 해안도로를 향해 난 도시출입문 근처에 살고 있었다. 스페인식으로 지은 조그만 집이었는데 방은 어두컴컴하고 아무런 장식도 없었다. 청년들의 어머

제4부

225

니가 쌀밥을 지어주었다. 그녀는 늙은 스페인 여자였는데 웃음 띤 얼굴에는 주름이 가득했다. 곤잘레스는 쌀밥을 보고 깜짝 놀란 표정을 지었다. 시내에서는 쌀이 이미 떨어져 있었기 때문이었다. 그러자 마르셀이 "출입문에서는 그럭저럭 구할 수 있어요"라고 말했다. 랑베르는 먹고 마시면서 앞으로 일주일을 어떻게 보내야 할 것인지에 대해서만 생각하고 있었다.

두 청년은 일주일이라고 했지만 실제로는 이 주일을 기다려야 했다. 보초 수를 줄이기 위해 보름 만에 교대를 했던 것이다. 그 보름 동안 랑베르는 그야말로 몸을 아끼지 않고 열심히 일했다. 어떻게 보면 두 눈을 감은 채 새벽부터 밤까지 일에 매달렸다고 할 만했다. 그는 곧 있게 될 탈출에 대해서는 리외에게 한마디도 하지 않았다.

그러던 어느 날 병원을 떠나려는 랑베르에게 리외가 갑자기 말했다.

"오늘 아침 예심판사 오통 씨가 선생 이야기를 하더군요. 당신을 아느냐고 묻더니 '그렇다면 밀거래 꾼들과 어울리지 말라고 충고 좀 해주십시오'라고 하더군요."

"그게 무슨 뜻인가요?"

"당신이 서둘러야 한다는 뜻이지요."

"고맙습니다." 랑베르가 의사의 손을 잡으며 말했다.

문 앞에서 랑베르가 갑자기 고개를 돌렸다. 페스트가 발생한 이래 그의 미소를 보는 것은 처음이었다.

"그런데 왜 내가 떠나는 걸 막지 않으시는 겁니까? 막을 방법이 있잖습니까?"

리외는 버릇대로 고개를 끄덕이며 그건 랑베르의 문제다, 랑베르는 행복을 선택한 것이며 자신은 그에 반대할 만한 근거가 없다고 말했다. 그는 이런 일에 대해 어느 것이 옳고 어느 것이 그른지 판단한 능력이 없다고 느낀다고 말했다.

"그러면서 왜 서두르라고 말씀하시는 겁니까?"

이번에는 리외가 미소를 지었다.

"아마 나 역시 행복을 위해 뭔가 하고 싶은가 보지요." 다음날 함께 일을 하면서도 두 사람은 그 문제에 대해 아무 말도 하지 않았다.

다음 주에 랑베르는 마침내 그 조그만 스페인 집으로 거처를 옮겼다. 그들은 랑베르를 위하여 거실에 침대를 하나 들여놓았다. 젊은 아들들이 식사하러 오는 일도 없었고 또 되도록 밖에 나가지 말라는 다짐도 있었기에 랑베르는 대부분 시간을 혼자 보내거나 그들의 늙은 어머니와 잡담을 하며 지냈다. 저녁때가

제4부

227

되면 젊은이들이 돌아왔다. 그들은 아직 때가 되지 않았다고만 말했을 뿐 별말이 없었다. 저녁 식사 후에 마르셀은 기타를 쳤고 그들은 함께 아니스 술을 마셨다.

수요일 저녁, 마르셀이 들어오면서 말했다.

"내일 자정입니다. 준비하고 있어요."

그들과 함께 근무하던 두 명 중 한 명이 페스트에 걸렸고 그와 같은 방을 쓰던 사람이 격리되었기 때문에 이삼일은 마르셀과 루이만 보초를 서게 되리라는 것이었다. 랑베르는 고맙다고 말했다. "기쁘세요?"라고 노파가 묻자 랑베르는 그렇다고 대답했다. 하지만 그의 생각은 다른 곳에 가 있었다.

이튿날, 하늘은 무겁게 짓누르고 있었고 더위와 습기에 숨이 막힐 것 같았다. 페스트 상황은 별로 좋지 않았다. 오후 네 시가 되자 랑베르가 갑자기 외출하겠다고 마르셀과 루이에게 말했다.

"조심해요." 마르셀이 말했다. "오늘 자정이에요. 모든 게 다 준비됐어요."

랑베르는 리외의 집으로 갔다. 리외의 어머니가 초소 근처 병원으로 가면 리외를 만날 수 있을 것이라고 말해 주었다. 군중들이 전과 마찬가지로 병원을 지키는 초소 앞에서 서성이고 있었다. 랑베르가 신분증을 제시하자 보초가 타루의 사무실을 가리켰다. 랑베르는 사무실로 향하면서 방금 사무실에서 나온 파늘루 신부와 마주쳤다.

약품 냄새와 축축한 시트 냄새가 나는 작고 더러운 하얀 방에서 타루가 소매를 걷어 올린 채 검은 책상 앞에 앉아 팔뚝의 땀을 손수건으로 닦고 있었다.

"아직 안 떠났어요?" 타루가 물었다.

"네, 의사 선생님께 드릴 말씀이 있는데요."

"병실에 있습니다. 꼭 만나지 않고도 해결될 일이라면 좋겠군요."

"왜지요?"

"너무 과로 상태예요. 조금이라도 일을 덜어주고 싶어서요."

랑베르는 타루를 바라보았다. 야위어 있었다. 피로로 눈이 흐릿했고 안색도 좋지 않았다. 그는 튼튼한 두 어깨를 동글게 옹크리고 있었다. 노크 소리가 나더니 흰 마스크를 쓴 남자 간호사가 나타났다. 그는 타루의 책상 위에 카드 뭉치를 내려놓고는 "여섯입니다"라는 말만 남긴 채 밖으로 나갔다. 타루가 랑베르를 바라보며 카드를 부채모양으로 펼쳐 보여주었다.

"어때요? 멋진 카드 아닙니까? 하긴 그럴 리가. 밤새 죽은 사람들입니다."

제4부

229

그의 이마에 주름이 잡혔다. 그가 다시 카드를 접었다.

"이제 할 일이라고는 계산하는 것 밖에 없습니다."

타루가 탁자를 한 손으로 짚고 일어섰다.

"곧 떠납니까?"

"오늘 밤 자정에요."

타루가 자기도 기쁘다며 랑베르에게 몸조심하라고 말했다.

"진심으로 하는 말씀입니까?"

타루가 어깨를 으쓱했다.

"내 나이쯤이면 솔직해질 수밖에 없어요. 거짓말을 하면 너무 피곤하거든."

"타루," 기자가 말했다. "죄송하지만 의사 선생을 만나고 싶습니다."

"알아요. 그 양반이 나보다 더 인간적이니까. 자, 갑시다."

"그래서가 아닙니다." 랑베르가 어렵게 말하고는 입을 다물었다.

타루가 그를 바라보더니 갑자기 미소를 지었다.

그들이 작은 복도를 따라 얼마간 걸어가니 이중 유리문이 나타났다. 타루는 유리문 앞의 벽장을 열고 소독된 마스크를 두개 꺼내더니 하나를 랑베르에게 건네면서 쓰라고 했다. 기자가 이게 도움이 되느냐고 묻자 타루는 그렇지는 않지만 다른 사람들에게 신뢰감을 주기 위해서라고 말했다.

그들은 유리문을 열고 안으로 들어갔다. 넓은 방이었는데 창문은 모두 닫혀 있었다. 벽 쪽에서 환풍기가 웅웅거리고 있었다. 사방에서 신음 소리가 들려왔는데 무슨 단조로운 하소연처럼 들렸다. 높은 곳 창살 틈으로 따가운 햇살이 쏟아져 들어오는 가운데 흰옷을 입은 사람들이 천천히 움직이고 있었다. 숨막히는 듯한 더위 때문에 랑베르는 기분이 별로 좋지 않았다. 리외는 신음 소리를 내고 있는 어느 환자에게 몸을 굽히고 있어 알아보기 어려웠다. 의사는 환자의 사타구니를 절개하고 있었고 두 간호사가 침대 양쪽에서 환자를 꼼짝 못 하게 붙잡고 있었다. 몸을 일으킨 리외가 조수가 내민 쟁반 위에 수술 도구를 내려놓고 잠시 잠자코 서서 환자를 바라보았다. 간호사들이 환자에게 붕대를 감아주고 있었다.

"새로운 소식이라도 있나요?" 타루가 리외에게 다가가자 리외가 물었다.

"파늘루 신부가 랑베르 대신 격리 수용소 일을 하겠다고 했습니다. 벌써 많은 일을 했어요. 남은 일은 랑베르를 제외하고 제3 검역반을 재편성하는 일입니다."

리외가 고개를 끄덕였다. 그러자 타루가 말했다.

"카스텔이 첫 제품을 완성했습니다. 시험해 보자고 하더군요."

"아, 그거 잘된 일이로군요." 리외가 말했다.

"그리고, 여기 랑베르가 와 있습니다."

리외가 돌아보았다. 그는 마스크 너머로 신문기자를 바라보고는 눈을 찌푸렸다.

"여기서 뭐 하는 겁니까?" 그가 말했다. "지금 다른 곳에 있어야 하지 않나요?"

타루가 오늘 밤 자정이라고 말하자 랑베르가 "예정대로라면요"라고 덧붙인 후 "드릴 말씀이 있습니다"라고 리외에게 말했다.

"괜찮다면 함께 나갑시다. 타루의 사무실에서 기다리세요."

잠시 후 랑베르와 리외는 리외의 자동차 뒷좌석에 앉았다. 타루가 운전했다.

"이제 휘발유가 동났어요." 시동을 걸면서 타루가 말했다. "내일부터는 걸어 다녀야 합니다."

"선생님," 랑베르가 말을 꺼냈다. "떠나지 않겠습니다. 여기 머물겠습니다."

타루는 아무 반응도 없이 계속 운전했다. 리외는 피곤에서 벗어나지 못하는 것 같았다.

"그럼 그녀는?" 리외가 낮은 목소리로 물었다.

랑베르는 다시 한번 곰곰 생각해 보았다며 자기 믿음에는 변함이 없지만 떠난다면 부끄러울 것이라고 말했다. 그렇게 되면 남겨두고 온 아내를 제대로 사랑하지도 못할 것 같다는 것이었다. 그러자 리외가 몸을 일으키며 단호한 목소리로 그건 어리석은 짓이며 행복을 택하는 건 부끄러운 일이 아니라고 말했다.

"맞습니다." 랑베르가 말했다. "하지만 혼자서만 행복한 건 부끄러운 일일 수 있습니다."

그러자 그때까지 한마디도 않던 타루가 그들 쪽을 쳐다보지도 않은 채, 만일 랑베르가 다른 사람들의 불행을 함께 나누게 된다면 행복을 위한 시간은 결코 얻을 수 없을 것이라고 말했다. 둘 중 하나를 선택해야 한다는 것이었다.

"그렇지 않습니다." 랑베르가 말했다. "나는 내가 이 도시에서는 이방인이고 당신들과는 아무 상관이 없다고 늘 생각했습니다. 하지만 내 눈에 들어온 것들을 보고 난 지금, 나는 내가 원하건 원치 않건 나도 이곳 사람이라는 것을 알게 되었습니다. 이 이야기는 우리 모두와 관련되어 있습니다."

아무도 대답하지 않자 랑베르는 초조해진 것 같았다.

"당신들이 잘 알고 있는 것 아닌가요! 그렇지 않다면 당신들은 이 병원에서 뭘 하는 건가요? 당신들도 선택을 했고 행복을 단념한 거잖아요."

타루와 리외는 여전히 아무 대답도 하지 않았다. 차가 의사의 집이 가까워질 때까지 오랫동안 침묵이 이어졌다. 그러자 랑베르가 아까 한 질문을 더욱 힘주어 되풀이했다. 리외만 그에게 얼굴을 돌렸다. 그는 힘겹게 몸을 일으켰다. 그가 말했다.

"미안합니다, 랑베르. 나도 잘 모르겠어요. 당신이 원한다면 남으세요."

자동차가 급커브를 도는 바람에 그가 입을 닫았다. 이어서 그가 앞쪽을 바라보며 다시 말했다.

"자신이 사랑하는 사람으로부터 등을 돌리게 할 만큼 가치 있는 것은 이 세상에 아무것도 없어요. 하지만 나 역시 이유도 모르는 채 사랑하는 사람으로부터 등을 돌리고 있지요."

그는 다시 쿠션에 몸을 기댔다.

"그건 그냥 엄연한 사실이지요." 그는 지친 듯 말했다. "사실은 사실대로 기록하고 거기서 결론을 끌어내 봅시다."

"무슨 결론을요?" 랑베르가 물었다.

"오!" 리외가 말했다. "병을 고치는 일과 그에 대해 아는 일을 동시에 할 수는 없어요. 그러니 가능한 한 치료부터 서두릅시다. 그게 가장 급한 일입니다."

자정에 타루가 리외가 랑베르에게 그가 조사해야 할 구역의 지도를 건네주었다. 타루가 시계를 들여다보았다. 고개를 들다가 그의 시선이 랑베르의 시선과 마주쳤다.

"그 사람들에게 미리 알려주긴 했나요?"

신문기자가 시선을 돌렸다.

"쪽지를 적어 보냈어요." 그가 말했다. "두 분을 만나러 오기 전에요."

***

10월 말에 카스텔의 혈청 시험이 있었다. 사실상 그것은 리외의 마지막 희망이었다. 만일 그 시험이 실패한다면 페스트가 몇 달 동안 더 기승을 부리건, 혹은 아무 이유 없이 사라지건 도시 전체가 오로지 페스트의 변덕에 모든 것을 내맡기는 수밖에 없을 것이라고 의사는 생각했다.

카스텔이 리외를 방문하기 전날 예심판사 오통 씨의 아들이 병에 걸렸고 가족 전체는 모두 격리되어야만 했다. 아들의 몸에서 병의 징후를 발견하자마자 예심판사는 규정에 따라 리외를 불렀다. 리외가 도착했을 때 부모는 침대 발치에 서 있었고 어린 딸은 멀찌감치 떨어져 있었다. 이미 쇠약해질 대로 쇠약해진 아이는 리외가 진찰하는 동안 신음 소리조차 내지 못했다. 진찰을 마친 리외가 고개를 들자 손수건을 입에 댄 채 눈을 크게 뜨고 의사의 행동을 지켜보던 어머니의 시선과 마주쳤다.

"역시 그렇군요." 예심판사가 침착하게 말했다.

"그렇습니다." 리외가 다시 누워 있는 소년에게로 눈길을 돌리며 말했다.

어머니는 눈이 더 커졌을 뿐 아무 말이 없었다. 잠시 말이 없던 오통 씨가 더욱 낮아진 목소리로 말했다.

"그렇다면 의사 선생님, 규정대로 처리하겠습니다."

리외는 여전히 입에 손수건을 대고 있는 어머니를 외면했다. 그가 머뭇거리며 말했다.

"제가 전화를 걸면 곧바로 진행될 겁니다."

오통이 리외에게 배웅해 주겠다고 했다. 그러나 의사는 그의 아내에게 몸을 돌리고 말했다.

"죄송합니다만 부인께서도 준비를 하셔야겠습니다. 알고 계시지요?"

오통 부인은 처음에는 어리둥절한 것 같았다. 그녀는 마룻바닥만 내려다보고 있었다. 이윽고 그녀가 고개를 끄덕이며 말했다.

"네, 그렇지 않아도 그러려고 했어요."

그들 곁을 떠나기 전에 리외는 그들에게 혹시 필요한 것이 없느냐고 물을 수밖에 없었다. 부인은 말없이 그를 바라보았다. 이번에는 예심판사가 눈길을 피했다. 이윽고 그가 침을 삼키며 말했다.

"없습니다. 다만 우리 아이 좀 살려주십시오."

예심판사와 부인과 딸은 따로따로 격리되어야 했다. 가족 중 하나가 감염되었을 경우 병의 확산을 막기 위해 그런 조치를 내리게 되어 있었다. 리외는 그런 사정을 오통 씨에게 설명했다. 오통 부인과 어린 딸은 랑베르가 관리하는 시내 호텔에 머물 수 있었다. 하지만 오통 씨는 시립 운동장에 쳐 놓은 천막에 격리 수용될 수밖에 없었다. 리외가 양해를 구하자 오통 씨는 규칙은 누구에게나 동등하게 적용되어야 한다며 당연히 따르겠다고 했다.

오통 씨의 아들은 전에 교실이었던 보조 병원으로 후송되었다. 침대가 열 개 놓인 병실이었다. 약 스무 시간이 지난 후 리외는 상황이 절망적이라고 판단했다. 림프절 멍울이 이제 겨우 생기기 시작했음에도 불구하고 환자는 고통스러워하면서 사지조차 움직이지 못했다. 이미 진 싸움이었고 가망이 없었다. 리외가 카스텔의 혈청을 아이에게 시험해 보겠다는 생각을 하게 된것은 바로 그 때문이었다. 바로 그날 저녁 식사 후에 리외는 오랜 시간에 걸쳐 아이에게 혈청을 접종했다. 이튿날 새벽, 이 결정적인 시험 결과를 지켜보기 위해 모두 아이 곁으로 모였다.

리외와 카스텔, 타루는 새벽부터 아이 곁에서 아이를 지켜보고 있었으며 햇살이 병실 안으로 조금씩 비치기 시작할 무렵부터 사람들이 속속 도착했다. 제일 먼저 파늘루 신부가 왔으며이어서 조제프 그랑이 도착했고 날이 밝을 무렵 랑베르가 왔다. 격리되어있는 아이들의 부모는 물론 오지 못했다.

결론부터 말하자. 시험은 실패였다. 아이는 상당히 오랜 시간 고통스러워했다. 여느 페스트 환자보다 더 긴 시간 고통스러워했다. 화자는 어린아이가 고통 속에 숨지는 장면을 자세히 묘사하지 않겠다. 다만 아이가 고통스러워하는 모습을 지켜보며 모든 사람이 진정으로 괴로워했다는 사실은 지적하기로 하자. 그들은 이전에도 죄 없는 아이의 죽음에 대해 분노를 느꼈었다. 하지만 그 분노는 어느 정도 추상적이었다. 그들은 그날 아침처럼 어린아이가 고통스럽게 죽어가는 모습을 순간순간

따라가며 지켜본 적은 없었다.

카스텔이 이제 끝났다고 말했다. 아이는 입을 벌린 채 흩어진 담요 위에 말없이 누워 있었다. 아이의 몸이 더욱 작아진 것 같았고, 얼굴에는 눈물 자국이 남아 있었다.

파늘루 신부가 침대로 다가가며 강복을 내렸다. 이어서 그는 신부복을 여미며 중앙 통로를 통해 밖으로 나갔다.

"모든 것을 다시 시작해야 하지요?" 타루가 카스텔에게 물었다.

노의사가 고개를 끄덕이더니 어색한 미소를 지으며 말했다. "어쩌면요. 어쨌든 이 아이는 오래 저항한 셈입니다."

하지만 그 순간 리외는 이미 빠른 걸음으로 밖으로 나가 있었다. 그가 신부 곁을 지나갈 때 그의 표정이 심상치 않은 것을 보고 신부가 그의 팔을 잡았다.

"이보세요, 선생님" 신부가 말했다.

리외는 여전히 화난 표정으로 돌아서더니 격하게 내뱉었다.

"오! 적어도 저 아이에게는 아무 죄도 없습니다! 아시겠지요!"

이어서 그는 몸을 휙 돌리더니 파늘루 신부보다 먼저 밖으로 나가 교정 구석으로 갔다. 그는 먼지가 쌓인 작은 나무들 사이에 놓인 벤치에 앉아 눈 속까지 흘러내린 땀을 닦았다. 그는 가슴을 짓이기는 격한 응어리를 풀기 위해 소리라도 지르고 싶었다. 더위가 무화과나무 가지 사이로 천천히 쏟아져 내렸다. 푸른 아침 하늘을 희끄무레한 구름이 빠르게 덮으면서 공기는 더 숨이 막히는 듯했다. 리외는 의자 위에 되는 대로 몸을 맡기고 있었다. 그는 나뭇가지들과 하늘을 바라보며 천천히 호흡을 가다듬었고 천천히 피로를 풀었다.

"왜 내게 그렇게 화를 내며 말씀하셨지요?" 그의 등 뒤에서 목소리가 들렸다. "제게도 견디기 힘든 광경이었습니다."

리외가 파늘루를 향해 몸을 돌리며 말했다.

"맞는 말씀입니다. 죄송합니다. 너무 피곤해서 정신이 나갔던 모양입니다. 게다가 이 도시에는 오로지 반항심만 느끼게 하는 때가 있습니다."

"이해합니다." 신부가 중얼거렸다. "우리의 힘이 미치지 못하는 일이니 반항심이 생기는 것입니다. 하지만 우리는 우리가 이해할 수 없는 것까지 사랑해야 할지도 모릅니다."

리외가 벌떡 몸을 일으켰다. 그는 온갖 힘과 열정을 다 뽑아낸 눈길로 파늘루를 바라보더니 고개를 흔들었다.

"아닙니다, 신부님!" 그가 말했다. "저는 사랑에 대해 다르게 생각합니다. 아이들이 고통 받아야 하는 세상이라면 저는 그런 세상은 죽을 때까지 사랑하기를 거부하겠습니다."

파늘루 신부의 얼굴에 당혹스런 그늘이 스쳐 지나갔다. 그가 슬픈 표정으로 말했다.

"아, 선생님, 저는 방금 은총이라는 것이 무엇인지 깨달았습니다."

하지만 리외는 다시 의자에 털썩 몸을 맡겼다. 다시 깊은 피로감을 느끼며 그는 조금 전보다 부드럽게 말했다.

"제게는 그런 은총 같은 게 없다는 걸 저는 잘 알고 있습니다. 하지만 신부님과 그 문제로 왈가왈부하고 싶지는 않습니다. 우리는 신성모독이나 기도를 뛰어넘어 우리를 한데 묶어주는 그 무언가를 위해 함께 일하고 있으니까요. 오로지 그것만이 중요할 뿐입니다."

파늘루는 리외 곁에 앉았다. 그는 감동한 것 같았다.

"그렇습니다." 그가 말했다. "당신도 인류의 구원을 위해 일하고 있는 것입니다."

리외는 억지 미소를 지었다.

"인류의 구원 같은 것은 제게는 너무나 거창한 단어입니다. 그렇게 멀리까지는 가본 적이 없습니다. 제게 관심 있는 것은 인간의 건강입니다. 그 무엇보다 건강입니다."

파늘루가 머뭇거리며 "선생님"이라고 말하더니 입을 다물었다. 그의 이마에도 땀이 흐르기 시작했다. 그가 "다음에 뵙겠습니다"라며 몸을 일으켰을 때 그의 눈이 반짝이고 있었다. 그가 떠나려 하자 생각에 잠겨 있던 리외도 자리에서 일어나더니 신부에게 한 걸음 다가가며 말했다.

"다시 한번 사과드립니다. 다시는 그런 일이 없을 겁니다."

파늘루가 그의 손을 잡더니 서글픈 목소리로 말했다.

"그렇지만 나는 선생을 설득시키지 못했습니다!"

"그게 무슨 의미가 있나요?" 리외가 말했다. "신부님도 아시다시피 저는 죽음과 악을 증오합니다. 그리고 신부님이 원하시건 원하시지 않건 우리는 그것들을 겪어내고 그것들을 물리치기 위해 함께 있는 겁니다."

리외는 파늘루 신부의 손을 다시 잡았다. 그리고 그의 눈을 외면한 채 말했다.

"하느님조차도 이제 우리를 떼어놓으실 수 없습니다."

***

파늘루 신부는 의료봉사대에 들어온 이래로 병원과 페스트가 있는 곳을 한시도 떠나지 않았다. 그는 봉사대원들 가운데서도 자신의 자리로 보이는 곳, 즉 최일선에 늘 있었다. 언제나 죽음의 광경과 함께 있었던 셈이다. 원칙적으로 그는 혈청 주사를 맞았기에 병으로부터 보호를 받은 셈이었지만 그렇다고 죽음의 위험으로부터 완전히 벗어나 있는 것은 아니었다. 겉보기에 그는 여전히 평온을 유지하고 있었다. 하지만 한 아이가 죽어가는 모습을 오랫동안 지켜본 이래 그는 변한 것 같았다. 긴장하는 기색이 그의 얼굴에 드러나 있었다. 그리고 그가 어느 날 리외에게 웃으면서 '사제가 의사의 진찰을 받을 수 있는가?'라는 주제로 요즘 짧은 논문을 준비하고 있다고 말한 날 의사는 신부의 말투와는 달리 대단히 심각한 뭔가가 있다는 느낌을 받았다. 의사가 논문 내용을 알았으면 좋겠다는 의견을 피력하자 파늘루 신부는 남자들만의 미사 모임에서 강론을 할 예정으로 있으며 그 기회에 자신의 견해를 최소한 몇 가지 밝힐 것이라고 말했다.

"선생님도 와주셨으면 합니다. 관심 있는 주제일 겁니다."

신부가 두 번째 강론을 한 날은 바람이 몹시 심하게 불었다. 사실을 말하자면 청중은 첫 번째 강연 때만큼 많지 않았다. 이런 행사가 우리의 시민들에게는 더 이상 새로운 매력이 아니었기 때문이었다. 도시가 겪고 있는 그런 어려움 속에서 '새로움'

이라는 단어는 그 의미를 잃고 있었다. 게다가 대부분의 시민들이 비록 종교상의 의무를 완전히 저버리지도 않았고 비종교적인 부도덕한 생활에 빠져든 것은 아니었지만 꾸준히 성당에 나가는 대신 터무니없는 미신에 빠져들었다. 시민들은 성당에 나가기보다는 성 로크의 부적이나 수호 메달을 지니고 다녔다. 또한 매일 노스트라다무스와 성녀 오딜(7세기 프랑스 알자스 지방의 성녀-옮긴이 주)의 이름이 사람들 입뿐이 아니라 신문에까지 매일 언급되었고 언제나 일정한 효과가 있었다. 그런 부적과 예언들은 결국 사람들을 안심시킨다는 공통점을 지니고 있었던 것이다. 하지만 페스트에는 아무런 영향도 효과도 없었다. 결국 이런 미신들이 우리 시민들에게 종교 역할을 하고 있던 셈이었고 파늘루 신부의 강연 때 성당이 4분의 3밖에 차지 않은 것은 그 때문이었다.

강연이 있던 날 리외는 시간에 맞추어 성당으로 갔다. 덜컥 거리는 문틈으로 바람이 안으로 들어와 청중들 사이를 마구 휘젓고 있었다. 리외는 남자들만으로 이루어진 청중들 사이에 자리 잡고 신부가 설교대 위로 올라가는 것을 지켜보았다. 신부는 첫 번째 강론 때보다 훨씬 부드럽고 신중한 어조로 이야기했다. 청중들은 그의 어조에서 몇 번이고 주저하는 기색을 눈치챌 수 있었다. 그 외에도 정말 흥미로웠던 사실은 그가 '여러 분' 대신 '우리들'이라는 표현을 썼다는 사실이다.

하지만 강론이 진행됨에 따라 그의 어조가 조금씩 단호해졌다. 그는 우리 곁을 떠나지 않는 페스트에 대해 우리가 더 잘 알게 되었다며 페스트에 대해 더 잘 알게 된 지금이야말로 처음에는 너무 놀라 이해할 수 없었던 것을 이해할 수 있게 된 셈이라는 말로 강론을 시작했다.

성당 분위기는 첫 번째 강론과는 비교도 할 수 없을 정도로 산만했다. 신부는 열심히 강론을 이어갔지만 산만한 분위기 때문에 리외조차도 집중하기 어려웠다. 대충 페스트라는 상황을 설명하려 애쓰기보다는 거기서 배울 수 있는 것을 배우려 애써야 한다는 이야기 같았다. 리외가 막연하게 이해한 바로는 페스트에 대해 설명할 것은 아무것도 없다는 말을 신부는 하고 있었다. 그런데 파늘루 신부가 하느님의 관점에서 설명할 수 있는 것이 있고 설명이 불가능한 것도 있다고 힘주어 말하자 리외는 신부의 강론에 집중할 수 있었다. 강론은 대충 다음과 같은 이야기로 시작되었다.

세상에는 분명히 선과 악이 있고 일반적으로는 그 둘을 가르고 있는 것이 무엇인지 쉽게 설명할 수 있다. 그러나 악 내부에

난관이 존재한다. 예를 들어 명백히 필요한 악이 있고 명백히 무익한 악이 있다. 지옥에 빠진 돈 후안이 있고 어린아이의 죽음이 있다. 방탕한 자가 벼락을 맞는 것은 정당하지만 어린아이가 겪는 고통은 이해할 수가 없다. 그리고 사실상 어린아이가 겪는 고통, 그 고통이 야기하는 공포만큼 중요한 것은 없으며 왜 그런 고통이 존재하는 것인지 그 이유를 찾아내는 것만큼 중요한 것은 없다. 하느님께서는 그 나머지 것에 대해서는 우리가 쉽게 설명할 수 있게 해주신다. 그리고 그런 문제에 관한 한 종교는 별로 내세울 만한 것이 없다. 그런데 어린아이가 겪는 고통에 관한 한 하느님은 우리를 진퇴양난에 빠지게 만드신다. 우리는 그런 식으로 페스트라는 높은 벽 아래 놓여 있으며 그 치명적인 어둠 속에서 우리에게 도움이 되는 것을 찾아내야 한다.

여기서 파늘루 신부는 쉽게 그 벽을 기어 올라갈 수 있는 특권을 스스로에게 부여하는 것조차 거부하면서 계속 말했다.

아이를 기다리고 있는 영원한 환희가 아이의 고통을 보상해주리라고 쉽게 말할 수 있을지도 모른다. 그러나 나는 그것에 대해 아는 바가 없다. 인간이 느끼는 순간적인 고통을 영원한 환희가 보상해준다고 실제로 누가 말할 수 있겠는가? 그렇다면 그는 분명 기독교도가 아닐 것이다. 주님은 당신의 육신과 영혼 속에서 인간의 고통을 실제로 겪지 않으셨는가? 그 고통을 어찌 외면할 수 있단 말인가? 그렇다, 나는 십자가가 상징하고 있는 사지가 찢기는 고통을 충실하게 본받아 아이의 고통과 마주할 것이다. 그리고 내게 귀를 기울이는 사람에게 아무 두려움 없이 이렇게 말하리라.

'형제들이여, 때가 되었습니다. 모든 것을 믿거나 모든 것을 부정해야 합니다. 그런데 여러분들 중 감히 누가 모든 것을 부정하겠습니까?'

리외는 신부가 이제 이단자에 가까워지는구나, 라고 얼핏 생각했다. 그런데 그가 더 생각할 틈도 주지 않고 신부는 곧바로 말을 이었다.

이 명령, 이 순수한 요구야말로 기독교가 줄 수 있는 은혜이다. 그것이 기독교의 덕목이다. 내가 지금부터 말하려고 하는 덕목은 보다 관대하고 고전적인 도덕에 익숙해 있는 사람들에게는 충격을 줄 정도로 과격하게 보일 수도 있다는 것을 나는 알고 있다. 하지만 페스트 시대의 종교가 평상시의 종교와 같을 수는 없다. 하느님은 행복한 시기에는 사람들의 영혼이 안식하고 기뻐하기를 허용하실 수 있고 심지어 바라기도 하신다. 하지만 극도의 불행 속에서는 사람들의 영혼이 극단적이길 원하신다. 하느님은 '전부 아니면 무'라는 위대한 덕목을 인간이 다시 찾아서 실천해야만 하는 큰 불행 속에 인간을 빠뜨려 놓으셨다. 하지만 그것은 하느님께서 피조물에게 베푸신 은총이다.

지난 세기 어느 속된 작가가 교회의 비밀을 밝힌다고 자처하면서 연옥이란 존재하지 않는다고 확언한 바 있다. 그는 그 말을 통해 어중간한 것이란 없고 천국과 지옥밖에는 없다, 사람은 자기가 선택한 바에 따라 구원받거나 저주받을 뿐이라는 사실을 암시했다. 내가 보기에 그는 이단이다. 그런 생각은 독실한 믿음을 가진 사람은 품을 수 없는 생각이다. 연옥이란 분명히 존재하기 때문이다. 그렇지만 연옥을 너무 기대하면 안 되는 시대, 용서받을 수 있는 죄를 입에 담을 수 없는 시대가 있었다. 그런 시대에는 죄는 모두 치명적이었고 모든 무관심은 죄였다. 전부 아니면 무였던 것이다.

파늘루 신부는 말을 멈추었다. 바깥의 바람이 더욱 거세진 것 같았다. 순간 신부는 '전적인 수락'이라는 덕목을 일반적으로 해석하듯 좁은 의미로 해석해서는 안 된다고, 그것은 속된 의미에서의 체념이나 겸손이 아니라며 말을 이어갔다.

  그것은 굴욕이긴 하다. 하지만 굴욕은 굴욕이되 굴욕당한 자가 동의하는 굴욕이다. 어린아이가 겪는 고통은 분명히 우리의 정신과 마음에 굴욕감을 준다. 하지만 바로 그 때문에 우리는 그 고통 속으로 들어가야 한다. 여러분에게 해주기 어려운 말이긴 하지만 우리는 그것을 원해야 한다. 하느님이 그것을 원하시기 때문이다. 그렇게 해야만 기독교인은 그 어느 행동도 아낌없이 행할 것이며 출구가 완전히 막혀 있더라도 근본적인 선택을 할 수 있을 것이다. 그는 모든 것을 부정하지 않기 위해 모든 것을 믿는 쪽을 택할 것이다. 지금 이 순간에도 여러 성당에서 부인들이 몸에 생긴 림프절 멍울은 인간의 몸이 감염을 물리치기 위한 자연스러운 치유과정임을 깨닫고 "주여, 멍울을 베풀어주소서!"라고 용감하게 기도하고 있듯이 참된 기독교인이라면 비록 이해할 수는 없다 하더라도 하느님의 뜻에 자신을 맡길 수 있어야 한다. "저건 이해할 수 있어. 하지만 이건 받아들일 수 없어"라고 말해서는 안 된다. 우리에게 주어진 그 '받아들일 수 없는 것의 핵심'을 향해 뛰어들어야 한다. 그것이 바로 우리의 선택이다. 어린아이들의 고통은 우리들에게 쓰디쓴 빵이지만 그 빵이 없다면 우리의 영혼은 정신적 굶주림으로 죽어버릴 것이다.

신부가 강론을 잠시 중단할 때마다 나지막한 소음이 들려왔다. 소음이 들려오기 시작하는 가운데 파늘루 신부는 갑자기 자신이 청중의 입장이 되어 묻는다는 듯 그렇다면 우리는 어떻게 행동해야 하는가, 라고 강력하게 물었다. 그리고 그는 "분명히 사람들은 숙명론이라는 끔찍한 단어를 입에 떠올릴지 모른다. 좋다. 그 단어에 '능동적'이라는 형용사를 붙일 수만 있다면 자신은 그 말을 주저 없이 받아들이겠다"라고 말했다.

이어서 그는 마르세유에서 대규모로 페스트가 발생했을 때의 기록을 참조하며 강론을 펼쳤다. 그 기록에 따르면 메르시 수도사 여든한 명 중 겨우 네 명이 살아남았고 그 네 명 중 세 명이 도망쳤다. 기록자는 단지 그렇게 사실만 밝혀놓았다. 더 이상 언급하는 것은 그의 직분을 넘어서는 일이었기 때문이다. 신부는 그 기록을 읽으면서 자신의 생각은 시체 일흔일곱 구 한가운데 홀로 남아 있던, 동료 세 명이 도망갔음에도 불구하

고 남아 있던 수도사에게 온통 쏠렸다고 말했다. 신부는 설교
대 가장자리를 주먹으로 두드리며 외쳤다.

"형제들이여, 우리는 남은 자가 되어야 합니다!"

그는 말을 이어갔다.

그렇다고 해서 이 재앙이 초래한 무질서에 대응하기 위해 우
리 사회가 채택한 예방책과 합당한 질서를 거부하라는 말이 아
니다. 무릎을 꿇은 채 모든 것을 포기해야 한다는 도덕가의 말
에 귀를 기울여서는 안 된다. 오로지, 이 어둠 속에서 더듬거리
면서라도 앞으로 나아가야 하고 선을 행하려 애써야 한다. 하
지만 그 나머지 것은 심지어 어린아이의 죽음이라 할지라도 하
느님의 뜻을 받아들이고 그 안에 머물러야 하며 개인적인 힘에
의존하려 하면 안 된다. 페스트로부터 완전히 격리된 섬은 없
다는 것을 명심해야 한다. 그렇다, 중간지대란 없다. 이 추문을
인정해야 한다. 우리는 하느님을 증오할 것인가, 혹은 하느님을
사랑할 것인가, 둘 중 하나를 선택할 수밖에 없기 때문이다. 하
지만 감히 누가 하느님을 증오하는 길을 선택할 것인가?

마침내 파늘루 신부는 결론을 내리겠다며 다음과 같이 말했다.

"형제들이여, 하느님을 사랑하는 것은 대단히 어려운 일입니다. 그것은 자신에 대한 전적인 포기와 자신에 대한 경멸을 전제로 하기 때문입니다. 하지만 그 사랑만이 어린아이들의 고통과 죽음을 지울 수 있습니다. 그 사랑만이 그 죽음과 고통을 필연적인 것으로 만들 수 있습니다. 왜냐하면 그 고통과 죽음은 우리가 이해할 수 없으면서 동시에 오로지 그것을 바랄 수밖에 없기 때문입니다. 제가 여러분들과 나누고 싶은 것이 바로 이어려운 교훈입니다. 이것이 신앙입니다. 인간들의 눈에는 잔인해 보이지만 하느님의 입장에서는 결정적입니다. 우리는 그 신앙에 다가가야 합니다. 우리는 이 무서운 이미지와 어깨를 나란히 해야 합니다. 저 높은 곳에서는 모든 것이 섞이고 동등해질 것입니다. 겉으로는 불의처럼 보이는 곳에서 진리가 솟아날 것입니다. 남부 프랑스의 많은 성당에서 수 세기 전부터 페스트로 쓰러진 사람들이 설교대 밑에서 잠자고 있는 것은 그 때문입니다. 사제들은 그들의 무덤 위에서 강론을 하고, 그들이 전파하는 정신은 어린아이들이 포함된 그 죽음의 재로부터 솟아나는 것입니다."

리외가 밖으로 나오니 반쯤 열린 문틈으로 바람이 거세게 불어와 신자들의 얼굴을 정면으로 때렸다. 비 냄새와 축축하게 젖은 보도 냄새가 성당 안으로 밀려 들어와 사람들은 밖으로 나가기도 전에 도시의 모습이 어떤지 짐작할 수 있었다. 의사 리외 앞에서 늙은 신부 한 명과 부사제 한 명이 밖으로 나오면서 바람에 날리는 모자를 붙잡느라 애를 쓰고 있었다. 그러면서도 두 사람은 노신부는 강론에 대해 계속 언급하고 있었다. 노신부는 파늘루의 웅변에 대해서는 경의를 표했지만 파늘루가 보여준 대담함에는 우려를 드러냈다. 그의 강론에는 힘보다는 불안이 더 드러나 있었다고 평가하며 파늘루 정도 나이의 사제는 결코 불안을 드러내서는 안 된다는 것이었다. 젊은 부사제는 바람을 피하느라 고개를 숙인 채, 자신은 파늘루 신부의 집에 자주 드나들었기에 그의 사상의 변천 과정에 대해 잘 알고 있다며 그의 논문은 앞으로 더욱 대담해질 것이고, 아마 출판이 되지 못할 것이라고 말했다.

"그래, 그의 사상이 어떤 건가?" 늙은 신부가 물었다.

부사제는 바람이 심해서 잠시 입을 열지 못하다가 말을 할 수 있게 되자 간단하게 말했다.

"사제가 의사에게 진찰을 받는 건 모순이라는 겁니다."

타루는 리외로부터 강론 내용을 전해 듣고는 전쟁 중에 두 눈을 잃은 청년의 모습을 보고 신앙심을 잃은 한 신부를 알고 있다고 말했다.

"파늘루 신부의 말이 맞아요." 타루가 말했다. "죄 없는 젊은 이가 두 눈을 잃는 것을 보게 되면 기독교인은 신앙심을 잃거나 눈을 잃은 사실을 받아들여야만 해요. 신부는 신앙을 잃지 않고 싶으니까 끝까지 갈 겁니다. 그가 하고 싶었던 말이 바로 그거예요."

타루의 그런 의견이 이어서 일어난 일, 그리고 파늘루 신부 주변 사람들이 이해할 수 없었던 신부의 행동을 해명하는 데 도움이 될 수 있을까? 그에 대한 판단은 여러분 각자에게 맡긴다.

강론이 있고 나서 며칠 뒤 파늘루 신부는 이사하느라 분주했다. 병이 확산되면서 당시 시내에서는 이사가 끊이지 않았다. 타루가 호텔을 떠나 리외의 집에 머물게 된 것과 마찬가지로 파늘루 신부도 교구에서 배정해준 아파트를 떠나 성당 신자인 어느 노부인 집으로 거처를 옮겨야 했다.

그 집에 머물기 시작한 지 얼마 되지 않아서였다. 어느 날 밤 그가 자리에 누우려는데 머리가 쑤시면서 며칠 전부터 있었던 미열이 마치 휘몰아치는 물결처럼 손목과 관자놀이로 퍼져나가는 것을 느꼈다. 이후 일어난 일은 그 집 여주인을 통해서만 알려졌을 뿐이다. 그녀는 습관대로 일찍 일어났다. 시간이 상당히 흘렀는데도 신부가 방에서 나오지 않자 그녀는 한참을 망설이다가 방문을 두드렸다. 신부는 여전히 침대에 누워 있었다. 밤새 한숨도 자지 못한 것 같았다. 숨을 헐떡이고 있었고 평소보다 얼굴이 상기되어 있었다. 부인의 말에 따르면 의사를 부르자고 공손하게 제안했더니 어찌나 격하게 반대하던지 섭섭한 생각이 들 정도였다는 것이다. 부인은 물러날 수밖에 없었다. 잠시 후 신부가 벨을 눌러 부인을 불렀다. 그는 좀 전에 발끈했던 것을 사과하고 페스트 증세는 전혀 없으니 페스트일 리없다며 잠시 피곤한 탓이라고 말했다. 노부인은 그런 걱정 때문에 의사를 부르자고 한 것이 아니며, 자신의 안전은 하느님 손에 달려 있으니 자신의 안전에 대한 생각은 조금도 하지 않는다고 점잖게 말했다. 그녀는 다만 신부의 건강에 자신도 부분적으로는 책임이 있다고 생각했을 뿐이라고 덧붙였다. 그러면서 그녀는 의무감에서(그녀의 말을 믿는다면) 다시 한번 의사를 부르자고 제안했다. 그러자 신부가 뭐라고 설명하며 거절했는데 그녀는 도무지 무슨 말인지 이해할 수 없었다. 그녀가 알아듣기로는 진찰이 자기 원칙에 맞지 않기 때문이라고 한 것 같은데 그녀는 그 말을 이해할 수 없었던 것이다. 부인은 열이 나서 정신이 조금 혼미해진 모양이라고 생각하며 탕약을 한 잔 끓여주는 것으로 그쳤다.

이후 부인은 두 시간마다 규칙적으로 신부의 방에 들어갔다. 그런 상황에서 요구되는 행동들을 정확히 이행하겠다고 늘 생각해 왔기 때문이었다. 그녀가 가장 놀란 것은 신부가 낮 동안 내내 흥분 상태에 빠져 있었다는 사실이었다. 그는 이불을 밀어버렸다가 다시 잡아당겼으며 땀에 젖은 이마에 끊임없이 손을 갖다 댔다. 그리고 자주 몸을 일으켜 온몸을 쥐어짜듯 거칠고 숨 막히는 기침을 토해냈다. 마치 숨을 막고 있는 솜뭉치를 목에서 끄집어내려 해도 잘 안되는 것만 같았다. 그렇게 발작을 몇 번 되풀이한 후에는 탈진해서 털썩 몸을 던졌다. 노부인은 의사를 부를까 하다가 환자가 거부할까 봐 망설였다. 그녀는 겉보기에는 심해 보여도 단순히 열이 많이 나서 그러는지도 모른다고 생각했다.

오후에 부인이 신부에게 말을 걸어봤지만 불분명한 말 몇 마디 외에는 대답을 들을 수 없었다. 부인은 다시 한번 제안을 했다. 하지만 신부는 몸을 일으키며, 반쯤 숨이 막힌 목소리로 의사를 원치 않는다고 분명히 말했다. 부인은 이튿날까지 기다려

봐서 상황이 호전되지 않으면 라디오에서 하루에도 수십 차례씩 반복되는 전화번호로 전화를 걸어야겠다고 결심했다. 그녀는 언제나 의무를 다하겠다고 다짐하는 사람이어서 환자를 밤새 돌봐주리라고 생각했다. 그러나 저녁에 신부에게 탕약을 갖다 주고 돌아와 잠시 누웠다가 깨어보니 이튿날 새벽이었다. 그녀는 신부의 방으로 달려갔다.

신부는 꼼짝 않고 누워 있었다. 지난밤에는 그토록 붉게 상기되어 있던 얼굴이 이제는 납빛이었다. 신부는 침대 위에 걸린 샹들리에에 눈길을 주고 있다가 부인이 들어오자 그녀를 향해 눈길을 돌렸다. 부인의 말에 따르면 그 순간 신부는 밤새 두들겨 맞아 반응할 힘이 전혀 없어진 것처럼 보였다. 그녀는 좀 어떠냐고 물었다. 신부는 더 나빠졌다며 의사는 필요 없고 절차에 따라 병원으로 이송해주기만 하면 된다고 말했다. 노부인은 겁에 질려 전화기로 달려갔다.

리외가 정오에 도착했다. 여주인의 말을 듣고 그는 신부의 말대로 너무 늦었을지 모른다고만 대답했다. 신부는 여전히 무심한 태도로 그를 맞았다. 진찰을 해보니 놀랍게도 목이 막히고 호흡이 곤란한 것을 제외하고는 페스트의 중요 증상을 하나도 발견할 수 없었다. 하지만 맥박이 너무 약했고 증세가 극히 위험한 상황이어서 희망이 거의 없었다.

"페스트의 증상은 하나도 없습니다." 리외가 파늘루 신부에게 말했다. "하지만 실제로는 의심쩍은 부분이 있으니 격리해야겠습니다."

신부가 예의상으로 그러는 듯 야릇한 미소를 지었지만 아무 말도 없었다. 리외가 밖으로 나가 전화를 하고 돌아왔다. 그가 신부를 바라보았다.

"제가 곁에 있겠습니다." 그가 상냥하게 말했다.

신부가 생기를 되찾은 듯 의사에게로 눈길을 돌렸다. 두 눈에 따뜻한 기운이 되살아난 것 같았다. 그는 어렵게 떠듬떠듬 가까스로 입을 열었는데 슬픈 어조인지 아닌지는 분간할 수 없었다.

"고맙습니다. 하지만 성직자에게는 친구가 없습니다. 모든 것을 하느님께 맡겼으니까요."

그는 침대 머리맡의 십자가를 달라고 하더니 그것을 손에 쥐고 고개를 돌려 바라보았다.

병원에 와서도 파늘루 신부는 말이 없었다. 그는 모든 치료에 자신을 모두 맡겨버리면서도 십자가를 손에서 놓지 않았다. 리외의 머릿속에는 계속 의문이 남아 있었다. 페스트 같기도

하고 아닌 것 같기도 했다. 얼마 전부터 페스트란 놈이 자신을 정확하게 진단하지 못하게 하면서 즐거워하는 것 같았다. 하지만 파늘루의 경우 그런 불확실성 따위는 하등 중요할 게 없다는 것이 드러났다.

열이 높아졌다. 기침은 점점 더 거칠어졌으며 그 때문에 환자는 온종일 극도로 고통을 겪었다. 저녁이 되자 신부는 마침내 그를 그토록 숨 막히게 했던 솜뭉치 같은 것을 토해냈다. 그것은 새빨간 색이었다. 그렇게 열에 시달리면서도 파늘루의 눈빛은 여전히 무심했다. 다음 날 아침 그는 몸을 침대 밖으로 반쯤 내민 채 죽어 있었다. 그의 시선에는 아무 표정도 없었다. 그의 카드에는 이렇게 기록되었다. '병명 미상'

***

그해 만성절(11월 1일)은 평소와는 달랐다. 물론 날씨는 계절에 걸맞았다. 날씨가 갑자기 변하더니 늦더위가 서늘한 날씨에 자리를 내주었다. 이어서 다른 해와 마찬가지로 찬바람이 계속 불어왔다. 커다란 구름들이 지평선 이쪽에서 저쪽으로 내달으며 집들 위에 그늘을 드리웠고 구름이 지나가면 11월의 하늘에서 싸늘하고 노란 햇빛이 집들을 비추었다. 처음으로 레인코트가 거리에 등장했다.

하지만 계절이 변했음을 알려주는 이 모든 징후들도 묘지들이 버려진 채 있다는 사실을 잊게 해줄 수는 없었다. 예년 같으면 만성절에는 전차마다 국화꽃 향기가 가득했고 여자들은 삼삼오오 친척이 묻혀 있는 묘지에 꽃을 갖다 바치곤 했다. 그리고 오랫동안 잊고 내버려 둔 것에 대해 고인 곁에서 용서를 빌었다. 그러나 그해에는 아무도 죽은 자에 대해 생각하려 하지 않았다. 더 정확히 말한다면 이미 지나칠 정도로 충분히 생각한 셈이었다. 따라서 약간의 후회와 보다 큰 우울함을 지닌 채 그들을 일부러 찾아갈 필요가 없었다. 고인들은 일 년에 한 번 일부러 찾아가 용서를 빌어야 할 만큼 버림받은 자들이 아니었다. 오히려 그들은 잊고 싶은 불청객이었다. 그런 이유로 사자(死者)들의 축일인 그해의 만성절은 그냥 어물쩍 넘어가 버리고 말았다. 코타르의 말에 의하면 지금은 매일매일이 만성절이었다.

실제로 페스트의 불꽃은 화장터의 가마에서 매일 더욱 신나게 타올랐다. 사실 매일 사망자 수가 증가한 것은 아니었다. 페스트는 이제 정점에 편안히 자리를 잡은 채 마치 훌륭한 공무원처럼 정확하고 규칙적으로 일을 처리해나가는 것 같았다. 전문가의 견해로 보자면 그것은 좋은 징조였다. 특히 의사 리샤르는 그 현상에 대해 아주 훌륭한 그래프라며 병이 안정 단계에 도달한 이상 이제 쇠퇴할 길밖에 남아 있지 않다고 했다. 리샤르는 카스텔이 만든 새 혈청 덕분이라고 생각했다. 실제로 카스텔의 혈청은 예기치 않게 몇 번 성공을 거두었다. 카스텔도 굳이 그것을 부인하지 않았지만 역사적으로 볼 때 페스트가 예기치 않은 방향으로 전개된 경우가 많았으므로 섣불리 속단할 수 없다는 것의 그의 의견이었다. 그런데 그때 정말 예기치 않은 일이 발생했다. 사태를 낙관적으로 보던 리샤르가 페스트로 사망한 것이다.

리샤르가 사망하자 성급히 그의 낙관론을 받아들였던 행정 당국은 더 성급하게 비관론으로 선회했다. 카스텔은 가능한 모든 정성을 다 동원해서 혈청 준비에만 전력을 다했다. 이제 공공장소 중에서 검역소나 병원으로 개조되지 않은 곳은 한 군데도 없었다. 아직 도청을 그대로 내버려 둔 것은 회합 장소가 필요했기 때문이었다. 당시 페스트가 안정적인 상태를 유지하고 있었기에 리외가 꾸린 조직에서 일손이 부족한 경우는 없었다. 그렇다고 사람들이 한가하게 일할 수 있었다는 이야기는 절대로 아니다. 이런 표현이 가능하다면 그 초인적인 일을 꾸준히 규칙적으로 계속했을 뿐이다. 또한 이제 폐렴성 페스트가 도시 전체로 퍼져나가 환자들은 피를 토하며 단기간에 사망했다. 하지만 가래톳 페스트 환자의 수가 감소했기에 전체 숫자는 수평을 유지했다.

그런데 시간이 흐름에 따라 식량 보급 문제가 악화되면서 또 다른 걱정거리들이 생겼다. 투기가 성행하면서 부족한 생활필수품이 일반 시장에서 터무니없는 가격에 팔리게 된 것이다. 그 결과 가난한 가정은 더욱 괴로운 상황에 처한 반면 부유한 가정은 부족한 것이 거의 없게 되었다. 페스트 자체가 지니고 있는 공평함이 위력을 발휘해 시민들 사이에 평등이 강화될 수도 있었는데 페스트는 오히려 사람들의 마음에 불의의 감정만 심화시키고 말았다. 인간이 지니고 있는 이기심 때문이었다.

물론 신문은 무슨 일이 있어도 낙관론을 유지하라는 명령에 복종하고 있었다. 신문을 보자면 이 상황에서 가장 특기할 사항은 시민들이 보여준 '감동적일 정도로 평온하고 침착한 모범적인 모습'이었다. 하지만 완벽하게 밀폐된 이 도시에서 비밀로 유지될 수 있는 것은 아무것도 없었기에 시민들은 당국이 보여주고 있는 '모범사례'에 더 이상 속지 않았다. 당국에서 말하고 있는 평온함이나 침착함이 실제로 무엇을 의미하는지 정확하게 이해하려면 당국에서 마련한 격리장소나 수용소에 한 번 들어가 보는 것으로 충분했다. 화자는 늘 다른 일에 붙잡혀 있었기에 그런 곳에 가보지 못했다. 따라서 그곳의 모습은 타루의 증언에 의지할 수밖에 없다.

실제로 타루의 수첩에는 랑베르와 함께 시립 운동장에 설치된 수용소를 방문했던 이야기가 기록되어 있다. 운동장은 시출입문 근처에 있었으며 시멘트 담이 높이 쳐져 있고 출입구 네 곳에 보초가 서 있어서 탈출이 불가능했다. 그들은 시멘트 담에 의해 외부와 차단된 채 전차가 지나가는 소리를 하루 종일 들으며 밖에서 벌어지고 있는 모습을 상상했다. 그들은 자기들에게는 배제된 삶이 불과 몇 미터 떨어진 곳에서 계속 이어지고 있다는 사실, 시멘트 담이 두 세상을 서로 다른 두 행성보다 더 낯설게 갈라놓고 있다는 사실을 실감하곤 했다.

타루와 랑베르가 운동장에 가기로 한 날은 어느 일요일 오후였다. 축구선수인 곤잘레스도 그들과 함께였다. 랑베르가 곤잘레스에게 운동장 감시 업무를 맡아달라고 부탁했고 그가 주말에만 근무한다는 조건으로 수락했기에 수용소 소장에게 곤잘레스를 소개하기 위해 그곳으로 간 것이었다.

그들이 운동장에 들어섰을 때 날은 잔뜩 흐려있었다. 관중석에는 사람들이 꽉 차 있었다. 그러나 그들은 축구경기를 구경하기 위해 흥분한 모습으로 앉아 있는 관람객이 아니었다. 그들은 그곳에 갇힌 수인들이었다. 운동장은 수백 개의 붉은 천막으로 뒤덮여 있었으며 천막 안에 침구와 보따리들이 들어있는 것을 멀리서도 볼 수 있었다. 사람들은 낮에는 관람석에 나와 있다가 밤이 되면 천막으로 들어갔다.

"저 사람들은 낮에는 뭘 하나요?" 타루가 랑베르에게 물었다.

"아무것도요."

실제로 거의 모든 사람이 빈손을 축 늘어뜨린 채 건들거리고 있었다. 그 거대한 군중은 이상하리만치 조용했다.

"처음 며칠은 서로의 말소리도 안 들릴 정도였어요." 랑베르가 말했다. "그런데 날이 갈수록 점점 더 말수가 적어지더군요."

타루의 기록에 따르면 타루는 그들을 이해하고 있었다. 그들은 처음에는 자신들의 분노나 두려움을 소리 높여 떠들었을 것이다. 그러나 수용소가 초만원이 되자 이야기를 들어줄 사람이 점점 줄어들 수밖에 없었다. 그리고 결국 입을 다문 채 서로를 불신하는 일밖에 없게 되었다. 실제로 잿빛이면서도 동시에 빛나는 하늘로부터 붉은 천막 위로 불신이 쏟아져 내리고 있었다.

그렇다, 그들은 모두 불신의 표정을 짓고 있었다. 그들이 이유 없이 이렇게 격리된 것은 아니었다. 그들은 모두 자기들이 격리된 이유를 찾으며 두려워하는 표정이었다. 타루의 눈에 들어온 그들의 눈빛은 완전히 텅 비어 있었다. 자신의 삶에 의미를 주던 것으로부터 완전히 분리된 데 대해 슬퍼하고 고통 받는 표정이었다. 그들은 죽음과 함께 있는 셈이었다. 그러나 언제나 죽음만 생각할 수는 없는 법이어서 그들은 아무 생각도 하지 않았다. 그들은 휴가 중이었다. 타루는 이렇게 썼다.

그러나 가장 최악인 것은 그들이 잊힌 사람들이며 그들이 그것을 알고 있다는 사실이다. 그들이 알고 있던 사람들은 다른 생각을 하느라 그들을 잊었고 그것은 이해할 만하다. 그들을 사랑하는 사람들도 그들을 빼내려고 온갖 수단과 방법을 다 강구하다가 진이 빠져버렸기에 그들을 잊었다. 구출에 대해 너무 몰두하다가 정작 구출해 낼 사람을 잊은 것이다. 그것 역시 당연한 일이다.

누군가를 실제로 생각한다는 것은 다른 그 어떤 것, 예컨대 살림 걱정이나 날아다니는 파리, 식사, 가려움 같은 것에 조금도 마음을 빼앗기지 않은 채 매 순간 그 사람만을 생각한다는 것을 의미한다. 그러나 파리나 가려움은 언제나 존재한다. 삶이 살아가기 어려운 것은 그 때문이다.

그리고 그들은 그 사실을 잘 알고 있다.

소장이 그들에게 오더니 오통 씨가 그들을 만나고 싶어한다고 전했다. 소장은 곤잘레스를 사무실로 안내하고 나서 랑베르와 타루를 관람석으로 데려갔다. 오통 씨가 혼자 떨어져 앉아 있다가 그들을 맞았다. 옷차림은 여전했고 칼라도 빳빳했다. 다만 관자놀이 위쪽 머리카락이 뻗어 있고 한쪽 구두끈이 풀려 있는 것이 눈에 띄었다. 예심판사는 피곤해 보였고 단 한 번도 이야기 상대에게 눈길을 주지 않았다. 그는 그들을 만나 기쁘다며 리외 의사에게 신세를 많이 졌으니 감사의 말을 전해달라고 했다.

두 사람은 아무 말도 하지 않았다. 그러자 잠시 후 예심판사가 말했다.

"필리프가 너무 힘들어하지 않았기를 바랄 뿐입니다."

그가 자기 아들의 이름을 부르는 것을 타루가 들은 것은 이번이 처음이었다. 타루는 그에게서 뭔가가 변했다는 것을 알 수 있었다. 해가 지평선으로 기울자 햇살이 관람석을 비스듬히 비추며 세 사람의 얼굴을 붉게 물들었다.

"아니, 별로 고생하지 않았습니다." 타루가 대답했다.

그들이 자리에서 일어났을 때도 예심판사는 여전히 햇빛이 비치는 쪽을 바라보고 있었다.

그들은 곤잘레스에게 작별 인사를 하러 갔다. 그는 경비 교대표를 들여다보고 있었다. 잠시 후 소장이 타루와 랑베르를 배웅했다. 그때 관람석에서 잡음이 크게 들렸다. 수용자들에게 천막으로 돌아가 저녁 식사 배급을 받으라는 안내 방송이었다. 사람들이 천천히 관람석을 떠나 신발을 끌며 자신의 천막 안으로 들어갔다. 이어서 기차역에서 볼 수 있는 두 대의 전기 자동차가 커다란 솥들을 싣고 천막 사이를 돌아다녔다. 사람들이 팔을 내밀면 국자 두 개가 두 개의 솥에서 음식을 떠서 식판에 쏟아 부었다.

"과학적이군요." 타루가 소장에게 말했다.

"맞습니다. 과학적이지요." 소장이 그들의 손을 잡으며 흡족한 듯 말했다.

황혼이 깃들고 있었고 하늘은 개어 있었다. 부드럽고 신선한 햇빛이 수용소를 비추었다. 저녁 평화 속에서 숟가락과 접시 부딪치는 소리가 사방에서 들려왔다. 박쥐들이 천막 위에서 날개짓을 하더니 갑자기 사라졌다. 담 너머에서 전차 한 대가 선로변경 장치 위를 지나가는지 삐걱거리고 있었다.

"예심판사가 불쌍해." 문을 넘어서면서 타루가 중얼거렸다. "좀 도와주고 싶어. 하지만 그를 어떻게 돕지?"

***

시내에는 그런 수용소가 몇 군데 더 있었지만 화자로서는 신중을 기해야 하겠거니와 정보도 없기에 그에 대한 언급은 더 이상 하지 않겠다. 하지만 그 버림받은 장소에 대한 공포심 같은 것이 시민들의 마음을 무겁게 짓누르면서 모든 사람들의 마음에 영향을 주었고 혼란과 불안감을 더욱 크게 키웠다. 사람들과 행정당국 간의 마찰과 충돌은 더욱 심해졌다.

11월 말이 되자 아침나절에는 상당히 추워졌다. 억수 같은 비가 몇 차례 쏟아져서 빗물에 보도가 씻겼다. 비가 그친 뒤 하늘마저도 깨끗해졌는지 반짝이는 거리 위의 하늘에는 구름 한 점 없었다. 기운이 꺾인 태양이 매일 아침 반짝이는 차가운 햇살을 도시 위에 퍼뜨렸다. 저녁 무렵이면 반대로 공기는 다시 포근해졌다. 타루가 속에 간직하고 있던 생각을 의사 리외에게 털어놓기로 마음먹은 것은 바로 그런 때였다.

힘들고 긴 하루를 보낸 어느 날 저녁 해수병 환자에게 왕진 가는 리외를 타루가 따라나섰다. 노인의 끊임없는 불평을 들으며 진찰을 마친 리외는 노인의 권고에 따라 타루와 함께 건물 꼭대기 층의 테라스로 올라갔다. 테라스에는 아무도 없었고 의자만 세 개 놓여 있었다. 테라스 끝에 마치 컴컴한 돌덩어리 같은 언덕이 웅크리고 있었으며 저 멀리 항구 너머로 하늘과 바다가 만나서 뒤섞인 수평선이 은밀하게 고동치고 있는 모습이 보였다. 바람에 쓸리고 닦인 하늘에서는 별들이 밝게 반짝이고 있었고 향료 냄새와 돌 냄새가 미풍에 실려 왔다. 모든 것이 완벽한 침묵에 싸여 있었다.

"좋군요." 리외가 의자에 앉으며 말했다. "마치 여기까지는 페스트가 올라오지 않는 것 같아요."

타루는 등을 보이며 바다를 바라보고 있었다.

"그렇군요." 잠시 후 타루가 대답했다. "아주 좋아요."

그가 리외 곁으로 와서 앉더니 리외를 주의 깊게 바라보았다. 이윽고 타루가 자연스러운 어조로 말했다.

"선생, 선생은 내가 어떤 사람인지 한 번도 알려고 하지 않더군요. 나를 친구로 생각하긴 하는 건가요?"

"그럼요." 의사가 대답했다. "우리는 친구입니다. 단지 지금까지 그럴 시간이 없었을 뿐이지요."

"그렇다면 안심입니다. 이 시간을 우정의 시간으로 만들어 볼까요?"

대답 대신 리외가 미소를 지었다.

"자, 그럼……"

저 멀리 어디선가 자동차가 축축하게 젖은 도로 위를 달리는 소리가 났다. 자동차가 멀어지자 뭐라고 하는지 알 수 없는 고함 소리가 들려와 침묵을 깨뜨렸다. 이윽고 별이 총총히 떠 있는 하늘의 무게를 그대로 싣고 침묵이 두 사람을 내리눌렀다. 타루가 일어나서 난간에 걸터앉았다. 타루의 모습은 하늘과 뚜렷이 대비되어 그 윤곽을 드러내고 있는 육중한 덩어리처럼 보였다. 그는 오랫동안 이야기했다. 그의 이야기를 간추려서 전하면 다음과 같다.

"간단히 말한다면, 선생, 나는 이 도시와 전염병을 알기 전에 이미 페스트로 고생을 했습니다. 나도 다른 사람들과 같다는 말이지요. 하지만 세상에는 페스트를 모르는 사람들도 있고 페스트 세상에서 잘 지내는 사람도 있습니다. 페스트를 아는 사람도 있고 그래서 거기서 빠져나가려는 사람도 있어요. 나는 늘 거기서 빠져나가려고 하던 사람이었습니다.

젊었을 때 나는 내가 결백하다고 생각하며 살았습니다. 말하자면 아무 생각 없이 살았던 거지요. 별로 고민하는 성격도 아니었고 사회생활도 그럭저럭 잘 시작했어요. 머리도 좋은 편에 속했고 여자들과의 관계도 아주 좋았습니다. 작은 불안감이 없진 않았지만 언제 찾아왔냐 싶게 곧바로 사라지곤 했습니다. 그러던 어느 날 깊은 생각에 빠지기 시작했고 지금은······

내가 선생처럼 가난한 집 출신이 아니라는 것을 말씀드려야겠군요. 아버지가 검찰청 차장검사였어요. 상당한 지위를 누리고 있던 분이었지만. 천성적으로 호인이어서 그런 티를 전혀 내지 않았습니다. 어머니는 순박하고 조용했어요. 나는 어머니를 항상 사랑했어요. 아버지는 나를 사랑으로 잘 돌봐주셨습니다. 나는 아버지가 나를 이해하려고 애쓰신다고도 생각했어요. 아버지는 개성이 강한 분은 아니었고 돌아가신 지금 생각해 보면 비록 성자처럼 사셨다고는 할 수 없지만 결코 나쁜 사람은 아니었습니다. 말하자면 중도를 지켰던 분이라고나 할까요. 적당한 애정을 느끼게 하는 분, 그런 애정을 오래 간직하게 만드는 그런 분이었다고 할 수 있지요.

그런 아버지에게도 한 가지 특징이 있었습니다. 『철도여행

안내』라는 커다란 책자를 늘 머리맡에 놓고 계셨던 겁니다. 그렇다고 휴가 때 땅이 조금 있는 브르타뉴 지방 외에 다른 곳으로 즐겨 여행을 가시는 것도 아니었습니다. 다만 파리―베를린 간 열차 출발 시각과 도착시각, 리옹에서 바르샤바까지 가려면 몇 시에 어디서 열차를 갈아타야 하는지, 어느 나라 수도에서 다른 나라 수도까지 거리는 얼마인지, 이런 것들을 훤히 꿰차고 계셨어요. 철도여행에 대한 지식을 갖추려고 아버지는 매일 저녁 공부하셨고 그것을 매우 자랑스러워하셨습니다. 나도 그것이 재미있어서 아버지께 자주 질문했고 아버지는 정확하게 대답해주셨어요. 그러면서 우리는 매우 친해졌어요. 아버지가 철도에 대해 탁월한 지식을 갖추고 계신 것도 다른 것들과 마찬가지로 가치 있는 것이라고 나는 생각했지요.

아버지에 대해 너무 길게 이야기하다 보니 아버지에게 너무 많은 비중을 둔 것처럼 보이네요. 실은 아버지는 내 결심에 간접적인 영향만 주셨을 뿐인데 말입니다. 말하자면 그럴 계기만 마련해주신 셈이지요. 내가 열일곱 살이 되었을 때 아버지가 법정에 와서 재판 구경을 한번 해보지 않겠냐고 나를 초대했습니다. 중죄 재판소에서 열리는 중요한 사건이었습니다. 당신의 가장 훌륭한 모습을 보여줄 수 있으리라고 생각하신 거지요. 나는 그저 재미있는 구경거리 정도로 생각하고 그러겠다고 했습니다.

하지만 그날 하루 재판을 구경하고 내게 남은 것은 오로지 하나의 이미지뿐이었습니다. 바로 죄수의 이미지였지요. 사실 나도 그에게 죄가 있다고 생각했지만 그건 별로 중요하지 않았습니다. 붉은 머리에 키가 작은 그 불쌍한 사내는 모든 것을 체념하고 인정하기로 결심한 것 같았습니다. 그는 자기가 저지른 일과 자기에게 벌어질 일에 대해 정말로 겁을 먹고 있는 모습이어서 몇 분 뒤부터는 오로지 그 사람밖에는 눈에 들어오지 않았습니다. 그 사람은 너무나 강한 빛 때문에 겁에 질린 올빼미 같은 모습이었어요, 그는 하나밖에 없는 손의 손톱을 물어뜯고 있었어요. 오른손이었지요…… 말하자면 그는 살아 있는 사람이었습니다.

나는 내가 지금까지 그를 '피의자'라는 범주 안에서만 생각해 왔다는 것을 문득 깨달았어요. 아버지를 완전히 잊고 있었다고는 말할 수 없지만 뭔가 내 배를 꽉 조이고 있는 듯 그 피고인 외에는 그 무엇에도 주의를 기울일 수 없었습니다. 거의 아무 소리도 들리지 않았지요. 사람들이 그 살아 있는 사람을 죽이려 한다는 사실을 느끼자 엄청난 본능이 마치 파도처럼 밀려오면서 나는 일종의 맹목적인 고집처럼 그 사람 편을 들고 있었던 겁니다. 나는 아버지의 논고가 시작될 때야 겨우 정신을 차릴 수 있었습니다.

붉은 법복을 입은 아버지는 다른 사람으로 변해 있었습니다. 그는 선량한 사람도 아니었고 애정 어린 사람도 아니었습니다. 아버지의 입에서는 어마어마한 말들이 우글거리다가 마치 뱀처럼 밖으로 쏟아져 나왔습니다. 나는 아버지가 사회의 이름으로 그 남자의 죽음을 요구하고 심지어 그의 목을 자르라고 요구하고 있는 것을 알 수 있었어요. 사실은 아버지는 단순하게 "저 머리는 땅에 떨어져야 합니다"라고만 말했을 뿐이었지요. 하지만 결국 별 차이가 없었습니다. 결국 아버지는 그 머리를 얻은 셈이었으니까요. 아버지가 직접 그 일을 하시지 않았을 뿐이지요. 아마 아버지는 그 처형에 참석하셨을 거예요. 아버지는 처형이라기보다는 비열한 살인이라고 할 수밖에 없는 그 광경을 보셨을 거예요.

그날 이후로 나는 『철도여행 안내』 책자를 보기만 해도 구역질이 났습니다. 그리고 아버지가 이미 여러 번 그런 살인 현장에 입회했음이 분명하다는 것을 알게 됐습니다. 아버지가 평소보다 일찍 일어나는 날이 바로 그런 날이라는 것을 알고 그런 날이면 현기증을 느꼈습니다. 어머니도 그 사실을 알고 계셨지만 분명히 체념하고 계셨어요. 어머니는 결혼 전까지 가난했고 가난 때문에 체념을 배웠거든요.

내가 곧바로 집을 떠났다는 말을 기대하고 계신지도 모르겠군요. 아닙니다. 나는 몇 달, 아니, 거의 일 년을 더 집에 머물러 있었어요. 하지만 마음은 이미 병들어 있었지요. 그러던 어느 날 아버지가 내일 일찍 일어난다며 자명종을 가져오라고 하시더군요. 나는 잠을 이루지 못했습니다. 다음날 나는 아버지가 귀가하시기 전에 집을 나왔습니다. 나중의 일이지만 아버지는 당연히 나를 찾으셨고 나는 아버지를 만나서 아무 설명도 하지 않은 채 만약 돌아오라고 강요하면 자살해 버리겠다고 조용히 말씀드렸습니다. 원래 유순한 성격인 아버지는 결국 받아들이셨어요. 다만 그렇게 멋대로 사는 게 얼마나 어리석은 일인지 (아버지는 내 행동을 그렇게 이해하셨고 나는 아무런 해명도 하지 않았습니다.) 일장 연설을 하셨고, 눈물을 참으며 이런저런 충고를 해주셨지요. 한참 뒤의 일이지만 어머니를 정기적으로 찾아가 뵈면서 그때 아버지도 뵈었습니다. 아버지께서도 그런 관계만으로 충분하다고 생각하신 것 같았습니다. 아버지를 향한 원한 같은 건 없었고 단지 가슴속 슬픔만 약간 남아 있었을 뿐이었지요. 아버지가 돌아가시자 나는 어머니를 모셨고 만일 돌아가시지 않았다면 지금까지 함께 지내고 있었을 겁니다.

내가 내 인생의 출발이라고 할 수도 있을 그때 이야기를 길게 한 것은 실상 그것이 모든 것의 시작이었기 때문입니다. 이제 좀 더 빨리 이야기하겠습니다. 열여덟 살에 편안한 삶에서 벗어나자 나는 곧바로 가난을 경험했습니다. 먹고 살기 위해 안 해본 일이 없었지요. 결과가 별로 나쁘지 않았습니다. 그렇지만 내게 내내 관심 있던 것은 사형선고였습니다. 그 붉은 머리 올빼미 사내의 일을 해결하고 싶었거든요. 결국 나는 이른바 정치에 발을 들여놓게 되었습니다. 페스트 환자가 되고 싶지 않다는 것, 그것이 이유의 전부였어요. 나는 내가 살고 있는 사회가 사형제도에 토대를 두고 있는 이상, 그 사회에 맞서 싸우는 것이 살인행위와 맞서 싸우는 것이라고 생각했습니다. 나는 그렇게 믿었고 사람들도 그렇게 말했어요. 그리고 대부분의 경우 사실이기도 했고요. 나는 지금도 변함없이 좋아하는 사람들과 함께 일을 시작해서 오랫동안 함께 했습니다. 유럽에 있는 나라 중 내가 투쟁에 참여하지 않은 나라는 하나도 없을 정도입니다. 자, 그 정도로 하고 다음 이야기로 넘어가지요.

물론 우리들 역시 때에 따라서는 사형선고를 내린다는 것을 나는 잘 알고 있었습니다. 더 이상 사람이 사람을 죽이지 않는 세상을 만들려면 그런 사형선고가 불가피하다고 내게 말하는 사람들도 있었고요. 어떤 점에서는 사실이었지만 나는 그런 식의 진실은 받아들일 수 없었던 것 같습니다. 분명한 건 내가 망설였다는 겁니다. 그렇지만 그 올빼미 남자에 대한 생각을 늘 하고 있었고 그 생각은 계속 나를 사로잡고 있었습니다. 내가 직접 사형 현장을 목격한 그 날까지 말입니다(그건 헝가리에서였습니다.). 내가 아직 어렸을 때 나를 사로잡았던 그 현기증이 어른이 된 내 눈을 다시 캄캄하게 만든 겁니다.

사람을 총살하는 광경을 보신 적이 없으시지요? 아마 그림이나 책을 통해 알고 계신 정도일 겁니다. 눈가리개, 말뚝, 멀리 떨어져 있는 병사들, 그런 거겠지요. 그런데, 절대로 그런 게 아닙니다! 사형을 집행하는 병사들이 사형수로부터 불과 1미터 50센티미터 정도밖에 떨어져 있지 않다는 것은 모르시지요? 사형수가 불과 몇 걸음만 앞으로 걸어가면 총부리가 가슴에 닿게 되어 있는 겁니다. 그렇게 가까운 거리에서 병사들이 굵직한 총알로 가슴을 향해 집중사격을 하고 가슴에 주먹이 들어갈 만큼 큰 구멍이 뚫린다는 사실을 알고 계시나요? 그런 세부 사항에 대해서는 아무도 이야기하지 않으니까 선생은 모르시겠지요.

나는 그 무렵부터 잠을 이룰 수 없었습니다. 그리고 나는 깨달았습니다. 온 마음을 다해 페스트와 싸운다고 생각하며 살아왔던 그 기나긴 나날 동안 내가―최소한 나 자신은―내내 페스트에 걸려 있었다는 사실을 깨달은 겁니다. 나는 간접적으로나마 수천 명의 사람들의 죽음에 동의했다는 것, 필연적으로 죽음을 초래할 수밖에 없는 행위나 사고를 선(善)이라고 생각하고 그런 죽음을 부추기기도 했다는 것을 깨달은 겁니다. 다른 사람들은 전혀 그런 생각을 하지 않는 것 같았습니다. 내가 좋아하는 사람들과 함께 하면서도 나는 괴롭고 외로웠습니다. 그들은 내 말을 듣고 정당한 대의명분을 내세우며 나를 설득하려 했습니다. 하지만 나는 그 설득을 도저히 내 것으로 받아들일 수 없었습니다. 나는 그런 식의 논리라면 저 붉은 법복을 입은 페스트 환자들도 나름대로 이유가 있다고, 만약 군소 페스트 환자들이 내세우는 이유를 불가항력이라고 받아들이게 되면 종국에는 거물급 페스트 환자들이 내세우는 이유도 받아들일 수밖에 없게 될 것이라고 대답했습니다.

어쨌든 내 문제는 논리적 추론의 문제가 아니었습니다. 내게는 붉은 머리 올빼미 남자가 문제였고 페스트균에 오염된 더러운 입이 쇠사슬에 묶인 어느 남자에게 죽음을 선고하고 그를 죽이는 데 필요한 것을 다 준비한다는 사실이 문제였으며, 그 남자가 그 순간부터 사형 집행일을 뜬눈으로 기다리며 보내는 고뇌의 밤들이 문제였습니다. 가슴에 뚫린 그 구멍이 문제였습니다. 나는 최소한 나만이라도 그 구역질나는 도살행위를 한 번이라도, 단 한 번이라 할지라도 정당화하기를 거부하는 것, 그것이 최선이라고 생각했습니다. 그렇습니다, 보다 명확한 것이 보일 때까지 이 맹목적일 정도로 고집스러운 태도를 견지하기로 결심한 것입니다.

그때부터 나는 변한 게 아무것도 없습니다. 나는 오랫동안 부끄러웠습니다. 비록 아주 오래된 일이고 제아무리 선의에서였다 하더라도 나 역시 살인자였다는 사실이 죽도록 부끄러웠습니다. 그리고 시간이 흐르면서 다른 사람들보다 낫다는 사람들도 오늘날 남을 죽이거나 죽게 만들지 않을 수 없다는 것을 나는 깨달았습니다. 그들이 바로 그런 논리 안에 살고 있고 사람을 죽이지 않으면 꼼짝도 할 수 없는 세상에서 살고 있기 때문입니다. 그렇습니다. 우리들은 모두 페스트 속에서 살고 있다는 생각에 나는 계속 부끄러웠습니다. 마음의 평화를 잃어버린 것입니다. 나는 지금도 그 평화를 되찾으려 하고 있습니다. 모든 사람을 이해하고 그 누구와도 철천지원수가 되지 않으려고 애쓰면서 말입니다. 나는 더 이상 페스트 환자가 되지 않기 위해서 해야 할 일을 해야만 한다는 것만을 알고 있을 뿐입니다. 그래야만 비로소 평화를 기대할 수 있다는 것을 알고 있을 뿐입니다. 혹은 최소한 떳떳한 죽음을 기대할 수는 있겠지요. 비록 인간을 구원할 수는 없다 할지라도 인간을 진정시켜줄 수는 있다고 생각하고 있기 때문입니다. 가능한 한 악한 짓을 덜 저지르고 때로는 선을 행할 수도 있으니까요. 그 때문에 나는 직접적이건 간접적이건, 좋은 이유에서건 나쁜 이유에서건 사람을 죽게 만드는 모든 것을, 사람을 죽이는 것을 정당화하는 모든 것을 거부하기로 결심한 겁니다.

선생 편에 서서 이 병과 싸워야 한다는 것 외에 내가 이번 페스트에서 배운 것이 하나도 없는 것은 그 때문입니다. 내가 분명히 알고 있는 것은(그렇습니다. 아시겠지만 나는 인생에 대해 모든 것을 알고 있습니다.) 사람은 누구나 제 안에 페스트를 지니고 있다는 사실입니다. 페스트는 이 세상 그 누구도 가만히 내버려 두지 않기 때문입니다. 자칫 방심하다가 남의 얼굴에 입김을 내뿜어 전염시키지 않도록 조심해야 한다는 것도 나는 분명히 알고 있습니다. 세균은 자연스러우니까요. 그 외의 것들, 말하자면 건강, 청렴, 순결함 등은 의지의 산물이고 그 의지는 결코 중단되어서는 안 됩니다. 훌륭한 사람, 다시 말해 거의 그 누구도 감염시키지 않는 사람이란 페스트에 걸리지 않은 사람을 뜻하는 것이 아니라 가능한 한 방심하지 않는 사람을 뜻합니다. 그리고 절대로 방심하지 않기 위해서는 의지와 긴장이 필요합니다! 그렇습니다, 선생, 페스트 환자가 된다는 것은 피곤한 일입니다. 하지만 페스트 환자가 되지 않으려는 것은 더 피곤한 일입니다. 모든 사람이 피곤해 보이는 것은 그 때문입니다. 오늘날은 거의 모든 사람이 어느 정도는 페스트에 감염되어 있거든요. 바로 그 때문에 우리 중 누군가가 페스트에서 벗어나길 원하면서 죽음이 아니면 빠져나갈 수 없을 정도로 극도의 피로감을 느끼는 것은 그 때문입니다.

나는 내가 이 세상 자체를 위해서 아무 쓸모가 없다는 사실을 알고 있으며 내가 죽이기를 거부하는 순간부터 이 세상으로부터 결정적으로 유배를 받을 수밖에 없다는 것을 알고 있습니다. 역사는 다른 사람들이 만들어가겠지요. 나는 내가 다른 사람들을 평가할 수 없다는 것도 알고 있습니다. 합리적인 살인자가 될 만한 자질이 내게는 없으니까요. 그러므로 내가 지닌것은 그 어떤 수월성이라고도 할 수 없습니다. 대신 이제 나는 있는 그대로의 내가 되겠다는 데 동의했습니다. 겸손을 배운 겁니다. 나는 단지 이 세상에는 재앙이 있고 희생자가 있다, 그러니 가능한 한 재앙의 편에 서는 것은 거부하겠다고만 말하고 싶을 뿐입니다. 선생께는 좀 단순해 보일지 모르겠습니다. 그것이 단순한지 어떤지는 잘 모르겠지만 그래도 그것이 진실이라는 것은 알고 있습니다. 나는 올바른 길을 걷기 위해 정확하게 말하고 행동하기로 결심했습니다. 결국 나는 재앙이 있고 희생자가 있다고만 말할 뿐 그 이상은 말하지 않을 겁니다. 나 스스로 재앙이 되더라도 최소한 거기에 동의하지는 않은 셈이니까요. 결백한 살인자가 되겠다는 거지요. 보시다시피 그게 그렇게 큰 야심을 필요로 하는 일도 아니잖아요.

물론 '진정한 의사'라는 또 다른 제3의 범주가 있어야 하겠지요. 하지만 그건 흔히 볼 수 있는 경우도 아니고 또 그렇게 되는 것은 어렵지요. 그래서 저는 피해를 줄이기 위해 어떤 식으로건 희생자들 편에 서야겠다고 결심한 겁니다. 희생자들 한가운데 있으면 최소한 세 번째 범주, 즉 평화에 이르는 길을 추구할 수는 있겠지요."

이야기를 끝내면서 타루는 다리를 건들거리며 테라스를 가볍게 건드렸다. 잠시 침묵을 지킨 후에 의사는 몸을 약간 일으키며 평화에 도달하기 위해 어떤 길을 택해야 하는지 생각해 보았느냐고 물었다. 그러자 타루가 대답했다.

"공감입니다."

구급차 사이렌 소리가 두 번 울렸다. 바람이 더 강해진 것 같더니 바다의 소금 냄새가 강하게 실려 왔다.

"요컨대," 타루가 솔직하게 말했다. "내게 관심 있는 건 어떻게 성자가 될 수 있느냐 하는 겁니다."

"하지만 당신은 하느님을 믿지 않잖아요."

"맞습니다. 하느님 없이 성자가 될 수 있는가 하는 문제, 그것이 요즘 내가 품고 있는 가장 구체적인 질문입니다."

그러자 의사가 대답했다.

"하지만 나는 성자보다는 패배자들에게서 더 연대감을 느낍니다. 나는 영웅주의라든지 신성성 같은 것에는 별로 끌리지 않거든요. 내게 관심 있는 것은 인간이 되는 것입니다."

"그래요, 우리가 추구하는 건 같은 것입니다. 다만 내가 야심이 좀 적을 뿐이지요."

리외는 타루가 농담을 한다고 생각하고 그를 쳐다보았다. 바람이 다시 불어 왔고 리외의 피부에 닿는 바람이 훈훈하게 느껴졌다. 타루가 몸을 흔들며 말했다.

"우리의 우정을 위해 뭘 하면 좋을까요?"

"뭐든 원하시는 대로." 리외가 대답했다.

"해수욕 어때요? 미래의 성자에게도 그 정도 즐거움은 허락되지 않을까요?"

리외가 미소를 지었다. 타루가 계속 말했다.

"우리의 통행증이면 방파제까지는 갈 수 있을 겁니다. 페스트 속에서만 사는 것은 어리석은 짓이에요. 물론 사람인 이상 희생자들을 위해서 싸워야 하지요. 하지만 아무것도 사랑하지 않게 된다면 싸운들 무슨 소용 있겠습니까?"

"좋습니다, 갑시다." 리외가 말했다.

잠시 후 자동차가 항구의 철책 근처에 멈춰 섰다. 달이 떠있었다. 신분증을 보여주자 보초는 상당히 오랫동안 들여다보았다. 검문소를 통과한 후 그들은 방파제까지 갔다. 방파제에 조금 못 미쳤을 때 요오드 냄새와 해초 냄새가 풍겨와 바다가 가까이 있음을 알렸다. 이어서 파도 소리가 들렸다.

방파제 아래서 바다가 부드러운 소리를 내고 있었다. 그들은 바다를 향한 채 바위 위에 앉았다. 손가락으로 바위의 울퉁불퉁한 감촉을 느끼자 이상한 행복감이 리외에게 밀려왔다. 타루에게로 얼굴을 돌리자 친구의 평온하고도 진지한 얼굴에서도 똑같은 행복감을 발견할 수 있었다. 하지만 그 행복감은 그 어느 것도 잊지 않은, 심지어 살인행위조차 잊지 않고 있는 행복감이었다.

그들은 옷을 벗었다. 리외가 먼저 바다에 뛰어들었다. 처음에는 차갑게 느껴졌지만 다시 떠올랐을 때는 물이 미지근하게 느껴졌다. 이어서 풍덩 하는 소리와 함께 타루가 물에 뛰어들었다. 리외는 평영을 하다가 배영 자세로 바다에 누워 몸을 움직이지 않은 채 달과 별들이 가득한 하늘을 바라보았다. 그는 깊은숨을 길게 몰아쉬었다. 그에게 물장구치는 소리가 점점 더 뚜렷하게 들려왔다. 밤의 침묵과 고독 속에서 이상하리만치 또렷하게 들리는 소리였다. 타루가 가까이 왔고 곧이어 그의 숨소리가 들렸다. 리외는 몸을 돌려 친구와 나란히 같은 리듬으로 헤엄을 쳤다. 타루가 리외보다 더 힘차게 앞으로 나아가자 리외도 그와 보조를 맞추기 위해 속력을 내야 했다. 그들은 몇 분 동안 같은 리듬, 같은 힘으로 앞으로 나아가면서 세상으로부터 멀어졌으며, 마침내 도시와 페스트로부터 해방되었다. 리외가 먼저 멈추었다. 이어서 그들은 천천히 헤엄쳐서 되돌아왔다. 그러다 어느 순간 얼음처럼 차가운 물결을 만났다. 그들은 마치 바다의 채찍을 맞은 듯 아무 말 없이 서둘러 헤엄쳤다.

다시 옷을 입고 그들은 아무 말도 하지 않은 채 그곳을 떠났다. 그러나 그들의 마음은 똑같았다. 그날 밤의 추억이 그들에게는 감미로웠다. 멀리 페스트의 보초가 보였다. 리외는 타루역시 자신처럼 조금 전에 페스트가 자신들을 잊었고 그래서 좋았는데 이제 다시 시작하는구나, 라는 생각에 젖어 있음을 알수 있었다.

*****

그렇다, 다시 시작해야 했다. 페스트는 그 누구라도 오래 잊어버리는 수가 없었다. 12월 내내 페스트는 우리 시민들의 가슴에서 타올랐고 화장터의 가마에 불을 붙였으며 빈손으로 헤매는 유령 같은 사람들로 수용소를 가득 채웠다. 추위가 찾아오면 좀 수그러들 수도 있으리라는 당국의 기대와는 달리 페스트는 지칠 줄 모르는 행진을 계속하고 있었고 시민들은 더 이상 기다릴 힘을 잃은 채 미래 없는 삶을 살아가고 있었다.

리외는 잠시 주어졌던 평화와 우정의 그 덧없는 순간을 다시 맛볼 수 있으리라는 기대를 전혀 하지 못한 채 지냈다. 병원이 하나 더 생겼기에 리외는 오로지 환자와만 대면하며 지내야 했다. 페스트는 점점 더 폐렴성 페스트로 변해가고 있었다. 한 가지 특기할 점은 환자들이 의사에게 어느 정도 협조적이 되었다는 사실이었다. 그들은 초기처럼 광기나 허탈감에 자신을 맡겨버리는 대신 자신에게 무엇이 이로운지 올바른 생각을 할 수 있게 된 것 같았고 자기들에게 유리한 것을 알아서 요구하기도 했다. 의사는 피곤하긴 마찬가지였지만 그들이 그 무언가를 요구하면 외롭다는 느낌에서 어느 정도 벗어날 수 있었다.

12월 말경 리외는 아직 수용소에 있는 예심판사 오통 씨로부터 편지 한 통을 받았다. 분명히 격리 기간이 끝났는데도 여전히 수용소에 있으니 한번 알아봐 달라는 내용이었다. 얼마 전 수용소에서 나온 아내가 당국에 항의했으나 아무 소용이 없었다는 것이었다. 리외는 랑베르에게 중재를 부탁했고 며칠 후 오통 씨가 수용소에서 나왔다. 실제로 착오가 있었던 것이었기에 리외는 약간은 화가 났다. 오통 씨는 야윈 몸으로 힘없이 손을 들더니 누구나 실수할 수 있는 법이라고 힘들여 또박또박 말했다. 의사는 그가 뭔가 달라졌다고 생각했다.

"판사님, 어떻게 하실 작정이십니까? 처리해야 할 서류들이 잔뜩 기다리고 있겠지요?" 리외가 말했다.

"글쎄요," 판사가 말했다. "휴가를 신청하려고 합니다."

"그래요, 좀 쉬셔야지요."

"그런 게 아닙니다. 수용소로 되돌아갈까 합니다." 리외는 놀랐다.

"아니, 방금 나오시지 않았습니까!" "아, 제 말을 오해하셨군요. 수용소 행정실에 자원봉사 자리가 있다고 들었습니다."

오통 씨는 둥근 눈을 굴리며 삐져나온 머리카락을 바로 잡으려고 애썼다.

"아시겠지만 나도 뭔가 해보고 싶어서요. 그리고 좀 바보 같은 소리인지 모르겠지만 그 녀석과 헤어졌다는 느낌도 덜 들 것 같아서요."

리외는 그를 바라보았다. 그의 딱딱하고 밋밋한 두 눈에 갑자기 부드러움이 깃들 수는 없는 노릇이었다. 하지만 그의 금속처럼 맑게 빛나던 눈이 그 빛을 잃고 흐릿해진 것은 분명했다.

"물론이지요." 리외가 말했다. "원하신다면 제가 처리해드리겠습니다."

의사는 실제로 그 일을 처리해주었다.

페스트에 휩싸인 도시의 생활은 크리스마스까지 그대로 이어졌다. 타루는 언제나처럼 침착하고 효과적으로 일을 처리했다. 랑베르는 두 명의 젊은 보초 덕분에 아내와 편지를 주고받는다고 리외에게 털어놓았다. 드물긴 하지만 아내의 편지도 받아본다는 것이었다. 한편 코타르의 삶은 그 누구의 삶보다 순조로웠다. 그는 몇 가지 자잘한 암거래를 하면서 돈을 많이 벌어들였다. 그러나 크리스마스 기간을 가장 성공적으로 보내지 못한 사람은 그 누구보다 그랑이었다.

그해 크리스마스는 복음서의 축일이라기보다는 차라리 지옥의 축제와 같았다. 거리는 여전히 어두웠으며 성당은 감사기도보다는 탄식으로 가득 찼다. 모든 사람의 마음속에는 너무 노쇠해 버린 음울한 희망, 죽지도 못하게 만드는 그런 희망, 삶에 대한 단순한 집착에 불과한 그런 희망을 위한 자리밖에는 남지 않았다.

크리스마스 전날 밤에 그랑은 약속장소에 나타나지 않았다. 리외가 불안한 마음에 새벽 일찍 그의 집에 가보았지만 그는 집에도 없었다. 리외는 모두에게 그 사실을 알렸다. 열한 시 경 랑베르가 병원으로 와서 그랑이 초췌한 얼굴로 거리를 헤매는 것을 멀리서 보았다고 리외에게 말했다. 리외와 타루는 차를 타고 그를 찾아 나섰다.

정오 무렵이었고 날은 얼어붙듯 차가웠다. 리외는 자동차에서 내려 그랑이 어느 상점 진열창에 거의 코를 붙이다시피하고

서 있는 것을 멀리서 바라보았다. 진열창 안에는 나무를 거칠게 깎아 만든 장난감들이 잔뜩 진열되어 있었다. 늙은 공무원의 얼굴에서는 눈물이 하염없이 흘러내리고 있었다. 그 눈물이 리외의 마음을 뒤흔들었다. 그 눈물의 의미를 이해하고 있었고 자신도 목구멍 깊은 곳에서 그 눈물을 느끼고 있었기 때문이었다. 그 불행한 사내가 크리스마스 선물 가게 앞에서 약혼했던 일, 잔이 그에게 몸을 기대며 행복하다고 말했던 것을 리외도 기억하고 있었다. 미칠 듯한 그랑의 가슴에 저 머나먼 세월로부터 잔의 목소리가 새롭게 되살아난 것이 분명했다. 리외는 울고 있는 저 늙은 사내가 이 순간 무슨 생각을 하고 있는지 알 수 있었다. 그리고 그도 저 늙은 사내와 마찬가지로 사랑이 없는 이 세계는 죽은 세계와 같다고, 감옥과 일과 용기에 지친 나머지 한 존재의 얼굴을, 사랑에 경탄하고 있는 마음을 갈구하는 때가 반드시 오기 마련이라고 생각했다.

그랑은 유리에 비친 리외의 모습을 알아보았다. 그는 여전히 눈물을 흘리면서 몸을 돌려 진열창에 등을 기댄 채 리외가 다가오는 모습을 바라보았다.

"아! 선생님, 아! 선생님" 그랑이 말했다.

리외는 말이 나오지 않아 알았다는 듯 고개를 끄덕였다. 그랑의 슬픔은 리외 자신의 슬픔이기도 했다. 그 순간 그토록 그의 가슴이 저며왔던 것은 모든 사람이 함께 하고 있는 고통 앞에서 이루 말할 수 없이 거대한 분노를 느꼈기 때문이었다.

"그래요, 그랑 씨." 그가 말했다.

"그녀에게 편지를 쓸 시간이 있으면 좋겠어요. 그녀가 그걸 알 수 있게…… 그녀가 후회 없이 행복할 수 있도록……"

리외는 거의 강압적으로 그랑을 앞세우고 걸었다. 그랑은 거의 끌려가다시피 하면서도 더듬더듬 말을 이었다.

"너무 오래 계속돼요. 이제 차라리 될 대로 되라고 하고 싶어요. 정말 어쩔 수 없어요. 아, 선생님! 제가 겉으로는 조용해 보이지요? 하지만 단지 정상적이 되기 위해서만이라도 얼마나 큰 노력을 해야 하는지 몰라요. 이제는 너무 힘이 들어요."

어느 순간 그랑이 리외의 손에서 빠져나가 몇 걸음 달려가더니 멈춰 섰다. 그는 두 팔을 벌리고 앞뒤로 비틀거리기 시작하더니 차디찬 보도 위에 쓰러졌다. 얼굴은 계속 흐르는 눈물로 지저분했다. 지나던 행인들이 갑자기 걸음을 멈추었지만 가까이 다가올 엄두를 내지 못하고 멀리서 바라보고만 있었다. 리외는 노인을 두 팔로 안고 데려갈 수밖에 없었다.

그랑은 이제 침대에 누워 있었다. 호흡이 거칠었다. 폐에 감염된 것이다. 리외는 생각에 잠겼다. 그랑에게는 가족이 없다. 병원에 보낸들 무슨 소용이 있겠는가? 자기와 타루 둘이서 돌봐주는 게 나으리라……

그랑은 베개에 머리를 파묻고 누워 있었다. 안색은 창백했으며 눈에는 광채가 없었다. 그는 벽난로 불길을 뚫어져라 바라보았다.

"몸이 안 좋아요." 그가 말했다. 말을 할 때마다 마치 폐가 불길에 타고 있는 듯 저 깊은 곳에서 타다닥 하는 이상한 소리가 새어 나왔다. 리외는 그에게 말을 하지 말라며 다시 오겠다고 말했다. 환자가 이상한 미소를 지었고 그 미소와 함께 그의 얼굴에 애정 같은 것이 떠올랐다. 그는 힘겹게 눈을 껌뻑거렸다.

"제가 살아난다면 모자를 벗고 경의를 표하겠습니다, 선생님!"

그 말을 하자마자 그는 탈진상태에 빠져버렸다.

몇 시간 후 리외와 타루가 다시 환자에게 와 보니 환자는 침대에서 몸을 반쯤 일으키고 앉아 있었다. 리외는 그의 얼굴에서 병이 악화된 징후를 읽고 겁이 덜컥 났다. 그러나 환자의 정신은 한결 맑아진 것 같았다. 그는 이상할 정도로 공허한 목소리로 자기에게 원고를 갖다 달라고 했다. 타루가 종이 뭉치를 전해주자 그랑은 원고를 리외에게 건네주며 읽어달라고 했다.

오십여 페이지 남짓한 얇은 원고였다. 하지만 원고는 수없이 다시 베끼고, 고치고, 가필하고, 삭제한 동일한 하나의 문장이 전부였다. 리외가 읽어주었다.

> 5월 어느 화창한 날 아침에, 날씬한 여인 한 명이 굉장한 밤색 암말을 타고 꽃이 만발한 숲의 오솔길을 달리고 있었다.

그러자 그랑이 말했다.
"아, '화창한', '화창한'이라는 단어가 어울리지 않아요."
리외가 이불 위에 놓인 그의 손을 잡았다.
"그냥 놔두세요, 선생님. 이제 시간이 별로……"
그는 가슴을 힘겹게 들어 올리며 갑자기 외쳤다. 명령조였다.
"그걸 태워버리세요."
의사는 망설였다. 하지만 그랑이 어찌나 사납고 고통스럽게 되풀이 명령을 내리던지 리외는 사그라드는 불길 속에 원고를 던져 넣었다. 타루는 창밖만 내다보고 있었다. 환자에게 혈청주사를 놓은 다음 리외는 타루에게 그랑이 밤을 넘기지 못할 것이라고 말했다. 타루가 남겠다고 자청했고 의사는 받아들였다.

리외는 밤새 그랑이 죽으리라는 생각에 시달렸다. 그런데 다음 날 아침에 와보니 그랑은 침대에 앉아 타루와 이야기를 나누고 있었다. 열은 떨어졌으며 일반적인 쇠약 증세만 보일 뿐이었다.

"아, 선생님!" 시청직원이 말했다. "제가 잘못 생각했어요. 하지만 다시 시작할 거예요. 전부 다 기억하거든요. 두고 보세요."

"두고 봅시다." 리외가 타루에게 말했다.

그런데 정오가 되어도 별 변화가 없었다. 저녁이 되자 그랑이 회복되었다고 단정할 수 있었다. 리외는 어떻게 그랑이 소생할 수 있었는지 도무지 이해할 수 없었다.

거의 같은 시간에 여자 환자 한 명이 리외에게 이송되어 왔다. 리외는 절망적이라고 판단하고 그녀가 병원에 도착하자마자 격리시켰다. 그 처녀는 완전히 혼수상태였고 폐렴성 페스트 증상을 빠짐없이 보여주고 있었다. 그러나 다음 날 아침에 보니 열이 떨어져 있었다. 의사는 아침나절의 일시적 완화 현상으로 생각했다. 그런데 낮이 되어도 열이 올라가지 않았다. 저녁에 열이 조금 올랐지만 이튿날 아침에 보니 열이 완전히 떨어져 있었다. 처녀는 기운이 없었지만 침대에 누워 편안하게 호흡하고 있었다. 리외는 타루에게 그녀가 살아난 것은 예외적인 일이라고 말했다. 그런데 그 주에 리외의 관할 구역에서 비슷한 사례가 네 건이나 발생했다.

같은 주 주말에 늙은 해수병 환자가 매우 흥분한 모습으로 의사와 타루를 맞았다.

"됐어." 그가 말했다. "그놈들이 다시 나오기 시작했어."

"뭐가 말입니까?"

"아, 글쎄, 쥐 말이야, 쥐!"

지난 4월 이래 죽은 쥐는 한 마리도 발견되지 않았다.

"다시 시작되는 겁니까?" 타루가 리외에게 물었다.

노인은 양손을 비비고 있었다.

"그놈들이 뛰어다니는 걸 봐야 해! 정말 기분이 좋아."

노인은 살아있는 쥐 두 마리가 거리로 통하는 문을 통해 집으로 들어오는 것을 본 것이었다. 이웃 사람들이 자신들 집에도 쥐들이 다시 나타났다고 노인에게 알려주었다. 서까래 위에서는 바스락거리는 소리가 몇 달 만에 다시 들렸다. 그동안 잊고 있었던 소리였다. 리외는 매주 초에 발표되는 전반적 통계 수치를 기다렸다. 통계는 병의 후퇴를 보여주고 있었다.

제5부

***

　전혀 기대할 수 없었는데 병이 갑자기 기세가 꺾였음에도 불구하고 우리 시민들은 선뜻 기뻐하지 못했다. 그렇게 몇 달 동안 해방에의 욕망을 키우며 지내는 동안 그만큼 신중함도 커졌고 전염병이 조만간 끝날 수도 있으리라는 기대를 점점 덜 품는 데 익숙해졌던 것이다. 그러나 이러한 새로운 현상에 대해 모든 사람이 이야기했고 입 밖으로 내지는 않더라도 그들의 마음 깊은 곳에서는 커다란 희망이 꿈틀대고 있었다. 하지만 사람들은 건설보다는 파괴가 훨씬 쉬운 법이라고, 과거에 누렸던 편의가 일시에 회복될 수는 없을 것이라고 생각하고 있었다.

실제로 페스트가 당장에 그다음 날로 멈춘 것은 아니었다. 하지만 페스트는 사람들이 예상했던 것보다 훨씬 빠르게 약화되고 있었다. 1월 초순에는 이례적인 추위가 맹위를 떨쳐 도시 위의 하늘이 투명하게 얼어붙은 것 같았다. 하지만 하늘이 그때만큼 새파랬던 적은 없었다. 정화된 대기 속에서 페스트는 3주 연속 추락하면서 현저하게 줄어든 사망자들 안에서 기진맥진해하는 것 같았다. 페스트는 몇 달 동안 축적해 왔던 힘을 단시일 내에 잃어버렸다. 그랑의 경우나 리외에게 보내졌던 그 처녀 환자의 경우처럼 입에 다 넣었던 먹잇감을 놓쳐버린다든지, 이삼일 간 어떤 동네에서 병세가 악화되는 모습을 보이다가 갑자기 다른 동네에서는 완전히 사라져버린다든지, 월요일에는 희생자 수를 부쩍 늘려 놓았다가 수요일에는 모두 살려준다든지, 페스트가 숨을 몰아쉬거나 서두르는 듯한 모습으로 신경질과 무기력증 사이를 오가며 스스로 붕괴하는 것 같았다. 페스트는 스스로에 대한 통제력을 상실해 가는 것 같았으며 자신의 힘의 바탕이었던 수학적이고 절대적인 효율성을 잃어버린 것 같았다. 그때까지 효력을 발휘하지 못했던 카스텔의 혈청도 갑자기 잇따라 성공을 거두었다. 그리고 전에는 아무 효과도 없던 의사들의 조치도 갑자기 확실한 효과를 보이기 시작했다. 이제까지 별 효과를 보지 못하던 무딘 무기가 궁지에 몰리고 힘이 약해진 페스트에게 힘을 발휘하기 시작한 것이다. 다만 병이 갑자기 완강해지면서 회복되리라고 기대하던 사람을 공격하고 그 목숨을 앗아가는 일이 이따금 발생했다. 그들은 페스트와는 불운으로 엮인 사람들이었으며 희망에 가득 찬 상태에서 죽어간 사람들이었다. 격리 수용소에서 나온 오통 예심판사가 바로 그 경우였다. 그에 대해 타루는 운이 없었다고 말했는데, 그의 죽음을 두고 한 말인지 그의 삶을 두고 한 말인지는 알 수 없었다.

어쨌든 전체적으로 보자면 전염병은 모든 전선에서 물러나고 있었으며 그동안 소극적으로 은근한 희망만 주었던 도청 당국에서도 승리가 확실하고 병이 진지를 포기했다는 확신을 시민들에게 보여주었다. 하지만 그게 정말 승리인지는 확신하기 어려웠다. 다만 병이 왔을 때와 같은 식으로 떠나고 있는 것 같다는 느낌을 줄 뿐이었다. 어제까지만 해도 효과가 없다가 갑자기 아주 유효해지긴 했지만 병에 대한 대응 전략이 바뀐 것도 아니었다. 그저 병이 스스로 기진맥진했거나 소기의 목적을 달성하고 물러간 것 같은 느낌만 들 뿐이었다. 어떤 의미로는 병이 자신의 역할을 다 한 것으로 보였다.

그렇지만 겉보기에 시내 모습은 하나도 달라진 것이 없어 보였다. 낮이면 거리는 여전히 조용했고 저녁이면 외투 차림에 목도리를 두른 사람들로 넘쳐났다. 극장과 카페도 여전히 성업 중이었다. 그러나 좀 더 자세히 들여다보면 사람들의 얼굴이 좀 더 부드러워지고 이따금 미소를 짓는다는 것을 알 수 있었다. 그리고 그 모습은 이제까지 거리에서 웃는 사람이 한 명도 없었다는 사실을 확인하게 해주기도 했다. 그 도시를 덮고 있던 어두운 베일에 작은 틈이 생긴 것이며 주민들에게 그렇게 작은 희망이 가능해진 바로 그 순간부터 페스트의 실질적인 지배는 끝이 난 것이다.

물론 그 와중에도 돌발 사건은 있었다. 예컨대 통계 수치가 가장 희망적이었던 바로 그 순간에 탈출 기도가 몇 번 있었다. 그리고 그 시도들은 대부분 성공했다. 사실 그들은 자신들의 감정에 따라 자연스럽게 행동한 것이었다. 오랫동안 페스트의 지배를 받으면서 그들은 심각한 회의에 빠져 있었고 거기서 벗어나지 못했다. 페스트의 시대가 끝났음에도 불구하고 그들은 여전히 페스트의 기준에 맞춰 살고 있었던 것이다. 희망은 그들에게 아무런 영향력도 발휘하지 못했다. 그들은 사건의 흐름에 뒤떨어져 살고 있었던 것이다. 반대의 경우도 있었다. 사랑하는 사람과 헤어진 채 절망 속에서 살아오던 사람들에게 갑자기 희망의 바람이 불어오자 그중에는 자제력을 상실하는 사람이 생겼다. 목적지에 다 왔는데 죽을지도 모른다는 공포, 그렇게 오랫동안 고생했는데 그리운 사람을 만나지 못하는 경우가 생기면 어쩌나 하는 공포에 그들은 탈출을 감행했다. 희망이 생기자마자 공포나 절망에도 끄떡없던 태도가 무너져버린 것이다. 그들은 페스트와 끝까지 보조를 맞출 수 없었기에 페스트보다 앞서려고 미친 사람처럼 서두른 것이다.

1월 25일이 될 때까지 주민들은 그런 흥분 속에서 지냈다. 그 주에 이르자 도청에서는 의사협회의 자문을 거쳐 질병이 근절된 것으로 보인다고 발표했다. 하지만 신중을 기하기 위해 시의 출입문은 향후 두 주일 동안 계속 폐쇄상태를 유지할 것이며 예방조치도 한 달간 더 지속될 것이라고 발표했다. 그 기간에 조금이라도 재발 징후가 보이면 현상유지는 지속될 것이며 모든 조치도 연장될 것이라는 추가항목이 덧붙여져 있었다. 하지만 사람들은 이 추가항목이 형식에 불과할 뿐이라고 간주했다. 그리하여 1월 25일 저녁에는 즐겁게 흥분된 분위기가 도시를 가득 채웠다. 도지사도 도민들과 기쁨을 나누기 위해 등화관제를 해제했다.

그날 저녁 타루와 리외도 랑베르 및 다른 사람들과 함께 군중 속을 걸어가면서 발이 둥둥 떠다니는 것 같은 기분을 느꼈다. 그들은 대로를 벗어나 인적 없는 골목길로 접어들었다. 골목 안 집들의 덧창은 여전히 어둠 속에 닫혀 있었다. 그들이 그 닫힌 덧창들을 바라보며 골목길을 걸은 지 꽤 오래되었는데도 기쁨의 환성이 타루와 리외의 뒤를 계속 따라왔다. 피로 때문이기도 했지만 그들은 아직 닫혀 있는 그 덧창들 뒤에서 계속되고 있는 고통과 약간 멀리서 거리를 채우고 있는 기쁨을 따로 떼어놓을 수가 없었다. 다가오는 해방은 웃음과 눈물이 뒤섞인 얼굴을 하고 있었다.

사람들의 함성이 더 커지고 즐거워졌을 때 타루는 갑자기 걸음을 멈추었다. 어두운 보도 위를 웬 형체 하나가 가볍게 달려가고 있었다. 고양이었다. 지난봄 이후 처음 보는 고양이었다. 고양이는 길 한가운데 잠시 멈춰 서더니 망설이다가 한쪽 발을 핥았다. 이어서 그 발로 오른쪽 귀를 긁적인 후 소리 없이 달려서 어둠 속으로 사라졌다. 타루는 미소를 지었다. 그 키 작은 노인이 만족해하리라.

***

　페스트가 물러나면서 소리 없이 나왔던 자신의 소굴로 다시 들어가던 그 순간에 페스트의 퇴각에 망연자실한 사람이 이 도시에 한 명 있었다. 타루의 수첩에 의하면 그 사람은 바로 코타르였다.

　사실을 말하자면 타루의 수첩은 통계수치가 낮아진 순간부터 상당히 이상해지고 있었다. 피곤해서였는지 글씨를 알아보기 어려웠으며 한 이야기에서 다른 이야기로 너무 자주 넘어갔다. 게다가 처음으로 그의 수첩은 객관성을 잃고 개인적인 판단에 자리를 내주고 있었다. 예컨대 코타르에 대해 상당히 길게 언급하다가 고양이에게 침을 뱉는 노인의 이야기를 짧게 삽입하기도 했다. 타루는 길에서 노인의 집의 덧창을 바라보았다. 하지만 고양이가 다시 나타난 이후에도 덧창은 열리지 않았다. 타루는 노인이 화가 났거나 죽었거나 둘 중 하나라고 기록하고 있었다. 만일 노인이 화가 나서 창문을 열지 않는다면 자기는 옳고 페스트가 자신에게 잘못했다고 생각했기 때문일 것이며, 만일 그가 죽었다면 그 노인도 혹시 해수병 환자처럼 성자가 아니었는지 자문해 봐야 한다고 이상한 결론을 내리고 있었다.

타루는 그 노인이 성자라고 생각하지는 않았지만 그에게 그 어떤 표지가 있다고 생각하고 있었다. 그의 수첩에는 '어쩌면 우리는 성자의 근처까지만 갈 수 있는지도 모른다. 그런 경우 겸손하고 자비로운 악마주의 정도로 만족해야 할지도 모른다'라고 적혀 있었다.

수첩은 코타르에 관한 관찰이 주를 이루고 있었지만 그 외에도 이런저런 기록들이 뒤섞여 있었다. 그중에는 이제 회복기에 접어들어 아무 일도 없었다는 듯 일하고 있는 그랑에 관한 이야기도 있었고 리외의 어머니에 대한 묘사도 제법 많았다. 그는 그가 한집에 살면서 부인과 나눈 대화, 노부인의 겸손한 태도와 미소, 이 방에서 저 방으로 걸어갈 때의 우아함, 행동거지에서 저절로 드러나는 선량함에 대해 묘사하면서 그녀가 그 어떤 어려움에도 떳떳하게 대처할 수 있는 사람이라는 사실을 강조하고 있었다. 그런데 이 부분에서 타루의 글씨는 이상하게 뭔가 흔들리는 듯한 모습을 보여주었다. 이어지는 몇 줄은 읽기 어려웠고 그 흔들림의 증거라도 되는 양 마지막 말들은 개인적인 이야기로 맺어지고 있었다. 그의 수첩에 개인적인 이야기가 나온 것이 그때가 처음이었다.

나의 어머니도 그랬다. 나는 어머니의 그런 다소곳함을 좋아했고 나는 늘 그런 어머니 곁에 있고 싶었다. 이제 8년이 되었지만 나는 어머니가 돌아가셨다고 말할 수 없다. 어머니는 평소보다 좀 더 멀리 다소곳하게 물러나 있을 뿐이다. 그리고 내가 뒤돌아보았을 때 더 이상 거기 계시지 않았다.

하지만 다시 코타르 이야기로 돌아가기로 하자. 통계 수치가 줄어든 이래 코타르는 이런저런 핑계를 대며 리외를 자주 찾아왔다. 하지만 사실상 언제나 그가 궁금해한 것은 전염병이 어떻게 전개될 것인지 그 예상 추이였다.

"전염병이 아무 예고도 없이 이렇게 갑자기 끝나리라고 보세요?"라고 그는 묻곤 했다.

코타르는 그 점에 대해서 회의적이었고 적어도 회의적이라고 공언했다. 하지만 그 질문을 자주 하는 것을 보면 그다지 확신하지는 않는 것 같았다. 1월 중순 경 리외가 낙관적인 대답을 해주자 코타르는 기뻐하기는커녕 오히려 불쾌감을 드러냈다. 그래서 그 후로 리외는 통계수치가 희망적이라 할지라도 승리를 함부로 선언할 수는 없을 것이라고 답해주었다. 그러자 코타르가 말했다.

"그렇다면 알 수 없다는 말씀인가요? 어느 날인가 다시 시작될 수도 있다는 말씀인가요?"

"그렇습니다. 치료 속도가 빨라질 수도 있고 다시 시작될 수도 있습니다."

다른 모든 사람에게는 불안감을 주었을 이런 불확실성이 오히려 코타르를 안심시켰다. 그리고 리외의 말을 사람들에게 전하며 사람들이 불안해하는 모습을 보고 안도감을 느꼈다. 그러다가도 곧 낙심해서 타루에게 이렇게 말하곤 했다.

"그래도 결국은 문이 열리고 말 거예요. 그러면, 두고 보세요. 모두 나를 버릴 거예요."

1월 25일이 될 때까지 그의 정신 상태가 불안하다는 것을 모든 사람이 알게 되었다. 그는 그동안 잘 지내던 사람들과 담을 쌓고 며칠간 두문불출하는가 하면 느닷없이 사람들과 어울리며 페스트에 대해 이런저런 의견을 늘어놓기도 했고 저녁마다 군중들에 휩쓸려 즐겁게 지내기도 했다.

도청의 발표가 있던 날 코타르가 완전히 종적을 감췄다. 이틀 뒤에 타루가 거리에서 헤매고 있는 그를 만났다. 코타르는 타루에게 변두리 자기 집 근처까지 좀 데려다 달라고 부탁했다. 타루는 피곤했지만 코타르가 하도 강하게 요구하는 바람에 그의 부탁을 들어주었다. 가는 길에 코타르는 타루에게 도청의 발표대로 정말로 페스트가 끝나는 것이냐고 물었다. 타루는 당국의 발표로 재앙이 끝나는 것은 아니지만 예상치 못한 일만 벌어지지 않는다면 병이 끝날 것이라고 보는 게 합당하다고 말했다.

"그래요, 예상치 못한 일만 벌어지지 않는다면 말이지요. 그리고 언제나 예상치 못한 일은 있기 마련이고요." 코타르가 말했다.

타루는 도에서 출입문 개방을 2주일 미루고 있는 것도 그런 상황에 대비하기 위한 것이라고 말해주면서 어쨌든 머지않아 출입문이 열릴 가능성이 크니 정상적인 생활로 돌아갈 준비를 하는 게 나을 거라고 덧붙였다.

"좋습니다, 좋아요." 코타르가 말했다. "그런데 정상적인 생활로 돌아간다는 게 무슨 뜻이지요?"

"극장에 새 영화가 들어오는 것 같은 거지요." 타루가 웃으며 말했다.

하지만 코타르는 웃지 않았다. 그는 페스트가 왔다 간 뒤에 도시에는 아무 변화가 없을 것인지, 모든 것이 아무 일도 없었던 것처럼 전과 같이 다시 시작될 수 있는지 알고 싶어 했다. 타루는 페스트가 도시를 변화시킬 수도, 변화시키지 않을 수도 있다고 생각한다고 말했다. 그는 물론 우리 시민들은 아무것도 변한 것이 없는 것처럼 살고 싶은 욕망이 강하고 앞으로도 강할 것이다, 따라서 어떤 의미에서는 아무런 변화도 없을 것이다, 하지만 다른 의미에서 보자면 아무리 원해도 모든 것을 잊을 수는 없는 법이니 적어도 사람들의 마음속에 페스트는 흔적을 남길 것이라고 말했다. 그러자 그 작은 키의 연금생활자는 자신은 사람들의 마음에는 조금도 관심이 없다고, 그런 건 아예 신경도 쓰지 않는다고 잘라 말했다. 자기가 관심이 있는 것은 기관의 조직 같은 것이 변하지 않을까 하는 문제, 말하자면 기관의 일들이 이전처럼 돌아갈 것인지 아는 것이라고 말했다. 타루는 그런 것에 대해서는 아는 바가 없다고 인정하고는 전염병 기간 중에 그런 기관들의 조직과 일이 엉망이 되었으니 전처럼 하기가 좀 어렵지 않겠느냐고 대답했다. 게다가 새로 해야 할 일들이 산적해 있을 테니 옛 기관들을 재조직해야 할 필요도 있을 것이라고 대답했다.

"아, 맞아요!" 코타르가 말했다. "정말 그럴 거예요. 모든 사람이 모든 걸 새로 시작해야 할 거예요."

제5부

307

두 사람은 코타르의 집 근처에 도착했다. 코타르는 활기를 되찾고 낙관적인 생각을 하려고 애쓰고 있었다. 그는 과거를 지우고 제로 상태에서 새롭게 다시 살아가는 도시를 상상하고 있었다.

"그래요." 타루가 말했다. "어쨌든 당신 일도 잘 될 겁니다. 어떤 식으로건 새로운 삶이 시작되는 거니까요."

그들은 문 앞까지 가서 악수를 나누었다.

"옳아요." 코타르가 점점 더 흥분하며 말했다. "제로부터 다시 시작하는 것, 그게 정말 좋을 거예요."

그런데 어두운 복도에서 남자 두 명이 불쑥 나타났다. 말끔한 복장의 사복형사임이 분명했다. 그들이 코타르에게 코타르가 맞느냐고 묻자마자 코타르는 끙하는 신음 소리를 내더니 몸을 돌려 어둠 속으로 재빨리 사라져버렸다. 놀라움이 가라앉자 타루는 두 사람에게 무슨 일이냐고 물어보았다. 그러자 그들은 신중하고 상냥한 태도로 조사할 게 좀 있어서 그런다고 말한 다음 코타르가 사라진 쪽으로 서두르지 않고 걸어갔다.

집으로 돌아온 타루는 그 장면을 기록한 후 자신이 피곤하다고 기록했다(글씨 자체가 그의 피곤함을 보여주고 있었다.). 이어서 그는 아직 자기에게는 할 일이 많이 남아 있다, 하지만 일이 많이 남아 있다는 것이 준비를 게을리하는 핑계가 될 수는 없다, 라고 적으면서 자신이 과연 제대로 준비가 되었는지 자문하고 있었다. 이어서 그는 자신의 질문에 대한 대답 대신 인간에게는 낮이건 밤이건 비겁해지는 때가 반드시 있기 마련이며 자신이 두려워지는 것은 오로지 그런 때뿐이라고 적었다. 그리고 그것이 타루의 수첩의 마지막 기록이었다.

***

　도시의 문이 열리기 며칠 전인 그 다음다음 날 리외는 혹시 기다리던 전보가 와 있지나 않은지 궁금해하며 정오에 집으로 돌아왔다. 페스트가 절정일 때만큼 몸은 녹초가 되어 있었지만 결정적인 해방에 대한 기대감이 피로를 녹여주었다. 이제 그는 희망을 품고 있었고 그 희망을 즐기고 있었다. 인간이란 항상 의지를 내세우고 완강하게 버티며 살 수만은 없는 법이다. 투쟁을 위해 묶어놓았던 힘의 다발을 감정을 토로하면서 풀어놓는 것, 그것이 바로 행복이다. 기다리던 전보까지 좋은 소식을 전해준다면 리외는 다시 시작할 수 있으리라. 모든 사람이 새 출발을 해야 한다는 것, 그것이 그의 생각이었다. 그렇다, 추상이 끝나면 다시 시작하리라. 그리고 운이 조금만 좋다면……

그가 문을 여는 순간 어머니가 그를 맞으며 타루 씨의 몸이 좋지 않다고 말했다. 아침에 자리에서 일어나긴 했지만 외출하지 못하고 다시 침대에 누웠다는 것이었다. 리외 부인은 불안해하고 있었다.

"아마 별거 아닐 거예요." 아들이 말했다.

타루는 사지를 쭉 뻗고 누워 있었다. 묵직한 머리가 베개 속에 파묻혀 있었고 두꺼운 이불 아래 두툼한 가슴이 두드러져 보였다. 열이 있었고 두통으로 고생하고 있었다. 분명하진 않지만 페스트 증세 같다고 타루가 리외에게 말했다.

"아니, 아직 확실한 건 아무것도 없어요." 그를 진찰한 후 리외가 말했다.

하지만 타루는 갈증 때문에 괴로워했다. 복도로 나온 리외는 어머니에게 페스트 초기 같다고 말했다.

"오, 그럴 수가! 이제 와서!" 어머니가 말했다. 그런 후 그녀가 곧바로 말했다.

"베르나르, 격리하지 말고 우리 집에서 치료하자. 우리는 혈청주사를 맞았잖니?"

리외는 타루도 맞았다며 타루가 너무 피곤해서 마지막 혈청

주사를 맞지 않았거나 몇 가지 주의 사항을 잊었을 수도 있다고만 대답했다. 그는 진료실로 갔다가 다시 방으로 돌아왔다. 그의 손에는 커다란 혈청주사가 들려 있었다.

그 모습을 보고 타루가 말했다.

"역시 그거로군요."

"아니, 예방 삼아 하는 겁니다."

타루는 말없이 팔을 내밀고 자신이 다른 환자들에게 놓아주었던 주사를 오랫동안 맞았다.

"오늘 저녁에 결과를 봅시다." 리외가 타루의 얼굴을 똑바로 바라보며 말했다.

"격리되겠지요?"

"페스트인지 확실하지도 않은데요."

리외가 힘겹게 미소 지으며 말했다.

"혈청주사를 놓으면서 격리 지시를 내리지 않는 건 처음 보는군요."

리외가 고개를 돌렸다.

"어머니와 내가 간호할게요. 그게 나을 겁니다."

타루가 입을 다물었다.

"가능하면 잠을 좀 자 둬요. 곧 돌아올게요."

의사가 문 앞까지 갔을 때 타루가 그를 불렀다. 그가 타루를 향해 돌아섰다. 타루는 어떤 식으로 말을 해야 할지 고민하는 것 같았다. 이윽고 그가 입을 열었다.

"리외, 사실대로 다 말해줘요. 그래야만 해요."

"약속하지요."

"고마워요. 죽고 싶지 않아요. 그러니 싸워보겠어요. 하지만 질 수밖에 없다면 깨끗하게 끝내고 싶어요."

리외는 몸을 낮춰 그의 어깨를 붙잡고 말했다.

"아니죠. 성자가 되려면 살아야 해요. 싸우세요."

낮 동안에 강추위는 좀 누그러졌다. 하지만 오후가 되자 소나기에 섞여 우박이 쏟아졌고 황혼녘이 되자 하늘은 좀 맑아졌지만 뼈에 스며드는 듯한 심한 추위가 닥쳐왔다. 저녁에 집에 들어온 리외는 외투도 벗지 않은 채 곧바로 친구가 누워 있는 방으로 갔다. 어머니는 뜨개질을 하고 있었다. 타루는 침대에서 꼼짝도 하지 않은 것 같았으나 열로 허옇게 뜬 입술은 그가 힘겹게 싸우고 있음을 보여주고 있었다.

"좀 어때요?" 의사가 말했다.

타루는 침대 밖으로 드러난 두툼한 어깨를 약간 으쓱했다.

"아무래도 질 것 같아요."

의사가 몸을 굽혀 그의 몸을 살펴보았다. 타루는 이상하게도 림프절과 폐렴성 페스트 두 가지 증세를 모두 보이고 있었다. 리외는 몸을 일으키며 아직 혈청이 효력을 나타내려면 좀 기다려봐야 한다고 말했다.

저녁 식사 후 리외와 그의 어머니는 환자 곁에 와서 앉았다. 투쟁 속에서 타루의 밤이 시작되고 있었다. 리외는 페스트의 천사와의 그 힘겨운 싸움이 새벽까지 이어지리라는 것을 알고 있었다. 타루의 단단한 어깨와 넓은 가슴이 그 싸움의 무기가 아니었다. 그보다는 차라리 리외가 조금 전에 뽑아낸 타루의 피가 무기였으며, 그리고 영혼보다 내밀한 그 핏속의 그 무엇, 어느 과학으로도 밝힐 수 없는 그 무엇이 무기였다. 리외가 할 수 있는 처방이라는 것은 요행이 작동할 수 있도록 자극을 주는 일에 불과했다. 페스트가 약화되어 물러가고 있는 지금 리외는 페스트의 예기치 않은 모습에 당황하고 있었다. 페스트는 자신을 퇴치하기 위해 사람들이 세워놓은 전략을 무력화하기 위해 또다시 애쓰고 있었다. 페스트는 예기치 않던 곳에 불쑥 모습을 드러내기도 하고 이미 자리 잡고 있다고 여겨지는 곳에서 홀연 사라지기도 했다. 페스트는 다시 한번 사람들을 놀라게 하려고 애쓰고 있었다.

타루는 꼼짝하지 않은 채 싸우고 있었다. 밤새도록 고통이 엄습해도 그는 단 한 번도 몸부림치지 않은 채 그 육중한 몸과 침묵만으로 싸우고 있었다. 리외는 친구가 힘겹게 싸우고 있는 모습을 떴다 감았다 하는 그의 눈을 통해서만 더듬어 볼 수 있을 뿐이었다. 리외와 시선이 마주칠 때마다 타루는 매우 힘겹게 미소 지었다.

밖에서 거센 비가 우박과 함께 몰아치고 있었다. 리외는 잠시 비에 정신이 팔렸다가 다시 타루를 주의 깊게 바라보았다. 어머니는 뜨개질을 하면서 때때로 고개를 들어 환자를 주의 깊게 바라보았다. 이제 리외는 의사로서 해야 할 일은 다 한 셈이었다. 비가 그치자 방안의 침묵은 더 깊어졌고 눈에 보이지 않는 전쟁의 소리 없는 소요가 방안에 가득했다. 수면 부족으로 신경이 날카로워진 의사에게 전염병이 유행하던 기간 내내 그를 따라다니던 부드럽고 규칙적인 휘파람 소리가 침묵 저 끝에서 들려오는 것만 같았다. 그는 어머니에게 가서 누우라고 눈짓을 했다. 하지만 어머니는 고개를 저으며 괜찮다고 했다.

비가 그치자 사람들 발소리가 들려왔다. 사이렌 소리가 들리지 않는 이 밤, 행인들이 거리를 가득 메운 이 밤이 병이 유행하지 않던 시절의 밤과 비슷하다는 것을 의사는 처음으로 느꼈

페스트

다. 그것은 페스트로부터 해방된 밤이었다. 그리고 추위와 빛과 군중들에게 쫓긴 페스트가 도시 어두운 깊은 곳에 숨어 있다가 몰래 빠져나온 뒤 이 방으로 숨어들어 꼼짝 않고 누워 있는 타루의 몸에 최후의 공격을 퍼붓는 것 같았다. 재앙은 더 이상 도시의 하늘을 휘젓지 않았다. 대신 방안의 무거운 공기 속에서 조용히 휘파람을 불고 있었다. 몇 시간 전부터 리외의 귀에 들리던 소리는 바로 그 소리였다. 방에서도 그 소리가 그치기를, 페스트가 항복을 선언하기를 기다려야만 했다.

동트기 전에 리외가 어머니에게 몸을 기울이고 말했다.

"좀 주무시고 여덟 시에 저와 교대해주세요. 주무시기 전에 소독하시고요."

리외 부인은 일어나서 뜨개질감을 정리한 뒤 침대로 다가갔다. 타루는 얼마 전부터 눈을 감고 있었다. 땀에 젖은 머리카락이 단단한 이마 위에 엉겨 붙어 있었다. 부인의 한숨 소리에 타루가 눈을 떴다. 자기를 굽어보는 부드러운 얼굴을 보고 타루의 얼굴에 늘 짓곤 하던 미소가 다시 나타났다. 하지만 이내 눈은 다시 감기고 말았다. 혼자 남은 리외는 조금 전까지 어머니가 앉았던 안락의자에 앉았다. 거리에서는 아무 소리도 들리지 않았다. 새벽 추위가 방안에서 느껴지기 시작했다.

제5부

의사는 설핏 잠이 들었다가 새벽 첫 자동차 소리에 깨어났다. 오한이 느껴졌다. 타루를 보니 일시적으로 진정이 되었는지 잠들어 있었다. 창문 쪽을 보니 아직 어두웠다. 의사가 침대 가까이 가자 타루가 무표정한 눈으로 그를 바라보았다. 아직 잠이 덜 깬 것 같았다.

"좀 잤지요?" 의사가 물었다.

"네."

"숨쉬기는 좀 나아졌나요?"

"약간은. 그게 무슨 의미가 있나요?"

리외는 잠시 침묵을 지키다가 말했다.

"아뇨. 아무 의미도 없습니다. 아침이면 일시적으로 진정된다는 거, 당신도 알잖아요."

타루가 고개를 끄덕이며 말했다.

"고맙습니다. 늘 그렇게 정확하게 말해줘요."

타루는 눈을 감았다. 피곤한 얼굴이었다. 몸 깊숙한 곳에서 꿈틀거리고 있는 열이 어서 올라오기를 기다리고 있는 것 같았다.

일곱 시에 리외 부인이 방으로 들어왔다. 의사는 병원으로 전화를 걸어 대리 근무자를 배치시켰다. 다시 방으로 가니 타루의 머리가 어머니 쪽을 향해 있었다. 환자는, 허벅지에 두 손을 올린 채 의자에 허리를 굽히고 앉아 있는, 마치 그림자 같은 조그만 형체를 열심히 바라보고 있었다. 그녀가 몸을 숙이고 베개를 바로 세워주었다. 그녀는 몸을 일으키면서 땀에 젖어 이마에 엉겨 붙어 있는 타루의 머리카락에 잠시 손을 얹었다. 그러자 고맙다고, 이제 괜찮다고 말하는 목소리가 마치 멀리서 들리는 듯 부인의 귀에 들려왔다. 타루는 다시 눈을 감았다. 입술은 굳게 닫고 있었지만 기진맥진한 얼굴에 다시 미소가 떠오른 것 같았다.

정오에 열은 절정에 달했다. 환자는 창자가 빠져나올 듯 기침을 하며 피를 토했다. 타루는 폭풍 깊은 곳으로 표류해 가고 있었다. 리외 앞에는 이제 미소가 사라진 움직임이 없는 가면만이 놓여 있을 뿐이었다. 그와 친근했던 한 인간이 페스트의 물결 속으로 가라앉고 있었다. 하지만 그 난파를 막기 위해 그가 할 수 있는 일이라고는 아무것도 없었다. 그는 재앙에 대항할 무기도 없이, 어떻게 도와줄 방법도 없이, 빈손인 채 가슴 아파하며 기슭에 머물러 있어야만 했다. 마침내 무기력한 눈물만 흘릴 수 있을 뿐이었고 그 때문에 타루가 갑자기 벽 쪽으로 돌아눕는 것도, 마치 그의 속 어디선가 생명줄이 끊어지듯 힘없는 신음 소리를 내며 숨을 거두는 모습도 보지 못했다.

리외는 이제 친구를 둘러싸고 정적이 감도는 것을 느꼈다. 그는 그 정적을 이전에 페스트로 죽어가던 사람들 곁에서도 느꼈었다. 그 정적은 휴식이었고 장엄한 공백이었으며 전투를 치른 뒤에 찾아오는 진정(鎭靜)이었고 패배의 침묵이었다. 하지만 지금 친구를 에워싸고 있는 정적은 그때와 똑같으면서도 달랐다. 이 침묵은 너무나 농밀(濃密)했으며 페스트로부터 해방된 도시와 거리의 침묵과 너무 긴밀하게 연결되어 있었다. 리외는 이번 패배야말로 일시적인 패배가 아니라 결정적인 패배라는 것을, 전쟁을 끝내버리는 패배라는 것을, 평화를 그 자체 치유 불가능한 고통으로 만들어버리는 패배라는 것을 느꼈다. 리외는 타루가 결국 평화를 찾았는지는 알 수 없었지만 적어도 그 순간에는, 마치 아들을 빼앗긴 어머니나 친구를 묻은 사람에게 휴전이 불가능한 것처럼, 자신에게 더 이상 평화가 없으리라는 것을 알 것 같았다.

밖은 여전히 춥고 어두웠다. 맑고 차가운 하늘에 별들이 얼어붙어 있었다. 어둑어둑한 방에서도 유리창을 짓누르는 추위와 매서운 바람이 느껴졌다. 침대 옆에는 리외 어머니가 앉아 있었고 리외는 방 한가운데 안락의자에 앉아 있었다. 아내 생각이 났지만 그는 그럴 때마다 그 생각을 밀어냈다.

"다 처리했니?" 리외 부인이 물었다.

"네, 전화했어요."

두 사람은 다시 말없이 밤샘을 시작했다. 자동차 지나가는 소리, 사람 부르는 소리, 말굽 소리 등 밤이면 늘 들려오는 소리들이 밖에서 잠시 들리다가 다시 밤의 침묵이 이어지곤 했다.

"베르나르."

"네."

"피곤하지 않니?"

"괜찮아요."

그는 어머니가 무슨 생각을 하고 있는지 알고 있었고 그 순간 어머니가 자기를 사랑하고 있다는 것도 알았다. 하지만 한 인간을 사랑한다는 것이 대단한 일이 아니라는 것을 그는 알고 있었고 최소한 스스로 모습을 드러낼 수 있을 만큼 강한 사랑은 없다는 것을 알고 있었다. 따라서 그와 그의 어머니는 언제나 침묵 속에서 서로 사랑하리라. 그리고 어머니, 혹은 그는 자신의 사랑을 평생 고백하지 못한 채 죽으리라. 마찬가지로 그는 타루 곁에서 살았고, 그들의 우정을 진정으로 체험하지도 못한 채 타루가 그날 저녁 죽었다. 타루는 자신이 말한 대로 싸움에서 졌다. 그렇다면 살아남은 리외는 이긴 것인가? 그는 무엇을 얻었는가? 단지 페스트를 알았고, 그것을 기억한다는 것, 우정을 경험하고 우정에 대한 추억을 가졌다는 것, 애정을 알았고 애정에 대한 추억을 간직하리라는 것뿐이다. 페스트, 그리고 삶과의 싸움에서 인간이 얻을 수 있는 것은 그 앎과 기억뿐이다. 타루가 싸움에서 이긴다고 한 것은 아마 그것이었는지도 모르리라!

다시 자동차 한 대가 지나갔다. 리외 부인이 의자 위에서 몸을 들썩였다. 리외가 그녀를 보고 미소 지었다. 그녀는 아들에게 피곤하지 않냐고 물은 후 덧붙여 말했다.

"너도 거기, 산에 가서 좀 쉬어야겠다."

"그럴게요, 어머니."

그렇다, 거기 가서 쉬리라. 안될 게 뭐 있단 말인가? 그것 또한 기억을 위한 하나의 구실이 되리라. 하지만 싸움에서 이긴다는 것이 이런 것이라면, 희망하던 것을 빼앗기고 아는 것과 기억하는 것만 지니고 살아간다는 것은 그 얼마나 괴로운 것이랴. 타루는 분명 그런 삶을 살았을 것이고 그렇기에 환상 없는 삶이란 그 얼마나 메마른 삶인가를 의식하고 있었으리라. 희망이 없으면 평화도 없다. 그리고 타루는 인간에게 그 어떤 인간이건 단죄할 권리가 있을 수 있다는 사실을 거부했다. 그러나 그는 그 누구도 남을 단죄하지 않을 수 없다는 사실, 심지어 희생자도 때로는 사형집행인이 될 수 있다는 사실을 알고 있었다. 타루는 분열과 모순 속에서 살았으며 희망이라고는 경험하지 못했다. 그가 성스러움을 추구하고 인간에 대한 봉사에서 평화를 찾으려 한 것은 그 때문이었을까? 사실 리외는 그런 것에 대해 아무것도 알지 못했고 그에게 그런 건 별로 중요하지 않았다. 그가 타루에 대해 간직하게 될 이미지는 자동차 핸들을 꽉 잡고 운전하던 이미지, 또는 움직임 없이 누워 있던 육중한 몸의 이미지뿐일 것이다. 삶의 온기와 죽음의 이미지, 그것이 바로 앎이었다.

리외가 다음 날 아침 아내가 죽었다는 소식을 평온하게 받아들일 수 있었던 것은 분명히 그 때문이었을 것이다. 그는 자신의 진료실에 있었다. 어머니가 전보 한 통을 급히 들고 오더니 우편배달부에게 팁을 주려고 다시 밖으로 나갔다. 어머니가 돌아오니 아들은 전보를 펼쳐 들고 있었다. 어머니가 그를 쳐다보았다. 그러나 그는 창문을 통해 찬란한 아침이 항구 위로 밝아오는 모습을 뚫어지게 바라보고만 있었다.

"베르나르." 리외 부인이 말했다.

의사가 무심한 표정으로 어머니를 바라보았다.

"무슨 전보니?" 그녀가 물었다.

"그렇게 됐대요. 일주일 전에요." 그가 말했다.

리외 부인은 창문 쪽으로 얼굴을 돌렸다. 의사는 말이 없었다. 잠시 후 그는 어머니에게 울지 마시라고, 예상하고 있었다고, 그래도 힘이 들기는 든다고 말했다. 그는 그 말을 하면서도 그 고통이 별 놀랄 일은 아니라는 것을 알고 있었다. 그것은 여러 달 전부터, 이틀 전부터 계속되어온 바로 그 고통이었다.

***

2월 어느 화창한 날 새벽에 마침내 도시의 문이 열렸다. 시민들, 신문, 라디오를 비롯해 도청 공식 발표까지도 모두 그 사실을 자축했다. 화자는 비록 온전히 그 자리에 함께하지는 못한 사람 중 하나이지만 문이 개방된 뒤에 벌어진 일에 대해 기록할 것들은 남아 있다. 하지만 그 기록이 매우 간단하리라는 것은 미리 밝혀둔다.

밤낮으로 성대한 축하 행사가 마련된 것은 물론이다. 그와 동시에 기차가 역에서 연기를 내뿜기 시작했고 먼 바다에서 항해해 온 선박들도 어느새 우리의 항구로 뱃머리를 향했다. 그

날은 이곳에 유배되어 있던 사람들이 해방되는 날이기도 했지만 서로 헤어져 고통스러워했던 사람들이 재회하는 날이기도 했다. 그리고 랑베르는 그들 중 하나였다. 랑베르는 페스트가 몇 달 동안 계속되면서 추상이 되어버린 사랑이, 그 사랑을 지탱하게 해주었던 살아있는 육체적 존재와 만나는 그 순간을 떨리는 마음으로 기다렸다.

그는 전염병 초기, 단숨에 도시 밖으로 나가 사랑하는 사람을 만나고 싶어 하던 때의 자신으로 돌아가고 싶었으리라. 하지만 그는 그것이 불가능하다는 것을 알고 있었다. 그는 변했다. 페스트가 그에게 일종의 방심(放心)을 심어놓은 것이다. 그는 온 힘을 다해 그것을 부정하려 애썼지만 마치 말 없는 번뇌처럼 그 방심은 그의 안에 남아 있었다. 어떤 의미로는 페스트가 너무 갑자기 끝난 것 같아서 실감할 수 없을 정도였다. 행복은 전속력으로 다가오고 있었고 사태는 기대하던 것보다 더 빨리 진행되었다. 랑베르는 모든 것이 갑자기 주어지리라는 것을 깨달았다. 기쁨은 음미할 틈도 주지 않고 마치 화상(火傷)처럼 닥쳐왔다.

다른 사람들도 의식하느냐 않느냐의 차이는 있었지만 대체로 랑베르와 같았다. 그들은 기차역 플랫폼에서 여전히 공동체

제5부

323

의식을 느끼며 서로 눈짓과 미소를 교환하고 있었다. 그런 그들에게는 어느 정도 유배의 감정이 남아 있었다. 하지만 기차에서 뿜어져 나오는 연기를 보자마자 정신 못 차릴 정도로 퍼부어 내린 혼란스러운 기쁨의 소나기에 휩싸여 유배의 감정은 순식간에 사라지고 말았다. 기차가 멈춰서고 그 모습조차 가물가물하던 몸들을 서로의 팔로 탐욕스럽게 휘감는 순간, 대개 다 그 플랫폼에서 시작되었던 기나긴 이별은 바로 그곳에서 끝이 났다. 랑베르는 자신을 향해 달려오는 그 모습을 바라볼 겨를조차 없었다. 그녀는 이미 그의 가슴속으로 뛰어들고 있었다. 랑베르는 그녀를 품에 껴안은 채 머리카락 외에는 아무것도 보이지 않는 머리를 끌어안고 눈물을 흘렸다. 그 눈물이 지금의 행복 때문에 흐르는 것인지 아니면 너무 오랫동안 그를 억눌렀던 고통 때문에 흐르는 것인지 그는 알 수 없었다. 최소한 그 눈물 덕분에 그는 지금 자기 어깨에 파묻혀 있는 얼굴이 그가 그토록 꿈꿔 왔던 얼굴인지 아니면 낯선 얼굴인지 확인하지 않을 수 있었다. 나중에 그는 자신에게 그런 의심이 들었던 것이 사실임을 알게 되리라. 지금 당장은 그 역시 주변 사람들처럼, 페스트가 왔다 갔지만 조금도 사람들을 변화시키지 못했다고 믿는 듯한 표정을 짓고 있었다.

그렇게 재회한 사람들은 서로 그렇게 얼싸안은 채 집으로 돌아갔다. 그들은 페스트를 이겨냈다는 의기양양한 표정으로 나머지 세상에 대해서는 눈을 감았다. 그들은 이 세상의 비참 전체를 잊었고, 같은 기차를 타고 왔지만 마중 나온 사람이 없는 것을 보고 절망감에 빠진 사람들은 잊었다. 그런 사람들은 마음속에 이미 간직하고 있던 두려운 사실을 집에 가서 직접 확인해야 했다. 그들에게는 이제 마음속 생생한 고통 외에는 동반자가 없었으며 죽은 사람에 대한 추억밖에 매달릴 곳이 없었다. 이 재회의 순간에 그들의 이별의 슬픔은 최고조에 달했다. 이름도 없이 구덩이에 아무렇게나 묻혀버렸거나 불 속에서 녹아내려 한 줌 재가 되어버린 사람들과 함께 기쁨을 온통 잃어버린 어머니들, 배우자들, 연인들에게 페스트는 여전히 계속되고 있었다.

그때 도시의 모습은 활기 그 자체였다. 광장마다 사람들이 나와서 춤을 추었으며 거리를 오가는 자동차 수도 현저히 늘었다. 성당에서는 감사기도를 올리고 있었고 여기저기 사람들이 모인 가운데 축제가 벌어졌다. 카페에서는 마치 앞날이야 어찌 되건 상관없다는 듯 술을 아낌없이 내놓았고 제아무리 낯선 사람이라도 아무런 스스럼없이 서로 껴안고 입을 맞추었다. 죽음도 실현하지 못했던 평등을 해방의 기쁨이, 비록 몇 시간에 불과할지라도, 실현하고 있었다.

　그날 오후 늦게 의사 리외는 종소리와 대포 소리, 음악 소리가 울려 퍼지고, 사람들이 귀가 먹먹해질 정도로 함성을 지르는 가운데 변두리 지역을 향해 홀로 걸어가고 있었다. 그가 해야 할 일은 계속 이어지고 있었다. 환자들에게 휴가는 없었다. 그의 주변에서 남자와 여자들은 몹시 흥분해서 욕망에 가득 찬 소리를 지르고 있었고 서로를 부둥켜안고 있었다. 그렇다, 공포가 사라지면서 페스트도 끝이 난 것이고 그렇게 부둥켜안은 팔들은 페스트가 실은 유배와 이별— 깊은 의미에서—그 자체였음을 말해 주고 있었다. 대부분의 사람들은 그동안 곁에 있지 않은 사람들을 향해 육체의 온기와 애정, 습관을 돌려달라고 온 힘을 다해 외치고 있었던 셈이다. 어떤 이들은 사람들과 애정을 나눌 수 없게 된 처지에 속하게 된 것을, 편지나 기차나 배 같은 평범한 수단으로는 더 이상 그들과 만날 수 없게 된 것을 괴로워했다. 드문 경우이긴 하지만 아마 타루도 포함될 수 있을 다른 사람들은 자신들이 정의 내리기 어려운 그 무엇, 하지만 그들에게 가장 바람직한 것으로 보이는 그 무엇과 다시 결합하기를 바랐다. 그것에 달리 붙일 말이 없어서 그들은 이따금 그것을 '평화'라고 불렀다.

리외는 계속 걸어갔다. 주변 군중은 점점 많아지고 점점 더 소란스러워졌다. 그는 그 무리에 녹아들면서 그 소리를 점점 더 잘 이해할 수 있었다. 그들이 외치는 소리, 최소한 그중 일부는 그 자신의 고함 소리였다. 그렇다, 모두 함께 육체적으로나 정신적으로 고통을 겪었다. 모두 그 힘든 부재, 대책 없는 유배 생활, 결코 채우지 못할 갈증으로 고통을 겪었다. 산더미처럼 쌓인 시체들, 구급차의 사이렌 소리, 그들이 운명이라 부르기로 동의했던 경고들, 공포심에 사로잡히게 했던 그 제자리걸음, 마음속에서 솟구치던 무시무시한 반항 한가운데서, 이 공포에 사로잡힌 존재들에게 진정한 조국을 되찾아야 한다고 외치는 경고의 소리가 그치지 않고 도처에 울려 퍼졌었다. 그들 모두에게 진정한 조국은 이 숨 막히는 도시 너머에 있었다. 진정한 조국은 언덕 위 향기로운 덤불 속에, 바닷속에, 자유로운 고장에, 사랑의 무게에 있었다. 그들은 나머지 모든 것에 대해 혐오감을 느끼고 등을 돌린 채 바로 그 조국, 그 행복으로 되돌아가고 싶어 한 것이다.

유배에 어떤 의미가 있는지, 재결합의 욕망에 어떤 의미가 있는지 리외는 아는 것이 없었다. 군중들 사이를 헤치며 걸어간 끝에 그는 차츰 사람들이 덜 붐비는 거리로 들어섰다. 그는 그런 것에 무슨 의미가 있는지는 중요하지 않고 그것들이 인간의 희망에 어떤 대답을 줄 수 있는지 알아봐야겠다고만 생각했다.

그는 이제 그 대답이 무엇인지 알 것 같았다. 인적이 거의 없는 변두리 지역으로 접어들자 더욱 뚜렷하게 그것을 알 수 있었다. 자신이 처해 있던 보잘것없는 처지에 만족하고 자신들의 사랑의 보금자리로 돌아가기만을 원했던 사람들은 이따금 보상을 받았다. 물론 그런 사람들 중에는 사랑하는 사람을 잃고 여전히 외롭게 거리를 걷고 있는 사람도 있었다. 오, 하지만 그들은 두 번 이별을 당하지 않은 셈이니 행복할 수도 있었다. 전염병이 돌기 전에 그들의 사랑을 이룩하지 못한 채 맹목적으로 화합을 추구하다가 서로 적대적인 연인 관계로 굳어버린 사람들, 그런 관계인 채 헤어진 사람들은 두 번 이별을 당한 사람들이었다. 그들은 경솔하게도 시간을 너무 믿었던 사람들이었고 어찌 보면 리외도 그중 하나였다. 그들은 결국 영원히 헤어지게 된 것이다. 하지만 랑베르 같은 경우도 있었다. 의사는 그날 아침 그와 헤어지면서 "용기를 내요. 지금이야말로 올바로 판단해야 할 때입니다"라고 말해주었다. 그들은 그들이 잃었다고 생각했던 것을 주저 없이 되찾은 사람들이었다. 그들은 최소한

당분간은 행복할 것이다. 그들은 이제 우리가 언제나 원할 수 있는 것, 가끔 얻을 수 있는 것. 그것은 바로 인간적 애정이라는 것을 알게 되었다.

반대로 자신들이 상상할 수조차 없는, 인간 너머의 것을 지향했던 사람들은 아무 대답도 얻지 못했다. 타루는 자신이 말하던 그 어려운 평화에 도달한 것 같지만 그것을 죽음 속에서만, 그 평화가 그에게 아무 도움이 되지 못할 때가 되어서야 그것을 찾았을 뿐이었다. 반면에 지금 리외의 눈에 띄는 사람들, 집 문턱에서 기울어가는 햇빛을 받으며 힘껏 상대방을 껴안은 채 황홀한 눈으로 마주 보고 있는 사람들이 자신들이 원하던 것을 얻었다. 그들은 그들의 손으로 얻을 수 있는 것만을 원했기 때문이다. 리외는 그랑과 코타르가 살고 있는 거리로 접어들면서 인간인 것만으로 만족하는 사람들, 보잘것없지만 동시에 무시무시한 그들의 사랑에 만족하는 사람들에게, 최소한 가끔이나마 기쁨이라는 보상이 주어지는 것은 정당한 일이라고 생각했다.

***

이제 이 연대기도 끝을 맺을 때가 되었다. 의사 베르나르 리외가 이 연대기의 필자임을 고백할 때가 된 것이다. 그가 이 작업을 떠맡은 것은 직업 관계로 거의 대부분의 시민들을 만날수 있었고 자신이 보고 들은 바를 이야기하기에 적합한 위치에 있었기 때문이다. 그는 그 작업을 하면서 그 무엇보다 객관적이 되려고 애썼다. 그는 본 것 이상의 것은 기록하지 않으려애썼으며 단호하게 희생자의 편에 서려고 노력했다. 따라서 자신이 하고 싶던 말, 사적인 느낌은 자제했다. 요컨대 이 기록이 베르나르 리외 개인의 기록이 아니라 모든 사람의 기록이 되기위해서 노력했다.

하지만 우리 시민들 중에는 리외가 대변인이 될 수 없는 사람이 딱 한 명 있었다. 늘 그 사람에 대해 관심이 있던 타루가언젠가 "그 사람에게 진짜 범죄라고 할 만한 것이 하나 있습니다. 아이들과 사람들을 죽게 만드는 것에 대해 마음속으로 동의했다는 사실, 바로 그것입니다. 그 이외의 것은 이해할 수 있어요. 하지만 그걸 용서하는 건 힘이 들어요"라고 말한 적이 있었다. 따라서 이 연대기의 끝에 그 무지한 사람, 말하자면 고독한 사람에 대해 언급하는 것은 정당한 일이다.

축제로 시끌벅적한 대로를 빠져나와 리외가 그랑과 코타르가 살고 있는 골목으로 접어들었을 때 그는 경찰이 쳐 놓은 바리케이드에 의해 발걸음이 막혔다. 전혀 예상치 못했던 일이었다. 멀리서 축제의 소음이 들려왔기에 상대적으로 이 동네는 조용해 보였다. 리외는 신분증을 꺼냈다.

"안 됩니다, 선생님" 경찰이 말했다. "어떤 미친놈이 사람들을 향해 총을 쏘고 있어요. 하지만 가시지 말고 여기 계세요. 선생님 도움이 필요할지 모르니까요."

그 순간 그랑이 자기 쪽으로 오는 모습이 보였다. 그 역시 아무것도 모르고 있었다. 경찰이 그의 통행을 막았다. 이어서 그는 바로 자기 아파트에서 누군가가 총을 쏘고 있다는 것을 알 수 있었다. 저 멀리 그들과 마주 보고 있는 골목 입구에도 경찰 차단선이 쳐져 있었다. 경찰들은 맞은편 건물 앞에 웅크리고 앉아 권총을 겨누고 있었다. 아파트 덧창은 모두 닫혀 있었지만 3층의 덧창 하나가 반쯤 떨어져 나간 것 같았다. 거리에서는 아무 소리도 들리지 않았다.

어느 순간 아파트 맞은편 한 건물에서 권총 소리가 두 번 울렸고 망가진 덧창에서 파편이 튀었다. 멀리서 그 광경을 보고 있자니 그 모든 것이 리외에게는 약간 비현실적으로 느껴졌다.

"코타르의 방 창문이에요." 갑자기 그랑이 흥분해서 외쳤다. "하지만 코타르는 도망가지 않았나요?"

"왜 저곳에 총을 쏘는 겁니까?" 리외가 경찰에게 물었다.

"저놈 주의를 딴 데로 돌리려는 겁니다. 필요한 장비를 가져올 차를 기다리고 있습니다. 건물 입구로 들어가려고만 하면 놈이 총을 쏘아대니까요. 경찰 한 명이 총에 맞았습니다."

"저 사람은 왜 총을 쏘는 겁니까?"

"모르겠어요. 사람들이 거리에서 즐기고 있었지요. 첫 번째 총성이 들렸을 때 사람들은 무슨 소리인지 몰랐습니다. 두 번째 총성이 들리자 비명 소리가 났습니다. 누군가 부상을 입은 거지요. 사람들이 혼비백산해서 도망갔습니다. 미친놈이라니까요. 아, 저기 왔네."

경찰들이 밧줄과 사다리, 방수포로 싼 길쭉한 상자 두 개를 가지고 뒤쪽에서 나타났다. 그들은 그랑의 아파트 맞은편 건물들 사이에 있는 골목으로 들어갔다. 잠시 후 경찰들이 들어간 건물의 창에서 경기관총이 발사되었다. 목표가 되었던 덧창은 박살이 났다. 이어서 다른 집으로부터 다시 경기관총 발사 소리가 들렸다. 동시에 경찰 세 명이 길을 건너 아파트 건물 안으로 뛰어 들어가는 모습이 보였다. 거의 동시에 다른 세 명이 뛰어 들어가는 모습이 보였고 경기관총 소리가 멈췄다. 잠시 후 셔츠 차림의 자그마한 남자가 고함을 지르며 끌려 나오는 모습, 아니 차라리 들려 나오는 모습이 보였다. 순간 마치 기적처럼 거리의 모든 덧창이 열리며 호기심에 사로잡힌 얼굴들이 나타났다. 사람들이 집에서 나와 바리케이드 뒤로 몰려들었다. 잠시 후 그 남자가 마침내 땅에 발을 딛고 서는 모습이 보였다. 경찰이 뒤쪽에서 두 팔을 잡고 있었다. 그가 고함을 질렀다. 경찰 한 명이 그에게 다가가더니 서두르지 않은 채 그 얼굴에 주먹 두 방을 세게 날렸다.

"코타르예요." 그랑이 말했다. "미친 모양이에요."

코타르는 땅에 쓰러졌다. 땅에 쓰러져 있는 그 몸에 경찰이 힘껏 발길질을 했다. 경찰들이 그를 끌고 자기 옆을 지나갈 때 리외는 눈길을 돌렸다.

해가 저물어가는 가운데 그랑과 의사는 자리를 떴다. 자기 집 앞에서 그랑이 의사와 작별했다. 저녁 작업을 하러 가려는 것이었다. 집으로 올라가려다가 그는 잔에게 편지를 썼으며 이제 만족스럽다고 리외에게 말했다. 이어서 그는 문장을 다시 쓰기 시작했다고 말했다.

"형용사를 다 없앴어요." 그가 말했다.

그가 모자를 벗더니 격식을 갖추어 인사를 했지만 그 순간 리외는 코타르 생각을 하고 있었다. 경찰이 주먹으로 코타르를 내려칠 때 들려왔던 묵직한 소리가 해수병 환자의 집을 찾아가는 동안 계속 그를 따라왔다. 죽은 사람에 대해 생각하는 것보다 죄인에 대해 생각하는 것이 어쩌면 더 힘든지도 몰랐다.

리외가 늙은 환자의 집에 도착했을 때 하늘은 이미 온통 어둠에 잠겨 있었다. 떠들썩한 자유의 소리가 멀리서 방에까지 들려왔다. 노인은 여전히 기분 좋은 표정으로 콩을 옮겨 담고 있었다.

"기뻐하는 게 당연해." 그가 말했다. "세상을 만들려면 그런 게 다 필요한 법이지. 그래, 의사 선생, 당신 동료 어떻게 됐소?"

아이들이 터뜨리는 폭죽 소리가 들렸다.

"죽었습니다." 그르렁거리는 가슴에 청진기를 대며 의사가 말했다.

"아!" 노인은 약간 당황한 듯했다.

"페스트로요." 리외가 덧붙였다.

"그렇군." 잠시 뒤 노인이 말했다. "제일 좋은 사람은 가기 마런이야. 그게 인생이지. 어쨌든 그 사람은 자기가 뭘 원하는지 알고 있는 사람이었는데."

"왜 그런 말씀을 하시지요?" 청진기를 챙겨 넣으며 의사가 물었다.

"그냥 하는 말이오. 그 사람은 아무 의미 없는 말은 하지 않더군. 어쨌든 내 맘에 듭디다. 하지만 다 그런 거야. 다른 사람들은 '페스트다! 우리가 페스트를 이겼다'라고 난리를 치지. 별것 아닌 일로 훈장을 달라고도 하고. 하지만 페스트, 그게 도대체 뭘까? 그건 인생이야. 그뿐이지."

"규칙적으로 찜질을 하세요."

"아, 걱정 말아요. 나는 아직 오래 살 거요. 모두 죽는 걸 볼때까지 말이야. 나는 살아남는 방법을 알고 있거든."

그의 말에 응답이라도 하듯 기쁨의 함성이 멀리서 들려왔다. 의사는 방 한가운데 멈춰 섰다.

"테라스에 좀 올라가 봐도 되겠습니까?"

"물론이지! 저 사람들 모습을 보고 싶은 거 아니오? 마음대로 해요. 하지만 언제나 똑같은데 뭘."

리외는 계단 쪽을 향했다.

"의사 선생, 페스트로 죽은 사람들을 위한 기념비를 세운다

던데 정말이오?"

"신문에서 그러더군요. 비석을 세우거나 동판을 붙인다더군요."

"그럴 줄 알았어. 연설도 하겠군."

노인은 숨이 막힐 정도로 웃어댔다.

"여기서도 다 들려. '우리의 죽은 사람들은, 어쩌고저쩌고……' 그리고는 식사를 하러 가겠지."

리외는 이미 계단을 오르고 있었다. 집들 위로 거대한 하늘이 차갑게 반짝이고 있었고 언덕 가까이 있는 별들은 부싯돌처럼 단단해 보였다. 이날 밤도, 타루와 그가 페스트를 잊기 위해 테라스에 올라왔던 그 날 밤과 별로 다르지 않았다. 절벽 아래에서 들려오는 바닷소리만 그때보다 더 요란했다. 가을철 온화한 바람에 실려 오던 소금기가 빠져버린 공기는 더욱 부동이었고 가벼웠다. 그러나 시내에서 들려오는 시끄러운 소리는 파도 소리와 함께 여전히 테라스 아래를 때리고 있었다. 하지만 이 밤은 반항의 밤이 아니라 해방의 밤이었다. 멀리 검붉은 불빛이 보이면서 그곳이 불빛이 훤히 밝혀진 대로와 광장임을 알려주고 있었다. 이제 해방된 어둠 속에서 욕망은 아무런 구속도 받지 않게 되었다. 리외에게까지 들려오는 것은 바로 그 욕망이 으르렁거리는 소리였다.

어두컴컴한 항구에서 공식 축하연의 개막을 알리는 첫 번째 불꽃이 올랐다. 도시는 길고 묵직한 탄성으로 그것을 맞이했다. 코타르도, 타루도, 리외가 사랑했고 잃어버린 남자들과 여자들도, 죽은 자들이나 죄인도, 모두 잊혔다. 노인의 말이 옳았다. 인간이란 언제나 똑같았다. 하지만 그것이 그들의 힘이고 그것 때문에 그들은 결백하다. 리외가 모든 고통을 넘어서서 그들과 만난다고 느끼는 곳이 바로 거기였다. 함성이 더 강해지고 오래 이어지면서 테라스 아래쪽에까지 울리는 가운데, 그리고 형형색색의 불꽃 다발이 점점 더 많이 하늘 높이 솟아오름에 따라 리외는 지금 이렇게 끝을 맺고 있는 이 이야기를 글로 쓰기로 결심했다. 침묵하는 사람이 되지 않기 위해, 페스트에 걸린 사람들에 대해 우호적으로 증언하기 위해, 그들에게 가해졌던 불의의 폭력에 대해 적어도 기억만이라도 남기기 위해, 그리고 재앙 한가운데에서 배운 것, 즉 인간에게는 경멸할 점보다는 찬양해야 할 것이 더 많다는 말이라도 하기 위해서였다.

하지만 이 연대기가 결정적인 승리의 기록이 될 수 없다는 것을 그는 알고 있었다. 이 연대기는 의사로서 그가 완수해야만 했던 일에 대한 증언일 뿐이며 분명히 여전히 완수해야만 하는 일에 대한 증언일 뿐이다. 이 연대기는 성자가 될 수도 없고 재앙을 받아들일 수도 없었기에 개인적인 아픔에도 불구하고 공포 및 그 공포가 지닌 지칠 줄 모르는 무기에 대항하기 위해 의사가 되려고 노력했던 모든 사람에 대한 증언일 뿐이다.

실제로 리외는 도시에서 들려오는 환희의 외침을 들으며 이런 환희가 여전히 위협받고 있다는 것을 상기했다. 기쁨에 젖어 있는 군중은 모르고 있지만 책에서 확인할 수 있는 사실을 그는 알고 있었다. 페스트균은 결코 죽거나 사라지지 않는다는 사실, 수십 년 동안 가구나 내복 안에 잠복해 있거나 방이나 지하실, 트렁크, 손수건, 낡은 서류 속에서 참을성 있게 기다리고 있다는 사실, 아마도 어느 날 인간을 불행에 빠뜨리기 위해 혹은 인간에게 가르침을 주기 위해 페스트가 쥐들을 다시 깨우고 그들을 행복한 도시로 보내 죽게 할 날이 올지도 모른다는 사실, 그것을 그는 알고 있었다.

『페스트』를 찾아서

　나는 알베르 카뮈의 『이방인』을 번역한 후 이 부조리한 삶과의 작별, 즉 죽음 앞에서 행복을 느끼는 주인공 뫼르소의 모습을 이해하기 위해 비교적 긴 해설을 썼다. 『이방인』의 주인공 뫼르소는 '부조리의 영웅'이고 '반항인'이다. 『이방인』과 친숙해진 카뮈의 독자라면 『페스트』를 읽으면서 두 작품의 작가가 정말 같은 사람인지 의아해할지도 모른다.

　『이방인』의 뫼르소가 상식적으로 도저히 이해 불가능한 인물이라면 『페스트』에 등장하는 대부분의 인물들은 상식적이고 도덕적이며 선량하다. 『이방인』의 뫼르소가 세상사에 무심한 모습을 보여준다면 『페스트』의 리외는 의사라는 직업윤리를 잃지 않고 죽음에 맞서 싸우며 기타 주요 인물들도 페스트가 만연하는 오랑 시에서 자발적으로 의료봉사 활동을 하면서 페스트와 싸운다.『이방인』의 뫼르소가 철저히 개인 속에 고립되어 있다면『페스트』의 인물들은 타인을 향해 열려 있고 연대(連帶)적이다. 겉보기에는 분명히『이방인』의 뫼르소와『페스트』의 인물들은 완벽하게 대립하는 것처럼 보인다. 그러나 조금 더 깊이 읽어보면 그들은 그렇게 대립적이지 않다. 대립적이기는커녕『페스트』의 인물들은 뫼르소의 연장선상에 있다고 말할 수 있을 정도이다.

『이방인』 끝부분에서 주인공 뫼르소는 신부에게 다음과 같이 외친다.

"나는 빈손인 것처럼 보이지? 하지만 나는 나에 대해서, 모든 것에 대해서, 내 삶에 대해서, 그리고 장차 찾아올 죽음에 대해서 당신보다 더 확신하고 있어. 그래, 나는 가진 게 그것밖에 없어. 하지만 나는 최소한, 이 진실이 나를 붙들고 있는 것만큼 이 진실을 부여잡고 있어. 나는 옳았고 옳으며 언제나 옳을 거야. (……) 내가 영위해 온 이 부조리한 삶 내내 나의 미래 저 깊숙한 곳으로부터 한 줄기 어두운 바람이 아직 오지 않은 세월을 통해 내게로 불어 올라오고 있어. (……) 단 하나의 운명만이 나 자신을 선택했고 당신처럼 나를 형제라고 부르는 수없이 많은 특권을 받은 사람들도 마찬가지야. 이해하겠어? 모든 사람이 특권을 받은 거야. 특권을 받은 사람밖에 없는 거야." (『이방인』 172~173쪽)

뫼르소의 그 반항적인 외침에서 나는 『페스트』에서의 연대 의식을 느끼며 『페스트』의 헌신적인 인물들에게서 뫼르소의 반항을 읽는다. 그들이 그다지 대립적이지 않다는 것을 쉽게 이해할 수 있는 좋은 방법이 있다. 뫼르소를 페스트가 창궐한 오랑 시에 갖다 놓아보는 것이다.

만일 뫼르소가 페스트가 창궐한 오랑 시에 살고 있었다면 그가 어떻게 행동했을까? 페스트는 자신과 상관없다며 이방인처럼 행동했을까? 여전히 무심한 태도를 유지했을까? 아니다, 그는 페스트를 온전히 자신의 현실로 받아들였을 것이다. 왜? 페스트는 추상이 아니라 실존이기 때문이다. 나와 상관없이 돌아가는 추상적 논리가 아니기 때문이다. 한 걸음 더 나가 그는 페스트에 격렬히 반항했을 것이다. 페스트라는 실존이 '나'라는 개인을 죽이기 때문이다.

그 순간부터 페스트는 우리 모두의 문제가 되었다고 말할 수 있다. 그때까지는 시민들이 이 야릇한 사건 때문에 놀라고 불안해하기는 했지만 평소 하던 대로 자신의 자리를 지키며 자신이 맡은 일을 그대로 해냈다. 하지만 일단 도시가 폐쇄되자 화자를 비롯해 모든 사람이 똑같이 독 안에 든 쥐 신세가 되었다는 것, 그 상황에 적응해야 한다는 것을 깨달았다. 그 결과 예컨대 사랑하는 사람과의 이별 같은 극히 개인적인 감정이 초반 몇 주부터 갑자기 사람들 모두의 공통감정이 되었고 이 오랜 유배기간 동안 공포와 더불어 사람들의 주된 고통이 되었다. (82쪽)

얼핏 보기에 페스트는 사람들을 하나의 공동운명체로 묶어주는 것처럼 보인다. 하지만 묘한 역설이 있다. 페스트라는 재앙에 의해 형성된 '공통감정'은 '개인적인 감정'의 말살을 전제로 하고 있다는 사실이다. 그 공통감정은 사람들을 맺어주는 긍정적 감정이 되는 것이 아니라 '사람들의 주된 고통'이 된다. 개인적인 운명의 말살 위에 세워진 감정이기 때문이다.

페스트는 모든 것을 덮어버렸다고 말할 수 있다. 더 이상 개인적인 운명이란 존재하지 않았고 '페스트'라는 집단의 역사와 모든 사람들이 공유하는 감정밖에 존재하지 않았다. (188쪽)

그 모든 것은 바로 그들이 지니고 있던 가장 개인적인 일을 포기하는 것을 의미했다. 이제 그들은 남들이 관심 있는 일에만 관심을 가졌고 남들이 생각하는 대로 생각했다. 그리하여 가장 개인적인 사랑마저도 추상적인 모습으로 나타났다. 그들은 하도 강하게 페스트에 사로잡혀 있었기에 꿈속에서나 겨우 희망을 품을 수 있는 정도였고 '그놈의 림프절 멍울 제발 좀 끝났으면!'이라고 생각하는 자신의 모습에 놀라기도 했다. 그러나 사실상 그들은 이미 잠들어 있었고 그 기간 전체가 하나의 긴 잠일 뿐이었다. 도시는 눈뜬 채 잠든 사람들로 가득 차 있었다. 그리고 그들은 한밤중에 굳게 닫혀 있던 상처가 갑자기 다시 터지는 순간, 그 드문 순간에만 그 운명에서 잠시 벗어날 수 있었다. 그 순간 그는 다시 고통을 느끼고 잃어버린 사랑 생각에 얼굴이 일그러진다. 그러나 아침이 되면 그들은 다시 재앙 속으로, 다시 말해 타성적인 일상으로 돌아갔다. (……) 재앙은 그 어느 구석 하나 남김없이 모든 것에 손을 댔다. (……) 우리는 우리도 모르는 새 유배라는 똑같은 빵을 먹으며 똑같은 결합의 시간이, 똑같은 평화가 갑자기 찾아오기를 기다리고 있었다. (206~207쪽)

페스트에 갇혀 지내면서 페스트는 일상이 되어버린다. 시민들은 자기들이 페스트의 지배하에 살고 있다는 것조차 인식하지 못한다. 예를 들면 페스트 환자의 시체를 소각하면서 연기가 발생하자 시민들은 페스트균이 하늘에서 떨어진다며 소각장 이전을 요구한다. 그들은 연기만 보이지 않으면 페스트가 없는 것처럼 생활한다. 페스트는 구체적인 현실감을 상실한 추상이 되어버리는 것이다. 그 상황은 말하자면 나와 상관없는 추상적인 논리와 합리성이 세상을 지배하는 『이방인』의 상황과 같다. 『이방인』의 뫼르소는 그런 추상적 이념이나 논리의 세상을 거부했다. 그 세상은 뫼르소라는 개인의 실존과는 상관없는 '환상적'인 세상이기 때문이다. 우리가 만일 뫼르소라는 인물을 페스트가 창궐하는 오랑 시에 등장시킨다면 그가 감연히

'반항인'이 되었으리라고 확언할 수 있는 것은 그 때문이다. 더욱이 뫼르소는 그 반항을 통해 간절하게 사람들과의 연대를 갈망했던 인물이다. 다시 『이방인』의 마지막 대목을 인용해보자.

그토록 죽음 가까이에 이르자 엄마는 해방감을 느끼고 온전히 새로 살아갈 준비를 했을 것이다. 누구도, 그 누구도 그녀를 애도할 권리가 없다. 그리고 나 역시 온전히 새로 살 준비가 되었음을 느낀다. 마치 그 커다란 분노가 내게서 악을 씻어내고 희망을 모두 비워버린 듯, 신호와 별들로 가득 차 있는 이 밤 앞에서 나는 처음으로 이 세상의 다정스러운 무관심을 향해 나 자신을 열었다. 이 세상이 나와 너무 닮았고 마침내 너무 형제처럼 여겨졌기에, 나는 행복했었고 여전히 행복하다고 느꼈다. 모든 것이 이루어지도록, 내가 외로움을 덜 느낄 수 있도록, 내가 처형되는 날 많은 구경꾼이 모이기를, 그들이 증오의 함성으로 나를 맞아주기를 이제 바랄 뿐이다. (『이방인』 174~175쪽)

이방인의 마지막 대목은 죽음에 가까이 이르자 비로소 세상을 향해 자신을 여는 뫼르소의 모습이다. 그는 그토록 나와 무관했던 세상이 자신과 너무 닮았다고 느끼고 너무 형제처럼 여겨졌다고 말한다. 그렇기에 행복했었다고, 여전히 행복하다고 느낀다. 그 행복은 세상의 무관심에서 다정함을 느끼면서 얻은 행복이다. 그러나 그는 그 무관심이 '증오'의 함성으로 바뀌어 나를 맞아주기를 바란다. 증오를 통해서라도 타인과 맺어지기를 소망하는 것이다. 그러나 그가 소망하는 타인과의 연대감은 나를 지운 상태에서 생긴 것이 아니다. '죽음'이라는 가장 개인적인 실존 앞에서 느낀 연대감이다. 개인적인 실존이 지워지면 연대감도 없다. 뫼르소는 앞으로 그 연대감, 그 행복이 너무 소중해서, 절대로 개인이라는 실존을 포기하지 않을 것이다. 그런 뫼르소를 만일 오랑 시에 데려다 놓는다면 그가 가장 격렬하게 저항했으리라고 우리가 믿는 것은 그 때문이다. 왜? 페스트는 '나'를 또 다시 익명으로 만들어버리기 때문이다. 그의 행복과 사랑과 연대감은 '나'를 익명으로 만드는 모든 것에 대한 '저항'과 '반항'에서 비롯된 것이다.

이제 우리는 『페스트』의 주요 인물들을 뫼르소의 연장선상에 있는 사람들이라고 이야기할 수 있게 된 셈이다. 그들은 모두 반항인이다. 무엇에 대해? 페스트라는 악에 대해, 그것이 강요하는 익명성에 대해. 이 작품의 화자이기도 한 의사 리외의 다음과 같은 발언은 그들 모두에게 공통적인 발언이기도 하다.

> "이 세상의 악에 대해서 진실인 것은 페스트에 대해서도 진실입니다. 그 누군가를 위대하게 만들 수도 있겠지요. 하지만 페스트 때문에 겪게 되는 불행과 고통을 직접 목격한다면 미치거나 눈이 멀었거나 비겁한 사람이 아닌 한 페스트에 대해서 체념할 수는 없을 겁니다." (143쪽)

하지만 이 작품에 등장하는 인물들의 저항과 반항의 모습은 모두 다르다. 왜? 페스트는 절대 악인 것이 분명하지만 그 절대 악은 각 개인의 운명이 맞게 된 개별적이고 실존적인 운명이기 때문이다. 그렇기에 그에 대한 저항의 방법도 개별적일 수밖에 없다. 페스트는 비록 사람들에게 추상적이고 익명이 되라고 강요하지만 그런 강요를 하는 페스트는 추상이 아니라 실존이다. 페스트와 공모자이자 페스트가 인격화된 인물이라고 할 수 있는 코타르를 제외하고는 각자 자신의 '실존'에 따라 자신의 방법대로 페스트에 저항한다. 심지어 악이나 불행을 하느님이 인간에 대해 내린 징벌이라고 말했던 파늘루 신부조차도 다음과 같이 말한다.

"저건 이해할 수 있어. 하지만 이건 받아들일 수 없어"라
고 말해서는 안 된다. 우리에게 주어진 그 '받아들일 수
없는 것의 핵심'을 향해 뛰어들어야 한다. 그것이 바로 우
리의 선택이다. 어린아이들의 고통은 우리들에게 쓰디
쓴 빵이지만 그 빵이 없다면 우리의 영혼은 정신적 굶주
림으로 죽어버릴 것이다. (……) 그렇다, 중간지대란 없다.
이 추문을 인정해야 한다. 우리는 하느님을 증오할 것인
가, 혹은 하느님을 사랑할 것인가, 둘 중 하나를 선택할
수밖에 없기 때문이다. 하지만 감히 누가 하느님을 증오
하는 길을 선택할 것인가? (249~251쪽)

그는 신앙의 입장에서 과감한 선택의 필요성을 사람들에게
설파한다. 우리는 여기서 페스트라는 절대 악과의 무력한 싸움
에 뛰어든 사람들의 이야기를 몇 대목 인용해 보기로 하자. 그
들은 행동은 함께 하지만 그 싸움에 뛰어든 동기, 그 싸움을 열
심히 벌이는 이유는 다양하다. 그리고 그 다양성이 바로 인간
의 다양한 실존이다.

우선 이 작품의 화자인 의사 리외의 이야기부터 인용하자.

"자부심이 필요한 일이라고 생각하시겠지요. 하지만 나는 꼭 필요한 만큼의 자부심밖에는 없습니다. 이 모든 것이 끝난 뒤에 무엇이 나를 기다리고 있을지, 무슨 일이 일어날지 나는 모릅니다. 지금으로서는 환자들이 있고 그들을 치료해야 한다는 것밖에 없습니다. (……) 당장 급한 건 그들을 치료하는 겁니다. 최선을 다해 그들을 보호하는 것, 그게 전부입니다." (……)

"결국은……" 의사가 다시 입을 열었으나 타루를 주의 깊게 바라보며 주저했다. "당신 같은 분이라면 이해할 수 있을 것 같은데…… 그렇지요? 세상 질서가 죽음에 의해 좌지우지되는 이상, 하느님이 침묵하는 하늘을 바라볼 것이 아니라, 하느님을 믿지 않는 것, 대신 온 힘을 다해 죽음과 싸우는 것이 하느님에게도 더 바람직한 일인지도 모른다는 겁니다." (146~147쪽)

문제는 가능한 한 많은 사람을 살리는 것, 돌이킬 수 없는 이별을 경험하지 못하게 하는 것, 그것뿐이었다. 그러려면 페스트와 싸우는 것 오직 그 방법밖에 없었다. 그 진실은 경탄할 만한 것이 아니었다. 그것은 당연한 귀결이었을 뿐이다. (153~154쪽)

"이 모든 것은 영웅주의와는 아무 상관이 없습니다. 성실성의 문제입니다. 비웃을지도 모르지만 페스트와 싸우는 유일한 방법은 성실성입니다." (185~186쪽)

"병을 고치는 일과 그에 대해 아는 일을 동시에 할 수는 없어요. 그러니 가능한 한 치료부터 서두릅시다. 그게 가장 급한 일입니다." (234~235쪽)

다음으로 끊임없이 탈출을 꿈꾸고 시도하다가 결국 탈출을 포기하고 오랑 시에 남은 신문기자 랑베르의 이야기.

랑베르는 다시 한번 곰곰 생각해 보았다며 자기 믿음에는 변함이 없지만 떠난다면 부끄러울 것이라고 말했다. 그렇게 되면 남겨두고 온 아내를 제대로 사랑하지도 못할 것 같다는 것이었다. 그러자 리외가 몸을 일으키며 단호한 목소리로 그건 어리석은 짓이며 행복을 택하는 건 부끄러운 일이 아니라고 말했다.

"맞습니다." 랑베르가 말했다. "하지만 혼자서만 행복한 건 부끄러운 일일 수 있습니다." (……)

"나는 내가 이 도시에서는 이방인이고 당신들과는 아무 상관이 없다고 늘 생각했습니다. 하지만 내 눈에 들어온 것들을 보고 난 지금, 나는 내가 원하건 원치 않건 나도 이곳 사람이라는 것을 알게 되었습니다. 이 이야기는 우리 모두와 관련되어 있습니다." (233쪽)

다음은 지식인으로서의 타루의 이야기.

온 마음을 다해 페스트와 싸운다고 생각하며 살아왔던 그 기나긴 나날 동안 내가—최소한 나 자신은—내내 페스트에 걸려 있었다는 사실을 깨달은 겁니다. 나는 간접적으로나마 수천 명의 사람들의 죽음에 동의했다는 것, 필연적으로 죽음을 초래할 수밖에 없는 행위나 사고를 선(善)이라고 생각하고 그런 죽음을 부추기기도 했다는 것을 깨달은 겁니다. (……) 나는 최소한 나만이라도 그 구역질나는 도살행위를 한 번이라도, 단 한 번이라 할지라도 정당화하기를 거부하는 것, 그것이 최선이라고 생각했습니다. 그렇습니다, 보다 명확한 것이 보일 때까지 이 맹목적일 정도로 고집스러운 태도를 견지하기로 결심한 것입니다. (278~279쪽)

그 때문에 나는 직접적이건 간접적이건, 좋은 이유에서건 나쁜 이유에서건 사람을 죽게 만드는 모든 것을, 사람을 죽이는 것을 정당화하는 모든 것을 거부하기로 결심한 겁니다. (……) 내가 분명히 알고 있는 것은(그렇습니다. 아시겠지만 나는 인생에 대해 모든 것을 알고 있습니다.) 사람은 누구나 제 안에 페스트를 지니고 있다는 사실입니다. 페스트는 이 세상 그 누구도 가만히 내버려 두지 않기 때문입니다. 자칫 방심하다가 남의 얼굴에 입김을 내뿜어 전염시키지 않도록 조심해야 한다는 것도 나는 분명히 알고 있습니다. 세균은 자연스러우니까요. 그 외의 것들, 말하자면 건강, 청렴, 순결함 등은 의지의 산물이고 그 의지는 결코 중단되어서는 안 됩니다. 훌륭한 사람, 다시 말해 거의 그 누구도 감염시키지 않는 사람이란 페스트에 걸리지 않은 사람을 뜻하는 것이 아니라 가능한 한 방심하지 않는 사람을 뜻합니다. 그리고 절대로 방심하지 않기 위해서는 의지와 긴장이 필요합니다! 그렇습니다, 선생, 페스트 환자가 된다는 것은 피곤한 일입니다. 하지만 페스트 환자가 되지 않으려는 것은 더 피곤한 일입니다. 모든 사람이 피곤해 보이는 것은 그 때문입니다. 오늘날은 거의 모든 사람이 어느 정도는 페스트에 감염되어 있거든요. 바로 그 때문에 우리 중 누군가가 페스트에서 벗어나길 원하면서 죽음이 아니면 빠져나갈 수 없을 정도로 극도의 피로감을 느끼는 것은 그 때문입니다. (······)

나는 단지 이 세상에는 재앙이 있고 희생자가 있다, 그러니 가능한 한 재앙의 편에 서는 것은 거부하겠다고만 말하고 싶을 뿐입니다. 선생께는 좀 단순해 보일지 모르겠습니다. 그것이 단순한지 어떤지는 잘 모르겠지만 그래도 그것이 진실이라는 것은 알고 있습니다. 나는 올바른 길을 걷기 위해 정확하게 말하고 행동하기로 결심했습니다. 결국 나는 재앙이 있고 희생자가 있다고만 말할 뿐 그 이상은 말하지 않을 겁니다. 나 스스로 재앙이 되더라도 최소한 거기에 동의하지는 않은 셈이니까요. 결

백한 살인자가 되겠다는 거지요. (……) 그래서 저는 피해
를 줄이기 위해 어떤 식으로건 희생자들 편에 서야겠다
고 결심한 겁니다. 희생자들 한가운데 있으면 최소한 세
번째 범주, 즉 평화에 이르는 길을 추구할 수는 있겠지요.
(280~282쪽)

그들의 개별적이고 실존적인 선택에 대한 구체적인 검토는
하지 않기로 하자. 중요한 것은 이 책을 읽으면서 그들의 선택
을 우리 각자의 실존과 만나게 하는 것이며 그들의 선택을 음
미하는 것이다. 하지만 한 가지 주목할 점이 있다. 상식적인 눈
으로 보자면, 혹은 우리가 일반적으로 소설을 읽을 때의 태도
로 보자면 그들은 분명 이 작품의 주인공들이고 영웅들이다.
그런데 작품의 화자는 그들이 결코 영웅이 아니라고 힘주어 말
한다. 그들은 지극히 개인적이고 실존적인 선택을 한 사람에
불과하기 때문이다. 어쩔 수 없이 그 길을 택하게 된 사람들이
기 때문이다. 그러면서도 화자는 굳이 영웅을 한 사람 꼽아야
한다면 그 사람은 바로 그랑이라고 어찌 보면 엉뚱한 이야기를
한다. 그랑은 우리가 흔히 생각하는 영웅의 자질이라고는 전혀
없는 사람이다. 그는 시청 비정규직 직원으로서 낮에는 시청

업무를 처리하고 저녁에는 리외를 도와 통계수치 정리를 도와주며 집에 가서는 조금도 진전이 없는 글쓰기에 몰두하는 위인이다. 그는 리외처럼 사람의 생명을 구하는 것이 직업인 인물도 아니고 타루처럼 삶의 진정한 의미를 추구하는 인물도 아니다. 그는 짬을 내어 리외의 일을 돕는 것 외에는 평상시의 일을 묵묵히 행하는 사람이다. 그런데 화자는 다음과 같이 쓴다.

> 그렇다, 만일 영웅이라고 부를 만한 예나 모델을 제시해주기를 여러분이 정 원한다면, 이 이야기 속에 영웅이 한 명쯤은 꼭 있어야 한다면 화자는 바로 이 영웅, 보잘것없고 눈에 띄지 않는 이 영웅, 약간의 선량한 마음씨와 정말로 우스꽝스러운 이상(理想) 외에는 가진 것이 없는 이 영웅을 제시하고 싶다. (157쪽)

그가 그랑을 유일한 영웅으로 꼽은 것은 행복에 대한 욕구를 그가 누구보다 강하게 갖고 있기 때문이다. 중요한 것은 그 행복에 대한 강한 욕구가 그를 페스트의 영향을 가장 적게 받은 인물로 만들어준다는 사실이다. 작품을 찬찬히 읽어보라. 거의 대부분의 인물들이 페스트의 영향을 받아 변화를 겪는다. 하지만 그랑만은 다르다. 그는 페스트가 창궐한 뒤에도 자신이 맡은 일을 묵묵히 행한다. 그뿐이 아니다. 그는 페스트가 이 도시에 초래한 전반적인 유배와 이별의 분위기의 영향에서도 벗어나 있다. 그는 페스트가 창궐하고 있는 가운데에서도 이전과 마찬가지로 도망간 아내를 '구체적'으로 사랑하고 행복을 그리는 인물이다. 페스트 한가운데서 페스트의 영향을 가장 적게 받았으니, 그러면서도 페스트와 싸우는 사람을 묵묵히 돕고 있으니 아주 예외적인 인물이며 페스트가 손대기 어려운 영웅이라고 할 만하다. 달리 말한다면 진정한 반항인일 수 있다. 페스트라는 운명이 감히 어쩌지 못하는 반항인! 그렇다면 이런 이야기가 가능해진다. 가장 성실하고 진정한 인간은 반항인이다! 반항인이란 사람들 간의 연대를, 평화를, 행복을 강하게 갈구하는 사람들이다. 반항인이란 삶을 거부하는 사람이 아니라 삶을 가장 사랑하는 사람이다. 따라서 우리는 이렇게 말할 수 있다. 『이방인』의 뫼르소는 삶에 무관심한 존재가 아니라 삶을 가장 사랑했던 존재라고. 또한 카뮈가 부조리의 작가가 된 것은 부조리를 있는 그대로 받아들이기 위해서가 아니라, 부조리를 예찬하기 위해서가 아니라 부조리 자체에 반항하기 위해서라고 우리는 말할 수 있다. 그리고 그 반항의 마지막은 다음과 같은 인간에 대한 긍정으로 끝난다.

> (이 이야기를 연대기로 쓰려고 한 것은) 침묵하는 사람
> 이 되지 않기 위해, 페스트에 걸린 사람들에 대해 우호
> 적으로 증언하기 위해, 그들에게 가해졌던 불의의 폭력
> 에 대해 적어도 기억만이라도 남기기 위해, 그리고 재앙
> 한가운데에서 배운 것, 즉 인간에게는 경멸할 점보다는
> 찬양해야 할 것이 더 많다는 말이라도 하기 위해서였다.
> (337쪽)

하지만 카뮈가 결론으로 그런 긍정과 낙관만을 보여주지는
않는다. 그는 다음과 같이 맺는다.

> 하지만 이 연대기가 결정적인 승리의 기록이 될 수 없다
> 는 것을 그는 알고 있었다. 이 연대기는 의사로서 그가
> 완수해야만 했던 일에 대한 증언일 뿐이며 분명히 여전
> 히 완수해야만 하는 일에 대한 증언일 뿐이다. 이 연대기
> 는 성자가 될 수도 없고 재앙을 받아들일 수도 없었기에
> 개인적인 아픔에도 불구하고 공포 및 그 공포가 지닌 지

칠 줄 모르는 무기에 대항하기 위해 의사가 되려고 노력
했던 모든 사람에 대한 증언일 뿐이다.

실제로 리외는 도시에서 들려오는 환희의 외침을 들으며
이런 환희가 여전히 위협받고 있다는 것을 상기했다. 기
쁨에 젖어 있는 군중은 모르고 있지만 책에서 확인할 수
있는 사실을 그는 알고 있었다. 페스트균은 결코 죽거나
사라지지 않는다는 사실, 수십 년 동안 가구나 내복 안에
잠복해 있거나 방이나 지하실, 트렁크, 손수건, 낡은 서류
속에서 참을성 있게 기다리고 있다는 사실, 아마도 어느
날 인간을 불행에 빠뜨리기 위해 혹은 인간에게 가르침
을 주기 위해 페스트가 쥐들을 다시 깨우고 그들을 행복
한 도시로 보내 죽게 할 날이 올지도 모른다는 사실, 그
것을 그는 알고 있었다. (337~338쪽)

더 이상 언급하지 말도록 하자. 그런데 이 부분을 읽으면서
왜 조지 오웰의 『1984』가 자꾸만 내게 떠오르는 것일까?

페스트는 해외에서 가장 많이 읽힌 프랑스 소설 중 당당히
3위 자리를 차지하고 있다. 짐작하겠지만 1위는 생텍쥐페리의

『어린 왕자』이고 2위는 카뮈의 『이방인』이다. 그리고 2020년에는 유럽에서, 특히 프랑스와 이탈리아에서 『페스트』의 판매량이 엄청나게 늘었다. COVID-19가 가져다준 효과이다. 이 세상에 절대 악은 없는가 보다.

이 작품을 재미있게 읽을 수 있는 또 한 가지 방법이 있다. 페스트가 창궐한 오랑 시를 2차 세계 대전 당시 나치에 점령당한 프랑스 파리로 간주하고 읽는 방법이다. 그런 식으로 작품을 읽으면 타루가 조직한 의료봉사대는 바로 레지스탕스와 동일시할 수 있다. 카뮈 자신도 그런 이야기를 했으니 무난한 독법이고 적극적인 독법일 수 있다. 그런 눈으로 한 번 다시 읽어보길 권한다. 작품 이해도 쉽고 색다른 재미를 발견할 수 있을 것이다.

알베르 카뮈(Albert Camus, 1913~1960)는 1913년 11월 7일, 알제리의 몬도비에서 뤼시앵 오귀스트 카뮈와 카테린 생테스 사이에서 차남으로 태어났다. 1914년 제1차 세계 대전이 발발하자 알제리 보병으로 징집되었던 그의 아버지는 부상으로 사망한다. 어머니는 가정부로 일하면서 카뮈를 키웠다. 1930년 카뮈는 알제 대학에 입학하고 그곳에서 카뮈에게 평생 정신적 지

주이자 스승이 된 장 그르니에를 만난다. 카뮈는 장 그르니에가 주도한 작은 월간 문예지 『쉬드』에 「새로운 베를렌」이라는 수필을 발표하면서 공식적으로 세상에 등단한다. 그는 1934년 첫 아내인 시몬 이에와 결혼하지만 모르핀 중독자였던 아내와의 결혼 생활은 오래가지 못했다. 1935년 『안과 겉 L'envers et L'endroit』을 집필하기 시작했고 1936년 알제대학을 졸업하고 철학 학사 자격을 취득한다.

카뮈는 1937년 『안과 겉』을 발표하고 1938년에는 걸작 수필집 『결혼』을 발표한다. 1940년 시몬과 결별하고 12월 프랑신 포르와 재혼한다. 이어서 1942년 『이방인』을 발표하고 이듬해 수필집 『시지프 신화』를 발표한다. 1947년에 『페스트』를 발표한 그는 즉각적으로 호응을 받는다. 『페스트』는 1941년에 집필을 시작하여 1943년 1차 탈고한 후 오랜 퇴고를 거쳐 1947년에 발표한 역작이다. 이후에도 젊은 시절부터 앓고 있던 폐결핵에 시달리면서도 카뮈는 희곡 『정의의 사람들』(1949), 수필집 『반항적 인간』(1951), 역시 수필집 『여름』(1954), 소설 『전락』(1955)과 『유배와 왕국』(1957)을 잇따라 발표했다. 1957년 노벨상 수상 소식을 전해들은 그가 얼굴이 하얗게 질린 채 '앙드레 말로가 탔어야 하는데'라고 말했다는 사실은 유명하다. 그는 1960년 1월 4일 갈리마르 출판사 대표인 가스통 갈리마르의 조카, 미셸 갈리마르가 운전하는 자동차를 타고 자신이 살고 있던 남프랑스 루르마랭 마을의 집에서 파리로 올라오다가 교통사고로 사망했다. 카뮈는 그 자리에서 숨을 거두었고 갈리마르도 5일 후 사망했다. 그의 유해는 그가 마지막에 가족과 함께 살던 남프랑스 루르마랭 마을에 묻혔다.

페스트

생각하는 힘: 진형준 교수의 세계문학컬렉션 100

펴낸날	초판 1쇄 2023년 11월 24일

지은이	알베르 카뮈
옮긴이	진형준
펴낸이	심만수
펴낸곳	(주)살림출판사
출판등록	1989년 11월 1일 제9-210호

주소	경기도 파주시 광인사길 30
전화	031-955-1350　팩스 031-624-1356
홈페이지	http://www.sallimbooks.com
이메일	book@sallimbooks.com

ISBN	978-89-522-4739-1 04800
	978-89-522-3984-6 04800 (세트)

※ 값은 뒤표지에 있습니다.
※ 잘못 만들어진 책은 구입하신 서점에서 바꾸어 드립니다.